Sandra Girod

Nenn mich nicht Hasi!

SANDRA GIROD

NENN MICH NICHT HASI!

blanvalet

MIX
Papier aus verantwortungsvollen Quellen
FSC® C014496

Verlagsgruppe Random House FSC® N001967
Das für dieses Buch verwendete FSC®-zertifizierte
Papier *Super Snowbright* liefert
Hellefoss AS, Hokksund, Norwegen.

1. Auflage

Dieses Werk wurde vermittelt durch die
Literarische Agentur Thomas Schlück GmbH, 30827 Garbsen.
Satz: KompetenzCenter, Mönchengladbach
Druck und Bindung: GGP Media GmbH, Pößneck
Printed in Germany
ISBN 978-3-7645-0513-4

www.blanvalet.de

Nichts für ungut,
Lola L. und Rudi R.

1

Als der Kaninchenstall gebaut wurde, sah ich darin ein Zeichen, dass nun die Zeit gekommen war, etwas Grundsätzliches an meinem Leben zu ändern.

Ich heiße Angela Winter, mag am liebsten den Sommer und lege großen Wert darauf, dass man meinen Vornamen Anjela ausspricht – von der Sprachmelodie klingt er fast so hübsch wie der von Angelina Jolie. Leider neigen viele Leute dazu, mich zunächst Angäla zu nennen. Wie Angäla Merkel, mit der ich wirklich keinerlei Ähnlichkeiten habe. Außer vielleicht den Spitznamen »Mutti« – ich höre seit neun Jahren auf diese Funktionsbezeichnung.

Ich stand auf dem nackten Balkon unserer Doppelhaushälfte und sah über den Garten auf die Straße hinab. Wir wohnten im Norden Hamburgs, mit Energiesparhäusern auf bushaltestellengroßen Grundstücken, die von allen Seiten einsehbar waren. Die versteckten Villen in den parkähnlichen Anwesen mit hohen Mauern, Videoüberwachung und ohne Klingelschilder begannen erst zwei Kilometer weiter. Dort standen uralte Eichen, prachtvolle Kastanien und Trauerweiden, die ihre Zweige in der Alster badeten. Ich war umgeben von niedrigen Thujahecken und Lorbeerbüschen. Und unter einem hockte unser

Doppelhausnachbar Michi und hämmerte an dem Gerüst eines Kaninchenstalls herum.

»Hier entsteht eine Nobel-Herberge für Kaninchen!«, hatte er fröhlich gerufen und seinen Bauplan erläutert: im Obergeschoss ein Schlaf- und Ruheraum, im Erdgeschoss ein Speisesaal, im Souterrain eine offene Toilette und davor ein kaninchengerechter Garten.

»Super!«, hatte ich zurückgerufen und sparsam gelächelt. Von meiner Terrasse würde ich also bald zwei Kaninchen beim Kacken zusehen können. Von unserem Balkon aus konnte man die Wipfel der mächtigen Bäume in den Parks betrachten. Sie waren noch ganz kahl. Der Frühling kam einfach nicht in Fahrt. Immerhin war der Schnee endlich verschwunden und hinter unserem Haus ein matschig-graubraungrüner Mini-Acker zum Vorschein gekommen. Im letzten Sommer war diese botanische Ruine ein Rasen gewesen. Bleistiftdünne Krokusse kämpften sich nun tapfer ans Licht. Ich wünschte mir so sehr den Winter fort, dass ich am liebsten jeden einzelnen Krokus angefeuert hätte: Komm, Kleiner, du schaffst es!

Michi hämmerte unverdrossen am Stall herum. Statt ihm für die Aussicht auf Kaninchenköttel Prügel anzudrohen, war mein Mann Jan-Rudi in den Keller gegangen, um Bier zu holen. Ich dachte gerade darüber nach, ob ich an unserer Terrassenseite Efeu, Knöterich oder Kletterrosen pflanzen sollte, um die intimen Einblicke in das Kaninchen-Kempinski erträglicher zu gestalten, als ein silberner Ferrari in unsere Wohnstraße einbog und vor einem Haus parkte, das ich zuvor nie bewusst wahrgenommen hatte. Ein Mann in einem eleganten schwarzen Mantel, Typ American-Express-Werbung, stieg aus. Eine Frau in einem roten Spaghettiträgerkleid, Typ Montagskino im ZDF, öffnete die Haustür und trat dem Mann entgegen. Die beiden sahen aus, als ob sie ins Theater gehen wollten. So früh am Nachmittag? Seltsam. Wann war ich eigentlich das letzte Mal im Theater gewesen? Vermutlich zur Aufführung von Dornröschen. Mein Sohn Luca hatte damals eine Hecke gespielt.

Ich wunderte mich darüber, wie zögerlich sich die beiden näherkamen. In dem Fummel musste sich die Frau halbtot frieren. Jetzt standen sie sich gegenüber. Schauten sich an. Sekundenlang. Bis der Mann seine Arme ausstreckte und die Frau an sich zog. Die beiden küssten sich. Ausgiebig. Und, soweit ich es aus der Entfernung beurteilen konnte, leidenschaftlich. Schließlich streifte der Mann seinen Wintermantel ab, wickelte ihn um die Frau, hob sie hoch und trug sie ins Haus.

Es war nicht schwer, sich vorzustellen, was jetzt hinter der geschlossenen Tür passieren würde. Michi musste meinen verklärten Gesichtsausdruck missverstanden haben und grinste mit Nägeln zwischen den Zähnen zu mir hoch. Oder doch nicht, dachte ich und seufzte, als Jan-Rudi mit zwei Bierflaschen zurückkam. Was sollte schon passieren? Möglichkeit 1: Der Mann mit dem Wintermantel fragt: »Was gibt's zu essen?« Möglichkeit 2: Die Frau im roten Fummel sagt: »Unser Sohn hat die Mathearbeit verhauen.« Möglichkeit 3: Der Typ zieht sich aus und verteilt seine Klamotten überall im Haus.

»Häschen in der Grube, saß und schlief…,« sang eine Frauenstimme aus dem Kinderzimmer. Knöpfchen hatte offenbar die Plastikhammondorgel wiedergefunden, die gewöhnungsresistente Lieder abspielte, wenn man auf bunte Tasten patschte. Meine frühere Kollegin Isy hatte ihr das Ding geschickt, zusammen mit einer Postkarte für mich, auf der Klein-Arthur im Matrosenanzug posierte und sagte: »Du fragst mich: Was soll ich tun? Und ich sage: Lebe wild und gefährlich.« Ha, ha. Jetzt hing der Spruch an der Pinnwand, über dem Plan der Müllabfuhr, und gab mir etwas Spott mit auf den Weg, wenn ich planmäßig die schwarze, die gelbe, die grüne und die blaue Tonne an die Straße schob.

»Armes Häschen bist du krank, dass du nicht mehr hüpfen kannst…« Ich fand dieses singende Plastikding meiner zweijährigen Tochter irgendwie deprimierend. Wahrscheinlich hatte eine hochtalentierte Opernsängerin ihre Karriere vergeigt und musste schließlich ihr Geld mit dem Besingen von scheußlichen Plastikhammondorgeln verdienen. Immerhin, sie brauchte sich selbst nicht mehr zuzuhören.

»Häschen hüpf! Häschen hüpf!«, sang die Plastikdingfrauenstimme.

Ich dachte an die bevorstehende Kasernierung zweier Kaninchen. An die Frau im roten Spaghettiträgerkleid. An Isy, die sich via Facebook von Ibiza gemeldet hatte. Und dann dachte ich, dass es höchste Zeit war, etwas an meinem Leben zu ändern. Hier ging gerade einiges in die falsche Richtung.

2

»Ich bin ja der Meinung, dass jede Ehe nur fünf Jahre dauern sollte«, sagte Paula. »Danach bekommt der Mann eine Beurteilung mit auf den Weg. Bei Frank würde ich schreiben: Hüten Sie sich vor Frank M. Er lässt seine Socken unterm Wohnzimmersofa liegen, weil er sie auszieht, wenn er müde wird und warme Füße bekommt. Und er ist nicht in der Lage, einen leeren Joghurtbecher selbstständig zum Mülleimer zu tragen.«

»Wie viele Männer hätten dann überhaupt die Chance, ein Empfehlungsschreiben zu erhalten?«, fragte ich. »Mehr als zehn?«

Paula sah mich belustigt an und fragte zurück: »In Hamburg, Deutschland oder weltweit?«

Paula war die Mutter von Lucas bestem Freund Vincent. Sie erzählte gern von ihrem Einser-Abitur, mit dem sie Medizin hätte studieren können. Aber weil ihr Dienstleistungen zuwider waren, hatte sie ein Volkswirtschaftsstudium absolviert und mit »summa cum laude« abgeschlossen. Was ihr aber auch nicht geholfen hatte, denn statt eines Dax-Konzerns managte sie nun ihre Familie. Jedenfalls versuchte sie es.

»Soll ich dir sagen, was ich gestern im Geschirrspüler gefunden habe? Ein Inhalationsgerät. Frank hat's reingestellt. Es lag noch in der Küche rum, und er wusste nicht, wohin mit dem Teil«, sagte Paula.

»Immerhin hat dein Mann erkannt, dass man einen Geschirrspüler befüllen kann«, sagte ich. »Bei Jan-Rudi habe ich schon alles Mögliche versucht, um ihm begreiflich zu machen, dass ein schmutziger Kaffeebecher in und nicht auf den Geschirrspüler gehört. Zuletzt habe ich gelbe Zettel hinterlassen, mit Pfeilen und der Aufschrift: ›Noch 30 Zentimeter und ich habe mein Ziel erreicht.‹ Der nächste Becher wanderte wirklich in den Geschirrspüler, aber dafür blieben natürlich die gelben Zettel liegen.«

Paula grinste schief. »Ich stelle mir gerade vor, was passieren würde, wenn *ich* gelbe Zettel kleben würde, mit Hinweisen wie: ›Ich gehöre an den Haken. Ich möchte in den Wäschekorb. Mein Zuhause ist die Garderobe. Ich will ins Altpapier.‹ Vor lauter Zetteln würdest du bei uns einen Gelbkoller bekommen.«

Paula, Knöpfchen und ich waren auf dem Weg zum Tag der offenen Tür des TSV Alstertal, bei dem die Turner, Tänzer und unsere Söhne mit einer Vorführung zeigen wollten, was sie in den letzten Monaten vorbereitet hatten. Der Flyer kündigte Auftritte der »1,2,3 im Sauseschritt«, der »Hüpfenden Schnecken«, der »Dancing Bockwürstchen«, der »Flying Bond-Girls« und zwölf weiterer Gruppen an. Luca und Vincent gehörten zum Team der »Mixed Jumpers« und waren schon dort.

Die Mitte der Turnhalle war mit blauen Matten ausgelegt, auf denen umgedrehte Bänke, Holzkästen und ein Trampolin standen. Gefühlte hundert Kinder hüpften hinter einer Absperrung um ihre Trainer herum und kreischten vor Lampenfieber. Nervöse Mütter, gelangweilte Geschwisterkinder, Omas, Opas, Au-Pairs und eine Handvoll Väter schoben sich in den Zuschauerbereich. Was nicht einfach war, denn einige Hardcore-Fanmütter hatten wohl vor der Turnhalle übernachtet und ihr erkämpftes Terrain auf dem Hallenboden mit ausgebreiteten Wolldecken abgesteckt. Knöpfchen saß auf meinen Schultern und krallte sich an meinen Haaren fest. Paula verlor ich, als wir unsere Kuchenspenden abgaben, deren Erlös den Kindern und Jugendlichen zugutekommen würde. Mein Fertigbackmischung-Zitronenkuchen war kommentarlos angenommen worden.

Mit einer gewissen Rührung blickte ich auf einige etwa zwölfjährige Mädchen, die offenbar zur Gruppe »Highschool Musical Dance« gehörten. Sie schmissen ihre langen Mähnen in den Nacken und zupften mit blaulackierten Fingernägeln an ihren bauchfreien Tops herum. Knöpfchen würde in zehn Jahren auch zu solch einer Zicke geworden sein. Als ich in dem Alter war, wollte ich Brian Connolly, den Frontman von »Sweet«, heiraten. Oder Prinzessin werden. Auf alle Fälle plante ich, dass Schönheit, Reichtum und Ruhm eine zentrale Rolle in meinem Leben einnehmen sollten. Dass ich später einmal in der Abteilung für Öffentlichkeitsarbeit eines Einkaufszentrums sitzen würde, hätte ich mir nicht erträumt. Und dass mein Diktiergerät, mit dem ich früher die Interviews mit dem »Mitarbeiter des Monats« aufzeichnete, jetzt seit Jahren auf meinem Nachttisch lag, weil ich damit dokumentieren konnte, wie sehr Jan-Rudi schnarchte, erst recht nicht.

Der Vorsitzende des TSV Alstertal griff zu einem Mikrofon, um die zahlreich erschienenen Gäste zu begrüßen. Er war gerade dabei, das Engagement der ehrenamtlichen

Trainer zu würdigen und sich für die liebevollen Kuchenspenden zu bedanken, als er von Rolf Zuckowski abgewürgt wurde. Dessen Lied »Flieg, meine kleine Kugel« diente offenbar als Startsignal für die »Dancing Bockwürstchen«, die von wild hüpfenden Schnecken verfolgt wurden. Nun entdeckte ich auch Luca und Vincent. Der Bändiger ihrer »Mixed Jumpers« war gerade dabei, seine Truppe in die Arena zu scheuchen, wo der erste Jumper jetzt zum Trampolin rannte, mit einem Sprung auf einer Matte bruchlandete, sich wieder aufrappelte, zum Holzkasten weitereilte, sich daraufhievte und auf der anderen Seite wieder herunterplumpste. Mein Sohn folgte, hopste, scheute vorm Holzkasten und lief außen herum. Vincent hatte anscheinend seinen Einsatz verpasst und irrte zwischen den Turngeräten umher. Die Ordnung in der gesamten Choreographie war beeindruckend. So etwa mussten sich die Atome bewegt haben, als sie in der Ursuppe des Kosmos aufeinanderprallten.

Ich kämpfte mich mit meiner Tochter auf dem Arm zum Kuchenstand. Knöpfchen bestand auf einen formerly known as Negerkuss. War der auch selbstgemacht? Während ich noch mit der Frau am Verkaufsstand darüber diskutierte, wie man die Dinger heute eigentlich nennen könne, ohne sich lächerlich zu machen, war Knöpfchen aus meinem Blickfeld verschwunden.

Hilfe! Ich ließ meinen Kaffee und den Zitronenkuchen stehen und schubste mich durch das Gewühl. Diese blöden Schnepfen auf ihren Wolldecken machten ein Durchkommen fast unmöglich. Da! Mein Kind stand mutterseelenallein hinter einem Mann in einem Maßanzug, der mit seinem iPhone den Auftritt der »Flying Bond-Girls«

filmte. Maßanzüge, hatte ich mal gelernt, erkannte man daran, dass die Knopflöcher an den Ärmeln nicht zugenäht waren. Bei denen von der Stange waren sie es immer. Knöpfchen wiegte liebevoll ihren Schokokuss in den Händen. Der Anzugträger sah aus, als hätte er eben noch als Senior Key Account Manager ein Meeting geleitet und sich dann busy von seiner Sekretärin verabschiedet. Knöpfchen brachte sich hinter seinen anthrazitfarbenen Hosenbeinen in Position. Die Bond-Mädchen Elektra King, Lupe Lamora und Holly Goodhead fesselten seine gesamte Manager-Aufmerksamkeit. Knöpfchen hatte jetzt die Schokolade abgeschleckt und bleckte aus einem schwarzen Gesicht die weißen Milchzähnchen. Dann betrachtete sie den beachtlichen Rest ihres Schokokopf-Massakers und schüttelte ihn aus ihren klebrigen Händen direkt in einen offenen Aktenkoffer.

»Bäh!«, sagte Knöpfchen.

»Sch …«, flüsterte ich. Wie konnte man als Senior Key Account Manager auch nur so dämlich sein, in diesem kriegsähnlichen Gebiet einen aufgeklappten Aktenkoffer auf den Boden zu stellen? War ich eine fiese Terroristenmutter? Würde ich mich nach diesem Anschlag feige mit der Attentäterin aus dem Staub machen? Ich beschloss: Ja. Und zwar ohne Bekennerschreiben.

Gerade als ich mir Knöpfchen schnappte, drehte sich der Senior Key Account Manager herum. Von vorn wirkte er richtig sympathisch: blaue Augen, eine randlose Brille, kleine Grübchen. Jetzt lächelte er, als ob er soeben ein Geschenk bekommen hätte, das mit der Visa-Karte nicht zu bezahlen gewesen wäre. Solch eine Freude über Schaumkussmatsche im Rindsleder-Koffer?

»Ich glaube es nicht«, sagte er. Und dann: »Was machst du denn hier, Paula?«

Mein Blick wanderte überrascht zwischen der plötzlich wieder an meiner Seite aufgetauchten Paula und dem Manager hin und her. Mit meiner schokoverschmierten Tochter auf dem Arm machte ich eine Geste in Richtung der Waschräume, um im nächsten Moment eilig in der Menge unterzutauchen. Rechts blinken, links abbiegen, eine alte Ganoven-Regel.

Vor der Turnhalle wühlte ich in meiner Großraumtasche nach Feuchttüchern. Schon der Wahnsinn, was George, Gina & Lucy alles ausspuckten: Ersatzwindel, Ersatzbody, Müllbeutel, Schere, Trinkflasche, Lippenstift, Handy, zwei angelutschte Traubenzucker-Lollis, Portemonnaie, Kamm, Schlüsselbund mit Playmobil-Anhänger, noch ein Lippenstift, ein Pixibuch »Conni auf dem Bauernhof«, ein Spielzeug-Handy, mehrere Ikea-Bleistifte – aber keine Feuchttücher. Ich fluchte leise und opferte einen großen Zipfel meiner weißen Bluse, um Knöpfchens Hände etwas weniger klebrig zu reiben. Wie peinlich. Hoffentlich entdeckte der Mann den Schweinkram erst zu Hause, dann konnte uns Paula nicht verpetzen. Schlimmstenfalls fiel es ihm erst morgen im Büro auf, wenn er in einem Meeting seine Unterlagen herausfingern wollte. Ich konnte praktisch vor mir sehen, wie der Senior Key Account Manager eine Untersuchung zu Alleinstellungsmerkmalen seines Unternehmens auf den Tisch legen würde – zur Freude seiner Mitarbeiter mit einem abgeschleckten Schokokuss. Ich musste Jan-Rudi dringend fragen, ob unsere Haftpflichtversicherung das übernehmen würde.

»Oh«, sagte Knöpfchen. »Da! Wau!«

Vor uns auf dem Bürgersteig führte ein Mann einen Hund spazieren. Wofür ich ihm dankbar war, weil Knöpfchen dem Wau energisch hinterhermarschierte. Normalerweise würdigte sie jedes Wunder am Wegesrand: Oh, ein Blatt! Oh, ein Stein! Oh nein, ein Kaugummipapier! Für Strecken über 300 Meter empfahl sich nach Möglichkeit der Bus. Doch dieses Mal hatte sie der Jagdinstinkt gepackt. Der Hund lief zwar ein forsches Tempo, schaffte aber kaum Strecke, weil er ständig zwischen der rechten und der linken Seite des Fußwegs kreuzte.

Es war schon merkwürdig – der Mann vor uns sah auf seine Weise mindestens so attraktiv aus wie der Manager in der Turnhalle: groß, schlank, blond, Schimanski-Jacke. Doch der Hund hatte eine verheerende Wirkung auf seine Gesamterscheinung. Der Köter war winzig klein und schien auch die Absicht zu haben, es auf ewig zu bleiben. Ein Malteser? Ein Chihuahua? Jedenfalls kaum bemerkenswerter als ein Eichhörnchen. Außerdem zog das Hündchen an einer viel zu langen Leine, es sah aus, als würde es sein Herrchen spazieren zerren.

Ein großer Mann und ein kleiner Hund, das ging gar nicht. Ein sofortiger, offensichtlicher Disqualifizierungsgrund, wie weiße Socken oder eine Mickey-Mouse-Krawatte. Oder ein dämliches Autokennzeichen. Ein Stuttgarter, der als S-AU unterwegs war, outete sich gleich als Vollidiot. Genauso wie ein Segeberger, der SE-XY durch die Gegend fuhr. Ein alberner Hamburger hatte da schon größere Probleme, sich zu erkennen zu geben. Bei HH-MM war die Botschaft zum Beispiel nicht gleich ersichtlich: Gehörte der Wagen Malte Müller oder bedeutete es Hummel Hummel, Mors Mors?

Der große Mann und der kleine Hund mäandrierten auf einen in die Jahre gekommenen Porsche zu. Bestimmt würde die Typenbezeichnung 911 auf dem Kennzeichen stehen. Ich schaute aufs Schild: HH-SV-911. Stolz auf sein olles Auto und dazu bekennender HSV-Fan. Wie schön, dass auf das männliche Sendungsbewusstsein Verlass war.

»Tüss, Wau«, sagte Knöpfchen und winkte. Der Mann lächelte uns zu, hatte aber keine Hand frei, um zurückzuwinken. Er brauchte beide, um sein Eichhörnchen in einen Hundekorb zu stopfen. Kurz darauf porschte er an uns vorbei.

»Wau alle«, erklärte Knöpfchen ernst. »Brumm.«

Wir kamen zu Hause an. Mit einem Blick auf eine Girlande an der Eingangstür von Michi und Dagmar wunderte sich meine Tochter: »Wasndas?«

Herzlich willkommen, Uschi und Alfred! stand auf einem Pappschild, das von einem selbstgemalten Flor aus Blumen, Herzen, Gräsern und Wurzeln umrankt wurde.

»Das«, sagte ich, »bedeutet wohl, dass unsere neuen Nachbarn eingezogen sind.«

3

Jan-Rudi und ich waren zwei Wochen später bei unseren Doppelhausnachbarn eingeladen – nicht, um die Kaninchen Uschi und Alfred willkommen zu heißen, sondern um Dagmars 38. Geburtstag zu feiern. Michi hatte uns nach der Begrüßung zum Esszimmer gelotst und gleich neben mir Platz genommen. Er schenkte uns Wein und Wasser ein. Die Männer unterhielten sich über ihre Jobs.

»Sagen wir mal so: Die Leute, die momentan bei mir im Werk arbeiten, sind sehr schlicht strukturiert. Da laufen lauter Evolutionsbremsen herum. Wenn du einen Schäferhund durch die Hallen schickst, hebst du den Intelligenzdurchschnitt schon spürbar an.« Michi hielt kurz inne, sah mich an und fügte hinzu: »Meine liebste Anjela, du hast gar kein Wasser mehr zu trinken. Darf ich dir noch etwas einschenken?«

Er nahm mein Glas, goss nach und umfasste leicht und wie zufällig meine Hand, als er es mir zurückreichte.

Michi arbeitete als freiberuflicher Computer-Nerd und war zweifelsfrei in der Lage, im Vorbeigehen Linux oder das benutzerfreundliche Betriebssystem »Freund, der alles für dich macht 8.0« per Bluetooth auf jedem x-beliebigen Kaffeeautomaten zu installieren. Momentan programmierte er kilometerlange Maschinen, die vollautomatisch kleine, aber unglaublich wichtige Teile für die Autoindustrie herstellten.

»Vor dieser Fertigungsstraße sitzt später eine Frau und drückt einen Knopf, wenn eine Fehlermeldung erscheint. Heute habe ich so einer kleinen Flocke eine Einweisung gegeben – und was sagt die Zaubermaus nach einer Stunde zu mir? Sie sagt: ›Ich kann nicht lesen.‹«

Jan-Rudi lachte kurz auf und sagte: »Wenn du keine Ahnung hast, hast du keine Ahnung.«

Ich verdrehte die Augen. »Die wirkliche Evolutionsbremse ist doch der Mensch, der diese arme Frau vor die Maschine gesetzt hat. Und ich schätze, bei dem Vorgesetzten handelte es sich um einen Mann.«

Ich stand auf, um zu Dagmar in die Küche zu gehen, wo sie seit unserem Eintreffen mit Töpfen und Schüsseln klapperte.

»Da hast du völlig recht, liebe Anjela«, sagte Michi, der mir gefolgt war. »Was duftet hier eigentlich so lecker?«

»Szegediner Gulasch«, sagte Dagmar und füllte Kartoffeln in eine Schüssel.

»Ich meinte damit eigentlich dein Parfum«, raunte Michi mir leise zu, als er das dampfende Gulasch zum Esstisch trug. Ich sah ihn stumm von der Seite an und dachte: Ich weiß zwar nicht, was du von mir willst, aber meine Antwort lautet, nur über meine Leiche.

»Ich habe mich genau ans Rezept gehalten, ich hoffe, es schmeckt allen, es kann nur sein, dass etwas Salz fehlt«, sagte Dagmar und lief zurück in die Küche, um kleine Salzstreuer zu holen.

»Ich war heute beim Friseur und wurde von einem appetitlichen Häppchen mit einer Mörder-Figur bedient«, sagte Michi zu Jan-Rudi und schnalzte mit der Zunge. »Wenn so ein kleiner Schnuckelhase dir zärtlich an den Nacken geht, ist das doch gleich ein echter Nutzwert. Die Puppe hat mir den Kopf massiert, und ich dachte nur: How horny is that then.« An mich gewandt fügte er hinzu: »Liebe Anjela, das musst du bei deinem Mann auch mal machen. Dann schnurrt jeder Tiger wie ein Kätzchen.«

Ich ließ das Besteck sinken und schaute Dagmar an. Sie tat so, als ob sie nichts gehört hätte. Dann betrachtete ich Michi eingehend. Kleine, kurzsichtige Augen hinter einer panzerglasdicken Brille. Ein fleischiges Gesicht auf einem Schweinenacken. Graue Borstenhaare. Gelbe Zähne in einem riesigen Mund. An den Schneidezähnen beginnende Karies oder der Rest vom Mittagessen. Unter dem beigefarbenen Hemd ein fetter Hängebauch. Wann hatte dieser Kerl das letzte Mal in einen Spiegel geguckt?

Michi schaufelte das Gulasch einhändig in sich hinein, ein bisschen Soße rann aus seinen Mundwinkeln.

»Hab ich heute einen Witz im Radio gehört«, sagte er zu Jan-Rudi. »Weckt ein Mann seine Frau mitten in der Nacht und sagt: ›Hier, Schatz, deine Kopfschmerztablette.‹ Sagt sie verschlafen: ›Aber ich habe doch gar keine Kopfschmerzen.‹ Sagt er: ›Na, dann ...‹«

Michi zeigte seine gelben Zähne mit dem schwarzen Fleck und lachte wiehernd, und ich schaute zu, wie ein Tropfen Gulasch aus seinem Mund auf das beigefarbene Hemd tropfte. Dann feuerte ich einen Blick zu Jan-Rudi, der nur kurz grinste, mit den Schultern zuckte, einen Schluck Wein trank und in aller Seelenruhe weiteraß. Warum konnte mein Mann jetzt nicht bitte mal aufstehen und diese Kreatur kräftig durchschütteln?

»Schmeckt es euch?«, fragte Dagmar. »Die Kartoffeln hätten vielleicht noch ein bisschen länger gekonnt.«

»Nicht geschimpft ist Lob genug«, sagte Michi.

»Es schmeckt ganz hervorragend«, sagte ich. »Nur der Edelzwicker ist nicht mein Fall.«

Michi sprang sofort auf und erbot sich, in seinem Penny-Sortiment nach Alternativen zu schauen, aber ich winkte hastig ab. Ich hatte keine Lust auf Migräne.

»Aber noch einmal zu den rückenmarksgesteuerten Einzellern im Werk«, sagte Michi kurz darauf. »Die riefen mich neulich um 23 Uhr an, weil die Anlage stehen geblieben war. Ich habe ihnen haarklein erklärt, was sie machen sollen, und gesagt: ›Ich kann nicht kommen, ich habe zwei Flaschen Wein intus.‹ ›Macht nichts‹, haben die Evolutionsbremsen gesagt, ›wir schicken dir ein Taxi und tragen dich zur Anlage.‹ Dabei herrscht dort striktes Alkoholverbot.«

Ich schaute Michi an und dachte: Wie konnte Dagmar es ertragen, mit diesem Monster zusammenzuleben? Und wie viele Leute waren notwendig gewesen, diesen Klops ins Werk zu wuchten?

»Mensch, Michi«, sagte ich mitten in seine Selbstzufriedenheit hinein, »ausgewählte Supermänner wie du können sogar noch besoffen die Welt retten.« Und fügte hinzu: »Aber vielleicht möchte ich doch lieber in Würde aussterben.«

Michi grinste mich breit an. Ich spürte, wie seine kleinen Schweineaugen meine Brüste fixierten. Merkte diese Dumpfbacke eigentlich noch irgendetwas?

»Du erinnerst mich an das Retter-Team von Section 8«, sagte ich und wurde von Jan-Rudi mit einem kurzen, missbilligenden Blick bedacht. Luca hatte die Comics in dem

Karton mit Jan-Rudis Tim und Struppi-Sammlung gefunden. Angeführt wurde die verpeilte Truppe von Sixpack, einem Supermann-Verschnitt mit Bierbauch, der ständig voll war wie ein Eimer. An seiner Seite kämpfte der Franzose Jean de Baton-Baton, der Feinde mit Baguettes verprügelte und sie anschließend mit Zwiebelringen blendete. Ich seufzte resignierend. Egal.

»Wie wäre es mit Eis zum Nachtisch?«, fragte Dagmar.

»Ich bin sehr satt und furchtbar müde«, sagte ich, »aber ich helfe dir noch gern beim Abräumen.« Ich griff nach einigen Gläsern und ging in die Küche.

Michi sprang auf und trug seinen Teller zur Spüle. Durch die Tür sah ich, dass Dagmar ihm verblüfft hinterherschaute.

»Wenn man satt und müde ist, gehört man ins Bettchen«, sagte Michi in der Küche zu mir und gab mir im Vorbeigehen einen Klaps auf den Po. Ich drehte mich langsam zu ihm um. Das durfte ja wohl nicht wahr sein. Er grinste jetzt über sein ganzes Schweinegesicht. Was glaubte der Mann eigentlich, wer er war?

Ich lächelte zurück wie ein Reptil. Dann nahm ich wortlos mein volles Glas Edelzwicker von der Spüle, kippte es auf Michi und sah zu, wie ihm der Wein über das beigefarbene Hemd mit den Gulaschtropfen und über die schlechtsitzende Hose auf seine billigen Plastikschuhe kleckerte. Michi sah nun aus wie ein Monster, das sich in die Hosen gemacht hatte.

»Wie ungeschickt von mir«, sagte ich. »Du arme Sau bist wirklich nur von Idioten umzingelt.«

4

Hättest du Michi und Dagmar nicht fragen sollen, bevor du den Eumel einpflanzt?«, fragte Jan-Rudi mich am nächsten Abend, als er von der Arbeit nach Hause kam.

»Haben die beiden uns gefragt, ob wir Nachbarn von zwei kackenden Kaninchen sein wollen?«, fragte ich zurück. Ich war noch immer stocksauer auf Jan-Rudi.

»Ach, Hasi, ich weiß wirklich nicht, warum du dich dermaßen aufregst«, hatte mein Ehemann am Abend zuvor beim Schlafengehen zu mir gesagt, weil ich mich ausführlich über unseren Doppelhausnachbarn empört hatte. »Michi neigt eben dazu, Körperkontakt zu suchen. Er meint es nicht so.«

Ich hatte mich aufrecht im Bett hingesetzt und Jan-Rudi fassungslos angestarrt. Es gab harmlose Grabbler, Grabbler mit Hintergedanken und hässliche Grabbler mit lüsternen Hintergedanken. Michi gehörte ganz eindeutig zur Kategorie drei. Mich beleidigte schon der Umstand, dass es eine Amöbe wie er überhaupt wagte, mich anzugucken.

Ritterlichkeit war eindeutig kein Steckenpferd von Jan-Rudi, der innerhalb von Sekunden in Tiefschlaf gefallen war, während ich vor Zorn nicht zur Ruhe fand. Wenn andere Männer mitbekamen, dass ihre Frauen betatscht wurden, griffen sie zu den Waffen. Mein Ehemann zog den

Frieden in der Nachbarschaft vor und gab mir den Rat, mich nicht so anzustellen. Unglaublich.

Mein Mann band sich jetzt die Krawatte ab, ließ sie auf einem Stuhl liegen und suchte die Küche nach den Resten des Mittagessens ab. Ich ging in den Keller und nahm die Wäsche von der Leine. Voll grimmiger Zufriedenheit dachte ich an meine Neuanschaffung, die ich am Nachmittag im Garten eingepflanzt hatte. Paul's Himalayan Musk Rambler nannte sich der imposante Rosenstrauch. Ich hatte ihn im Pflanzencenter nach fachkundiger Beratung gekauft: violette Blüten, süß duftend, Rankhöhe irgendwann über fünf Meter, so hoch wie der Sprungturm im Freibad. Knöterich hätte sich wie die Pest um den ganzen Garten geschlungen und Efeu hundert Jahre gebraucht, bis er den Kaninchenstall umrankt hätte.

»Ich weiß gar nicht, was du hast. Ich mag Kaninchen«, sagte Jan-Rudi, als ich mit dem Wäschekorb wieder nach oben kam. Er deutete ein Mümmeln an. »Am liebsten mit Knoblauch, Thymian und einem Schuss Rotwein.«

Wider Willen musste ich grinsen. »Das erzähl mal Justus und Jonas«, sagte ich und kippte den Korb auf dem Esstisch aus. Die fünfjährigen Zwillinge der Nachbarn verbrachten momentan jede freie Minute beim Stall, um Alfred und Uschi den Aufenthalt im Kempinski so angenehm wie möglich zu gestalten. Unser Sohn hatte sich bisher glücklicherweise diskret zurückgehalten. Das Versprechen, das Justus und Jonas ihrer Mutter machen mussten, hatte ihn wohl verschreckt: Die beiden gaben ihr das feierliche Ehrenwort, die Kaninchen täglich zu füttern und den Stall regelmäßig, unaufgefordert und ohne jegliche Äußerung von Unmut zu säubern. Der Preis, daran womöglich für gelegentliches Kaninchenstreicheln beteiligt zu werden, war Luca offenbar zu hoch. Und selbst Knöpfchen schien nichts mit Uschi und Alfred am Hut zu haben. »Da, Hasis«, war ihr einziger Kommentar gewesen. Die Möhren, die ich ihr irgendwann als Willkommensgeschenk für die neuen Nachbarn in die Hand gedrückt hatte, hatte sie selbst aufgegessen.

»Aber ich bleibe dabei«, sagte ich. »Michi ist ein Riesenarschloch, dem du Prügel anbieten müsstest. Und diese blöden Kaninchen stinken. Vielleicht handelt es sich bei mir auch um eine pathologische Abweisung. Ich denke bei den Tierchen nun mal an Gunnar Syster aus dem Einkaufscenter. Und den möchte ich nun wirklich gern aus meinem Gedächtnis löschen.«

Es war der Tiefpunkt meiner beruflichen Karriere gewesen: Mein direkter Vorgesetzter hieß Gunnar Syster, ein Name wie eine Geschlechtskrankheit. Ein smarter Typ, der immer so tat, als habe er die Marketing-Weisheiten mit Löffeln gefressen. Ich hatte damals gegen mein Bauchgefühl seinen Auftrag ausgeführt und eine Kaninchenzuchtschau organisiert. Aus dem ganzen Umland waren Kaninchenzüchter in unser schickes, stylisches Center gepilgert und hatten Stroh und Ställe auf dem Marmorboden im Erdgeschoss arrangiert. Der Kontrast zu Chrom und Glas haute einen schier um. Schließlich musste bei der dreitägigen Schau natürlich noch ein Sieger gekürt werden. Der Gewinner des Contests hieß »Erdbeertörtchen« und war ein unglaublich großes, fettes, weißes Kaninchen. Sein Herrchen sah aus, als ob er schon mal Kandidat bei »Bauer sucht Frau« gewesen wäre. Das Foto von Erdbeertörtchen auf dem Arm des bollestolzen Besitzers in unserem schicken, stylischen Einkaufszentrum ging wunschgemäß durch die gesamte Presse. Der Senior Godfather Himself Manager of the Center beschimpfte uns nach seinem Urlaub unter anderem als gehirnamputierte Provinzgeister. Und Gunnar Syster tat so, als wäre die gesamte Hornochsen-Idee von mir gekommen. Glücklicherweise war ich damals schon schwanger.

»Ich verbinde mit Kaninchen einfach keine positiven Assoziationen«, sagte ich. »Erinnerst du dich noch an meine Kollegin Esther? Die hatte damals einen Hund namens Micky. Micky bekam Herzanfälle, wenn er nicht mehr Gassi gehen wollte, und schmiss sich einfach auf die Seite. Herztropfen, Pillen, Pulver, nichts half. Der Tierarzt meinte, der Hund sei einsam. Also hat Esther ihm ein Kaninchen als Spielgefährten gekauft. Und siehe da: Das Herzrasen hörte auf. Micky hat das Kaninchen tatsächlich nicht gejagt, sondern den ganzen Tag lang abgeschleckt. Das Kaninchen drehte daraufhin völlig durch, wurde bissig und kam schließlich in Einzelhaft. Das arme Vieh hatte sich eine chronische Bronchitis zugezogen, weil es immer klatschnass war. Tatsächlich handelte es sich wohl auch um etwas Psychosomatisches.«

»Und was schlägst du jetzt vor?«, fragte Jan-Rudi, der es sich mittlerweile auf dem Sofa vorm Fernseher bequem gemacht hatte. »Sollen wir ein Befreiungskommando für Kaninchen gründen?«

»Warum nicht?«, sagte ich. »›Free Uschi and Alfred!‹ Das hat doch einen guten Klang.«

Ach, ich war unterm Strich einfach zu lieb. War das alles gerecht? Ich saß noch immer am Esstisch und spielte allein Socken-Memory: 75 Strümpfe suchen ihren Partner. Jan-

Rudi zappte sich derweil durch 100 Kanäle, Verweildauer auf einem Sender: drei Sekunden.

Genau genommen war ich nicht einfach nur zu lieb, nein, ich war ein Schaf. So folgsam, dass ich mich selbst von der Computerstimme beim Telefonbanking mit dem Drücken der Neun verabschiedete, statt einfach den Hörer aufzuknallen. Ich war für kleine Aufmerksamkeiten so dankbar, dass ich gleich einen ganzen Becher Aioli kaufte, wenn mir der Türke am Vorspeisenstand ein Stückchen Fladenbrot mit Knoblauchcreme geschenkt hatte – und nicht protestierte, wenn er den größten Behälter nahm und ihn bis zum oberen Rand vollklatschte. Ich war so gutmütig, dass ich mich von dem Fuzzi in dem Telefonladen eine halbe Stunde zutexten ließ, obwohl ich ihn doch nur nach einem neuen Handy gefragt hatte. Wollte ich 5000 freie SMS in alle Netze und günstig telefonieren für 29,8 Cent die Minute oder kostenfrei telefonieren am Wochenende zwischen 3 Uhr und 8.30 Uhr, dafür aber auch ins europäische Ausland ohne Island zum Flex-Tarif? Ich war so entscheidungsschwach, dass ich dann doch lieber alles beim Alten beließ und mit meinem altersschwachen Handy aus dem Laden flüchtete. Statt dem Fuzzi zu sagen: Schieb mir ein Smartphone rüber und leg dir deinen Flex-ohne-Island-Tarif gehackt auf den Verkaufstresen.

Bestimmt war ich auch manchmal einfach zu doof. Beispielsweise, als ich mir neulich von der sehr freundlichen, sehr bemühten Verkäuferin eine Lederjacke aufschwatzen ließ – weich wie Rosenblüten, apfelfarben wie ein Granny Smith, sensationell herabgesetzt und leider vom Umtausch ausgeschlossen.

»Kermit aus der Sesamstraße wird sich sofort in dich

verlieben«, hatte Jan-Rudi gesagt, als ich das Teil zu Hause aus der Tüte zog. Und: »Vermutlich hatten die in dem Laden eine Wette laufen. Wer es schafft, eine Kundin zum Frosch zu machen, darf den nächsten Samstag freinehmen.«

Nein, gerecht war das alles nicht.

Ich schleppte den Korb mit der zusammengefalteten Wäsche, 37 verknoteten Sockenpaaren und einer Strumpfwaise die Treppe hoch und verteilte sie auf die Kleiderschränke. Dann sammelte ich die Schmutzwäsche ein und trug sie in den Keller. Kurz bevor ich die Waschmaschine neu füllte, hielt ich inne.

Ich sortierte die Sachen von Jan-Rudi aus, die er achtlos auf den Badezimmerboden geworfen hatte. Mit einem maliziösen Lächeln stopfte ich sein T-Shirt in den Werkzeugkoffer und die Socken ins Weinregal zwischen einen 93er Brunello und einen Chianti Classico.

Hier war Schluss mit lustig.

5

»Hast du das gelesen?«, fragte Paula mich eine Woche später. Sie deutete auf eine Meldung im Vermischten der Tageszeitung.

Ich verdrehte die Augen. Wann sollte ich bitteschön an diesem Morgen die Zeitung gelesen haben? Ich hatte einen hibbeligen Neunjährigen zum Bahnhof Altona gebracht, wo um 8.02 Uhr seine Klassenreise nach Sylt starten sollte. Gummistiefel, Bettwäsche, Handtücher und Klamotten für alle Wetterlagen zwischen minus 5 und plus 20 Grad waren kurz vorher aus dem liebevoll gepackten Koffer gerutscht, weil Luca spontan entschieden hatte, dass sein Schnuffeltuch inkognito mitreisen musste. Und deshalb nicht in den Rucksack zu den Bananen, den Broten, den Gummibärchen, den Keksen und der Apfelsaftschorle durfte.

»Wäre doch voll peinlich gewesen, wenn ich Schnuffeli aus Versehen im Zug ausgepackt hätte«, schniefte Luca, während ich schreiend auf dem Koffer herumturnte, in den er den Klump zurückgestopft hatte. Knöpfchen beobachtete interessiert, wie Mama beim Blick auf die Uhr einen Nervenzusammenbruch bekam, und sagte: »Kacka.«

Schließlich war ich wie Evel Knievel quer durch die Stadt gebrettert und um Punkt acht Uhr mit quietschenden

Reifen im strikten Halteverbot vorm Bahnhof zum Stehen gekommen. Für meinen Galopp mit Knöpfchen auf dem Arm, Koffer unterm Arm und Luca mit Rucksack und Großraumhandtasche an der Hand gab es von der Lehrerin einen strengen Blick, von den anderen Müttern am Bahnsteig ein Kollektiv-Lächeln aus Mitleid und Verständnis. Immerhin sorgte das Adrenalin in meinem Blut dafür, dass ich kaum heulen musste, als die Nord-Ostsee-Bahn aus der Halle fuhr. Mein Kleiner das erste Mal auf großer Fahrt und gleich so weit weg und dann noch auf eine Insel! Mein Sohn hatte keine Zeit für Sentimentalitäten und keine Hand frei zum Winken, denn er hatte Vincent im hinteren Teil des Großraumabteils entdeckt. Durchs vorbeiziehende Fenster sah ich, wie er seinen Koffer über die Füße der mitreisenden Fahrgäste schleifte.

»Freiheit!«, hatte Paula gerufen, als der Zug hinter der ersten Biegung verschwunden war. Dann hatte sie sich ein bisschen Wimperntusche unter den Augen weggewischt und mich beim Bäcker auf einen Latte Macchiato eingeladen. Knöpfchen hatte ein Schoko-Croissant bekommen.

»Also hör zu«, sagte Paula nun und wedelte mit dem Hamburger Abendblatt. »Hier steht, dass ein Kanadier jeder belgischen Sabine schreibt.« Sie las vor: »Um die Frau seines Lebens wiederzufinden, hat ein Kanadier zu einer ungewöhnlichen Maßnahme gegriffen. Weil der Mann nur den Vornamen und die Nationalität seiner Angebeteten kennt, schreibt er 3700 Briefe – an jede Belgierin, die Sabine heißt. Der Bauunternehmer Marc Lachance hatte die junge Frau bei einem Urlaub auf Kuba kennengelernt, als sie gemeinsam einen Tagesausflug nach Havanna machten. Obwohl er sich sofort verliebt hatte, traute er sich nicht, sie nach ihrer Adresse zu fragen. Jetzt will er allen Sabines aus dem belgischen Telefonbuch einen Brief schreiben. Lachance sagte der belgischen Zeitung *De Morgen*: ›Ich will sie wiederfinden, koste es, was es wolle.‹« Paula ließ die Zeitung sinken und stieß einen theatralischen Seufzer aus. »Ist das nicht romantisch?«

Ich fegte mit den Fußspitzen die Krümel zusammen, die Knöpfchen um sich verteilt hatte. »Das klingt ein bisschen nach dem Prinzen, der Aschenputtel sucht«, sagte ich. »Nur gibt es statt eines Königreiches zum Happy End eine Kiesgrube in Kanada. Muss man auch wollen.«

»Meine Güte, bist du stoffelig«, sagte Paula. »Ich mag solche Geschichten über die große Liebe. Vielleicht liegt es daran, dass ich seit zehn Jahren verheiratet bin. Vielleicht liegt es auch daran, dass ich mit einem Knochen wie Frank verheiratet bin. Das ist wie eine Art Anti-Märchen: Er glaubt, er sei ein Prinz und behandelt mich wie Aschenputtel.«

»Hört sich das nach einer Ehekrise an?«, fragte ich. »Dabei ist Frank doch ein ganz Hübscher. Und außerdem Pilot.«

»Ja«, sagte Paula. »Frank ist in der Lage, eine Boeing 757 zu fliegen, aber unfähig, die Waschmaschine zu bedienen. Zu viele Knöpfe.«

Ich kramte in meiner Großraumtasche nach Feuchttüchern. »Ich fürchte, dass es zweitrangig ist, welches Modell nun gerade zu Hause auf dem Sofa sitzt«, sagte ich. »Ich tippe eher auf einen generellen männlichen Systemfehler. Frag mal die belgische Sabine nach fünf Jahren Ehe, wie oft ihr Kiesgrubenbesitzer das Bad geschrubbt hat.«

»Kloputzen«, schnaubte Paula. »Das ist ja schon die

hohe Kunst der Hauswirtschaft! Als sich Frank das letzte Mal dazu herabgelassen hat, gab es noch die D-Mark. Er glaubt, die Putzfrau macht das Haus bei uns so schön sauber, dabei kommt sie nur einmal die Woche. Heute Morgen saß er mit uns am Frühstückstisch und kippte mit der Zeitung seinen Orangensaft um. Er starrte auf die Pfütze, die sich ausbreitete und langsam den Tischrand erreichte, und dann guckte er auf mich. Und erst, als ich mich erkennbar nicht vom Fleck bewegte, stand er auf, nahm ein Tuch, wischte kurz über den Saft und schmiss das tropfnasse, klebrige Teil in die Spüle – natürlich ohne es auszuwaschen.«

»Okay, so etwas disqualifiziert ihn für die Prinzenrolle«, gab ich zu. »Aber es ist eben auch typisch. Jan-Rudi lässt im Mikrofasertuch auch immer die Krümel drin. Vielleicht fehlt Männern einfach das Gen zu erkennen, dass ein Lappen ausgespült werden muss. Mission possible, Wischen impossible.« Ich putzte an Knöpfchen herum, die den Schokoladenkern von allem überflüssigen Croissant befreit hatte. »Es ist doch überall das Gleiche. Jan-Rudi jongliert als Diplom-Mathematiker virtuos mit biometrischen Rechnungsgrundlagen, Regress-Kennziffern und dem Panjer-Algorithmus, scheitert intellektuell aber an dem Auftrag ›Küche fegen‹. Weil er sich nicht entscheiden kann, ob er den Besen, den Zaubermopp oder das Ding mit der Gummilippe benutzen soll. Sieh der Wahrheit ins Auge: Hinter jeder faulen Socke steht eine verständnisvolle Frau. Wir sind zu lieb. Wir Aschenputtel müssen lernen, den Stinkefinger zu zeigen. »

Paula klopfte den restlichen Milchschaum aus ihrem Kaffeeglas. »Weißt du, was eine Tenniskollegin von mir sagt? Sie behauptet, Ehemänner wären einfühlsam, charmant, unterhaltsam, witzig und eine Offenbarung im Bett – wenn sie ihre Frauen betrügen. Sie hat jetzt was mit dem Postboten angefangen.«

»Mit dem Postboten?«, fragte ich entgeistert.

»Ja«, sagte Paula und grinste. »Sie hat sich ständig Schuhe im Internet bestellt, und so sind sie ins Gespräch gekommen. Eine andere hat jetzt eine Affäre mit ihrem Automechaniker.«

Ich schüttelte den Kopf. »Also, ich weiß nicht …«

»Sie will ihn ja nicht heiraten«, sagte Paula. »Und als Hausfrau hat sie wiederum nicht so viele Möglichkeiten, schicke Kerle kennenzulernen. Da muss man quasi nehmen, was einem so zuläuft.« Paula strich sich die Haare aus dem Gesicht, lächelte und fuhr fort: »Neulich, bei dem Turnfest, ist mir übrigens mein Ex-Geliebter in die Arme gelaufen. Ehrlich gesagt wäre ich fast ohnmächtig geworden, als er plötzlich vor mir stand.«

Ich erinnerte mich – der hübsche Manager mit dem abgeschleckten Schokokuss in der Aktentasche. Ich schaute sie erwartungsvoll an.

»Naja, wir haben geplaudert. Und ich muss gestehen, dass ich ihn noch immer unglaublich attraktiv finde. Schließlich fragte er mich, ob er mich mit seinem Auto …«

»Oh nein!«, fluchte ich. »Mein Auto!«

Ich ließ die verdutzte Paula sitzen und galoppierte mit Knöpfchen zum Bahnhofsvorplatz. Wir kamen eben um die Ecke, als ein Polizist lässig um meinen Wagen schlenderte. Verfluchte Kiste! Wahrscheinlich tauchte gleich der Abschlepper auf.

»Kennen Sie die Bedeutung dieses Verkehrszeichens?«, fragte der Polizist und deutete auf das Halteverbots-Schild.

»Pffft«, sagte ich, weil ich nicht wusste, wie man auf so eine Frage intelligent antworten konnte.

»Sie blockieren mit Ihrem Fahrzeug den Rettungsweg für die Einsatzfahrzeuge von Polizei und Feuerwehr«, fuhr der Mann fort.

Ich überlegte, von Sylt und dem geplatzten Koffer zu berichten, zog es schließlich aber vor, nur reuevoll zu gucken.

»Ihren Führerschein und die Fahrzeugpapiere«, sagte der Polizist streng.

Nach seinem Tonfall zu urteilen stand meine Verhaftung kurz bevor.

»So«, murmelte er. »Frau Angäla Winter.« Er machte eine Pause. »Ihr Fahrzeug hätte schon vor zwei Monaten der technischen Hauptuntersuchung vorgestellt werden müssen.« Und er ergänzte, weil ich ihn ansah wie ein Schaf: »Das Auto hat keinen TÜV mehr. Aber Sie haben Glück. Ich habe heute nämlich Geburtstag.«

»Herzlichen Glückwunsch«, sagte ich vorsichtig.

»Kümmern Sie sich zeitnah darum. Und für heute gute Fahrt«, sagte der Polizist.

»Tüüs, Tüttatü«, sagte Knöpfchen. Der Wachtmeister lächelte und winkte. Ich winkte zurück.

Unter Beachtung sämtlicher Vorschriften der Straßenverkehrsordnung fuhr ich mit Knöpfchen nach Hause. Ob mein Auto es nochmals schaffen würde, den TÜV-Prüfer zu überzeugen, war mehr als fraglich. Ich würde den Automechaniker meines Vertrauens anrufen müssen.

Was hatte Paula gesagt? Man müsse halt nehmen, was

einem so zuläuft. Den hübschen Manager mit den Grübchen hätte ich sicher auch mal näher betrachtet. Ich schüttelte gedankenverloren den Kopf, als ich überlegte, wer beziehungsweise was *mir* so zulief. Weder meinen freundlichen Schrauber noch den freundlichen Briefträger konnte ich ernsthaft in Erwägung ziehen. Den Gas-Ableser? Den Bofrost-Mann? Mich schauderte. Mein Hausfrauenleben sprühte nicht gerade vor Highlights.

In der Küche blinkte der Geschirrspüler, in der Spüle stand ein Topf mit einer braunen Brühe, auf der Fettaugen schwammen. »Einweichen«, nannte Jan-Rudi diese Haushaltsmethode, die nach einem einfachen Prinzip funktionierte: Er füllte einen schmutzigen Topf mit Wasser. Und sie funktionierte deshalb so gut, weil ich am nächsten Tag die Jauche abkippen und den Topf spülen würde. Mit finsterer Miene sammelte ich seine Espressotasse, sein Frühstücksbrett und das Messer vom Tisch. Ein kleiner Schritt für Jan-Rudi, aber ein Riesenschritt für mein Wohlbefinden, wenn er sein Zeug wenigstens schon mal abräumen würde.

Mit deutlich eingetrübter Laune begann ich, Spaghetti Bolognese zu kochen. Hatten Wissenschaftler je von einer Spaghetti-Bolognese-Allergie berichtet, ausgelöst von einer mehrjährigen Überdosierung? Während ich die Zwiebeln schnitt, räumte Knöpfchen die Schubladen mit den Plastikdosen, die mit den Backformen und die mit den Puddingpulvern aus. Wenn man gerade beide Hände brauchte, musste man eben Opfer bringen.

Was Paula wohl mit ihrem Ex-Geliebten anstellen würde? Sie schien mir in der Stimmung zu sein, die Affäre wieder neu zu beleben. War so etwas überhaupt möglich?

Vielleicht war der Mann ein Geschenk des Himmels, aber das Auspacken war doch mit erheblichen Risiken verbunden. Andererseits: No risk, no fun. Wer immer nur vernünftig reagierte, war vielleicht einfach nur feige. Oder hatte keine Gelegenheiten.

Es klingelte, als es Knöpfchen gerade gelungen war, den Deckel von den bunten Streuseln abzuschrauben, die sich wie ein farbenfroher Sprengsatz über den Küchenfußboden ergossen. Ich klemmte meine widerspenstige Tochter unter den Arm und öffnete. Vor der Haustür stand ein Schornsteinfeger in einem schwarzen, gezwirnten Kehranzug, mit einem schwarzen Käppi auf dem Kopf und rußigen Kehrbürsten auf dem Rücken, und sagte: »Guten Tag. Ich bin der Schornsteinfeger.«

Ich schaute ihn an und sagte: »Nein.«

6

Der große braune Vogel mit den blauen Federn und den schwarzen Knopfaugen hatte mir eine Botschaft überbringen wollen.

Als ich kurz nach Mitternacht unter dem Esstisch hockte und heulend die Pizzakrümel zusammenfegte, dämmerte mir auch endlich, welche.

Jan-Rudi hatte Patrick und Hella Leroux zum Abendessen eingeladen. »Na komm, die beiden sind unheimlich sympathisch«, hatte Jan-Rudi gesagt und mir sein volles Vertrauen ausgesprochen, ein zwangloses Menü für den Abend entwerfen zu können.

Sicher, die beiden waren wirklich nett. Hella war 39, arbeitete als Innenarchitektin, trug ihre roten Locken meist offen und dazu gern Jil-Sander-Kostümchen in Größe 34. Patrick schien auf den ersten Blick überhaupt nicht zu ihr zu passen. Er war Radiomoderator bei einem Privatsender, trat meistens mit Jeans, offenem Hemd und Turnschuhen in Erscheinung und wirkte mit Ende vierzig so unbekümmert, als habe er eben erst sein Abitur gefeiert. Jan-Rudi und Patrick kannten sich seit ihrer Bundeswehrzeit, als sie mit klitzekleinen Lappen riesengroße, ölverschmierte Leoparden putzen mussten und im Wald »Peng-Peng, du-bist-tot« spielten. Die beiden hatten sich jahrelang aus den

Augen verloren und dann zufällig im Foyer des Versicherungskonzerns wiedergetroffen, bei dem Jan-Rudi als Mathematiker arbeitete.

Hella war diejenige, die mir manchmal mehr unheimlich als sympathisch erschien. Ihr Tag bestand aus mindestens 30 Stunden. Sie machte morgens Yoga und abends Pilates, sie kochte Marmeladen aus komplizierten Zutaten und bestrich damit selbst gebackene Biskuits, die sie mit ins Büro nahm, um ihre fünf Angestellten bei Laune zu halten. Ihre Fingernägel schimmerten dezent in Chanel-Rosa, und wenn ihre Füße nicht in Louboutin-Pumps der Größe 36 steckten, dann in Stiefeln, die am Schaft eine Hand breit Abstand zu den Beinen hielten.

Unser erstes gemeinsames Zusammentreffen in einem Restaurant an der Elbchaussee war mir unvergesslich geblieben. Ich musste schrecklich weinen, weil diese bildschöne, erfolgreiche Frau ein so schweres Schicksal zu ertragen hatte.

»Der Arzt hat mir vor zwei Tagen gesagt, dass er nur noch wenig Hoffnung für unsere Greta hat. Ihr kleines Herz ist zu schwach und würde eine nochmalige Operation ihrer Niere nicht überstehen.«

Ich sah sie fassungslos an. Hellas Stimme wurde brüchig. »Sie ist doch erst neun.«

Ich schluckte schwer. Der Kloß in meinem Hals wurde immer dicker, als Hella schilderte, welche Qualen Greta in ihrem jungen Leben hatte durchleiden müssen. Und ich war bereits in Tränen aufgelöst, als ich begriff, dass es sich bei Greta um eine Perserkatze handelte.

»Wenn eine Katze schwer krank ist und ahnt, dass sie bald sterben wird, zieht sie sich unter ein Gestrüpp zurück und bleibt einfach verschwunden«, sagte ich zu Jan-Rudi, als wir von dem Essen nach Hause fuhren. Ich tippte mir an die Stirn. »Tierarzt, Heilpraktiker, Psychologe – vermutlich hat sie die arme Miezi sogar zum Schamanen geschleppt.«

Jan-Rudi nannte meine Bemerkung kaltherzig. »Die Katze ist nun mal Hellas Kinder-Ersatz.«

Der große braune Vogel mit den blauen Federn saß vor dem Küchenfenster, als ich Messer und Gabeln blank rieb. Nach meiner persönlichen Theorie erkannte man eine ordentliche Hausfrau an dem Zustand ihrer Besteckschublade. Ich pulte mumifizierte Nudelreste aus den Kästen. Sie sahen aus wie eingetrocknete Nasenpopel.

»Da guckst du«, sagte ich zu dem Vogel, der mich regungslos anstarrte. »Wenn Jan-Rudi das Besteck in die Schublade schmeißt, hängen oft noch gewaschene Spaghetti an den Gabeln. Oder an einem Messer klebt Nutella, weil Luca das Zeug zentimeterdick aufs Toastbrot geklatscht hat und das Schnellprogramm unseres Geschirrspülers mit der Pampe nicht fertig wurde. Das Ganze bildet dann den Bodensatz in der Besteckschublade, der vermutlich deshalb nicht fault, weil unsere Tabs über Salzfunktion, Edelstahlglanz, Langzeit-Glasschutz, Reinigungsverstärker und Niedrigtemperatur-Aktivator verfügen. Das konserviert. Außerdem zieht sich der Prozess etwas hin, denn so häufig räumt Jan-Rudi den Geschirrspüler nun auch nicht wieder aus.«

Der Vogel blickte mich weiter stumm an.

»Ich bereite doch nicht stundenlang ein raffiniertes Antipasti-Buffet vor, um dann von meiner Besteckschublade als Oberschlampe geoutet zu werden.«

Im Radio war gerade Patrick auf Sendung gegangen. Ich ließ eine Tüte Pinienkerne in eine beschichtete Pfanne rieseln – das finale Topping für einen Rucola-Salat. Eine schöne Stimme hatte der Mann, wenngleich ich mir nicht ganz sicher war, ob die Tontechnik vielleicht ein kleines bisschen nachhalf. Zum Tourneestart einer finnischen Rockgruppe veranstaltete Patrick ein Gewinnspiel um zwei Eintrittskarten. In einem Einspieler sagte eine quäkige Stimme: »Lämpimästi tervetuloa, kiva, että olette täällä!«

»Jaaa«, sagte Patrick, »was will uns der Finne damit sagen? Heißt es: A: ›Hätte ich dich heut erwartet, hätte ich Kuchen da‹ oder B: ›Ein herzliches Willkommen und schön, dass ihr da seid‹? Der zehnte Anrufer gewinnt!«

Ich schwenkte die Pfanne mit den Pinienkernen. Der Vogel war mittlerweile verschwunden. »Alle«, wie Knöpfchen sagen würde. Wo war eigentlich Knöpfchen? Ich schaute ins Wohnzimmer, wo ich sie vor einer kleinen Ewigkeit mit einem Fünf-Teile-Puzzle und zwei Bilderbüchern auf den Teppich gesetzt hatte.

»Da«, sagte Knöpfchen und betrachtete aufmerksam eine große Ansammlung kleiner Plastikteilchen.

»Was ist das?«, fragte ich. Knöpfchen zog die Schultern hoch, breitete die Arme aus und sagte: »Ahnung«, was übersetzt hieß: »Keine Ahnung.«

»Na, was meint der Finne, wenn er sagt: ›Lämpimästi tervetuloa, kiva, että olette täällä‹?«, fragte Patrick aus der Küche eine hyperventilierende Martina aus Langenhorn, die ihm gerade ins Studio durchgestellt worden war. Ich blickte ratlos auf das einzige schwarze Teilchen, das Knöpfchen sich freiwillig hatte abnehmen lassen. Ein A.

»Hihihi«, kiekste die Anruferin. »Ich bin so unsicher. Und so aufgeregt. Aber ich nehme mal Antwort B.«

»Antwort B …«, sagte Patrick und drückte eine Taste mit Trommelwirbel. »Antwort B ist richtig!«

»Oh ja!«, kreischte die Anruferin. »Das ist der absolute Wahnsinn. Dass ich das wusste! Ich kann nämlich überhaupt kein Finnisch!«

»Oh nein!«, kreischte ich. Ich hatte endlich die Herkunft der Plastikteilchen identifiziert. Knöpfchen hatte sämtliche Buchstaben, Ziffern und Satzzeichen von der Tastatur meines Powerbooks gepult, das Jan-Rudi gedankenlos neben dem Fernseher hatte stehen lassen. *Mein* Powerbook!

»Ich bringe ihn um«, sagte ich matt.

Knöpfchen begann zu heulen. Aus der Küche quoll Rauch. Die Pfanne brannte.

Was dann folgte, war eine Verkettung unglücklicher Umstände. Weil die gerösteten Pinienkerne verkohlt waren und sich ein beißender Gestank in der Küche ausbreitete, riss ich die Pfanne vom Ceranfeld, rannte zur Terrassentür und stellte die schwarzen Kerne nach draußen. Ich ließ die Tür offen, um zu lüften. Knöpfchen wimmerte leise: »Mama, Kacka.« Weshalb ich mir Knöpfchen schnappte und mit ihr die Treppe nach oben lief. Ich kämpfte mit meiner Tochter, deren Popo so rot war wie der eines Pavians. Aus der Küche drang »Hardrock Halleluja« zu mir hoch und Geräusche, die sich einer Zuordnung verweigerten. Gepolter. Geraschel. Gepolter. Geraschel-Gepolter. Klirren.

Ich klatschte den letzten Rest Wundcreme auf Knöpfchens Popo, band ihr eine Windel um und rannte wieder die Treppe runter.

Der große braune Vogel mit den blauen Federn saß auf

der kalten Entenbrust mit Balsamico-Vinaigrette und sah mich aus seinen schwarzen Knopfaugen emotionslos an. Dann hüpfte er auf die Spargelfrittata.

»Ksch-ksch!«, schrie ich, woraufhin der Vogel langsam die Flügel ausbreitete. Beim Start fegte er das Vitello Tonnato und den Rucola-Salat mit gegrilltem Pecorino vom Tisch, flatterte über das eingelegte Gemüse – Paprika, Tomaten, Zucchini, Champignons – und landete auf der Platte mit Saltimbocca alla Romana.

»Raus! Raus! Raus!«, brüllte ich, knallte die Küchentür zu und riss sämtliche Fenster auf. Dann griff ich zu einem rot-weiß-karierten Geschirrhandtuch und wedelte damit wie ein Torero in der Ausbildung. Der Vogel kackte vor Schreck einmal auf die Panna cotta und flog nach draußen.

»Na, komm, ich finde das alles richtig lustig«, sagte Patrick. »Und außerdem haben Hella und ich schon seit Ewigkeiten keine Pizza mehr bei Joey's bestellt. Nicht wahr, Liebes?«

Hella strich sich ihre Locken aus dem Gesicht und sagte: »Ich finde Lieferservice auch völlig in Ordnung. Meint ihr, bei denen gibt es auch Salat?«

Die letzten zwei Stunden vor dem Eintreffen des Besuchs, die ich für Haare und Make-up, Ankleiden und die Verwandlung meiner Tochter in ein sauberes Kind hatte verwenden wollen, verbrachte ich mit Fegen, Staubsaugen und Putzen. Jan-Rudi hatte ich nicht erreichen können – wichtige Besprechungen.

»Piep-Piep, alles putt«, hatte Knöpfchen zu ihrem Papa gesagt, als er kurz vor Eintreffen seiner Gäste nach Hause kam und ich aussah wie – ja, eigentlich wie immer. Mit

Blick auf Hella, die einen figurbetonten cremefarbenen Hosenanzug und dazu farblich abgestimmte Pumps trug, zog ich mir wenigstens ein Kleid und schwarze, flache Overkneestiefel an.

»Eine halbe Stunde«, sagte Jan-Rudi, als er den Telefonhörer beiseitelegte. Und, etwas leiser, zu mir gewandt: »Hasi, wusstest du, dass Männer, wenn sie hungrig sind, üppige Frauen attraktiver finden? Hat Patrick neulich im Radio erzählt.«

Ich verdrehte die Augen. Was sollte das denn sein? Trost, Kompliment oder Beleidigung? Jan-Rudi setzte sich zu uns an den Esstisch und schenkte Hella und mir ein Glas Weißwein ein.

»Oder was meinst du – vielleicht doch ein schöner Roter?«, fragte er Patrick. »Wir können ja mal schauen.« Die beiden standen auf und gingen in die Küche.

»Patti und ich waren letztes Wochenende auf Ibiza«, sagte Hella. »Wart ihr schon mal dort?«

Ich lächelte wehmütig und erwiderte: »Ja, ich. Aber das war in einem früheren Leben. Vor Jan-Rudi und mit Liebeskummer. Und eigentlich kenne ich von Ibiza nur den Fähranleger nach Formentera.«

»Eine furchtbare Insel«, sagte Hella. »Die Bürgersteige waren komplett hochgeklappt. Alles war noch geschlossen. Die Insel öffnet erst am ersten Mai. Vermutlich war der Flug deshalb so günstig. Billiger als Busfahren.«

»... es könnte nur sein, dass der unten im Regal noch etwas zu kalt ist«, sagte Jan-Rudi zu Patrick. Die beiden traten in den Flur.

Mir gefror das Blut in den Adern. Oh nein!

»Selbst die Boutiquen – alles dicht«, sagte Hella. »Ich

wollte mir so ein weißes Ibiza-Kleidchen kaufen, aber anscheinend gibt es nur fette Spanierinnen. Alle nur in Größe L.«

Sollte ich versuchen, einen Schwächeanfall zu simulieren? Dies war eindeutig nicht mein Tag.

»Oder sie produzieren die Fummel nur für englische Wuchtbrummen«, sagte Hella. »Aber es war im Grunde ganz gut so. Wahrscheinlich hätte ich den Fetzen nie wieder angezogen. Es gibt Kleider, die kann man nur da tragen, wo man sie gekauft hat. Ich habe mir mal so einen Fummel aus Goa mitgebracht, wenn ich mit dem über den Jungfernstieg spazieren würde, dächte jeder Hamburger, ich sei nicht ganz richtig im Kopf.«

»... ganz klassisch eine gute Flasche Brunello. Aber dann habe ich noch einen Priorat DOCa, ganz rund im Geschmack, wirklich sensationell ...«, hörte ich Jan-Rudi auf der Treppe noch sagen. Dann war er mit Patrick im Keller verschwunden. Ich überschlug die Sammlung von Jan-Rudis Schmutzwäsche im Weinregal: etwa sechs T-Shirts, mindestens sieben Paar Socken, Sportklamotten und hoffentlich nicht mehr als zwei Unterhosen. Gelegentlich fanden seine Klamotten ja doch den Weg in den Wäschekorb. Als die beiden nach einer gefühlten Ewigkeit mit einer Flasche Rotwein wieder nach oben kamen, umspielte Patricks Mund ein unterdrücktes Lächeln. Jan-Rudis Gesichtsausdruck hatte ich das letzte Mal bei Darth Vader gesehen.

Der Pizzabote klingelte.

»Hast du schon mal etwas vom geistigen Resonanzgesetz gehört?«, fragte Hella, als wir am Tisch saßen und ich appetitlos an meiner Pizza Tonno herumsäbelte. »Mir ist aufgefallen, wie du das Geld aus deinem Portemonnaie genommen hast. Achte einmal darauf: Jeder Geldschein hat auf der einen Seite ein Tor, auf der anderen eine Brücke. Du solltest das Geld so falten und so weiterreichen, dass die Brücke nach oben zeigt. Gib es gern – und es kommt wieder zu dir zurück. Diesen Hinweis habe ich von meiner Heilpraktikerin erhalten. Und, glaube mir, die Brücke wirkt.«

Patrick lachte und sagte: »Hella geht zu einer Radionikerin. Ich dachte zuerst: Was, eine Kollegin von mir?«

»Ach«, sagte Hella, »Patti will immer noch nicht so recht daran glauben. Aber meine Heilpraktikerin kann Schwingungen erfühlen.«

Sie schob ihren Caesar's Salad zur Seite und sagte: »Die ganze Erde besteht aus Atomen. Wir alle bestehen letztlich nur aus Atomen. Das ist geballte Energie. Diese Energie verursacht Schwingungen. Und dann gibt es besonders sensitive Menschen, die das erfühlen können.«

Ich blickte kurz zu Jan-Rudi. Jep, seine Schwingungen schwappten deutlich zu mir rüber.

»Da entstehen ständig Wechselwirkungen«, sagte Hella. »Max Planck und Albert Einstein haben versucht, das in Modelle zu fassen. So richtig wissenschaftlich erklären kann man alles noch immer nicht. Im Kern geht es aber darum, dass die Energiefelder gestört sein können. Das erspürt meine Radionikerin und bringt die Schwingungen wieder in Ordnung.«

Ich wusste doch, dass bei Hella nicht alles mit rechten Dingen zuging!

»Und wem kann das in welchen Fällen helfen?«, fragte Jan-Rudi.

»Allen und immer«, sagte Hella.

»Dann brauche ich die Telefonnummer von dieser Tante«, knurrte Jan-Rudi.

»Ich schicke sie dir per Mail«, sagte Hella. »Es lohnt sich, sich mit dem Thema auseinanderzusetzen. Seitdem ich mich mit Radionik beschäftige, glaube ich nicht mehr an Zufälle. Jeder Mensch hat viel mehr Einfluss auf das, was ihm widerfährt, als er glaubt.«

»Bist du eigentlich völlig bescheuert?«, blaffte mich Jan-Rudi an, als Patrick und Hella gegangen waren.

Ich sah ihn mit hängenden Armen an.

»Du hast mich vor einem meiner ältesten Freunde wie einen Volltrottel aussehen lassen. Wie ein Horst. Wie …«

Er schenkte sich noch ein Glas Rotwein ein und trank es in einem Zug leer.

Ich wollte eben ansetzen, mich bei ihm in aller Form zu entschuldigen, als Jan-Rudi zum Generalangriff überging. »Das war ein grottenmäßig peinlicher Abend. *Du* warst peinlich! Wo ich schon mal beim Thema bin: Das Kleid, das du trägst, sieht aus wie der Sitzbezug einer Billigfluglinie. Und sorry, dass ich dir das so offen sagen muss: In den flachen Tretern schlurfst du wie eine Raupe, die einen Baum herunterrutscht.«

Er knallte sein leeres Glas auf den Küchentisch und rauschte ab, ohne mir eine Chance zu geben, ihm darauf zu antworten. Was für ein furchtbarer Tag. Mir fehlte die Energie, mich jetzt noch mit meinem Mann zu streiten. Ich ließ mich kraftlos auf einen Stuhl am Esstisch sinken und starrte gedemütigt auf den Fußboden. Von oben hörte ich, wie Jan-Rudi die Schlafzimmertür geräuschvoll schloss. Dann fiel mein Blick auf die Krümel. Ich stemmte mich mühsam hoch und holte Handfeger und Schaufel, hockte mich unter den Tisch und begann damit, die Pizzakrümel zusammenzufegen. In diesem gebückten Moment fiel mir der Vogel wieder ein. Wie er geguckt hatte. Wie er mich angestarrt hatte. Als ob er sagen wollte: Es ist traurig, wie klein du dich machen lässt. So krümelklein.

Und dann konnte ich endlich weinen.

7

Meine Schwingungslage hatte sich am nächsten Morgen noch nicht merklich verbessert. Von Good Vibrations war ich so weit entfernt wie mein Nachbar Michi von den Beach Boys. Ich dachte finster nach: Welches waren die besten Methoden, mit sofortiger Wirkung eine noch schlechtere Laune zu bekommen, als ich sie ohnehin schon hatte? In meiner Hitliste lautete Top 3:

Losgehen und mich bei Douglas von einer Alien-Frau beraten lassen, welches Make-up sie mir empfehlen könne.

Top 2: Losgehen und in einem hippen Laden unter Assistenz einer Victoria-Beckham-Verkäuferin alle Jeans-Modelle anprobieren – idealerweise in einer neongefluteten, vollverspiegelten Ein-Quadratmeter-Umkleidezelle, die von außen freie Sicht auf Kopf und Beine bietet.

Aus Gründen der Praktikabilität – Knöpfchen war gerade auf dem Fußboden über einem Riesenwimmelbilderbuch eingeschlafen – entschied ich mich für Top 1:

Zu Hause bleiben, meinen mittlerweile mühsam geflickten Laptop einschalten, bei dem jetzt die Buchstaben E, I, R, K, S und das Fragezeichen klemmten, und mich bei Facebook einloggen.

Vor einigen Monaten hatten mich die ständigen Einladungen per E-Mail mürbe gemacht. Zwei Freunde warten auf dich, dein Facebook-Team. Vier Freunde warten auf dich, dein Facebook-Team. Bei »Acht Freunde warten auf dich, dein Facebook-Team« hatte ich nachgegeben und mich registrieren lassen. Die Facebook-Seite erinnerte mich jedes Mal an eine Kirmes: Hier ein Button, um sich auf dem Marktplatz nackich zu machen – Name, Alter, Jahresgehalt, Familienstand, Körpergewicht, sexuelle Vorlieben. Dort ein Button, über den man Fotos ins Universum pustet – mein Haus, mein Boot, mein Meerschweinchen. Ein weiterer Klick, um der Menschheit kundzutun: Wenn mein Leben verfilmt würde – wer bekäme die Hauptrolle (Angelina Jolie, Catherine Zeta-Jones, Christine Neubauer, Katy Karrenbauer, Mutter Beimer)? Weitere Schaltflächen für Spielchen, Filmchen, Karussells und Schießbuden. Bei meinem ersten Besuch war mir so schwindelig geworden, dass ich der Zuckerberg-Mafia mit einem Klick erlaubt hatte, in meinem E-Mail-Speicher nach »Freunden« zu wühlen, die ebenfalls bei Facebook registriert waren. Herausgekommen war ein Panoptikum des Grauens.

Meine Güte, wem hatte ich nicht schon einmal eine E-Mail geschrieben? Gut, ich hatte über den Freundefinder auch meine Cousine Ute aus Rendsburg und meine Freundin Frauke aus Friedrichsdorf wiedergefunden – obgleich ich sie, bei objektiver Betrachtung, nie so richtig verloren hatte. Der Fund meiner Ex-Kollegin Esther verblüffte mich, weil sie auf ihrer Facebook-Seite mit Claudia Effenberg, Cherno Jobatey und Jürgen Drews befreundet war und offenbar einen enormen Zeitaufwand betrieb, Tiere auf einem virtuellen Bauernhof zu füttern.

Das Gros meiner Freunde rekrutierte sich allerdings aus den Figuren, mit denen ich damals im Einkaufszentrum zu tun hatte. Auf dem Live-Ticker mit der Standardfrage »Was machst du gerade?« meldete sich heute die schnippische Fotografin Anita Knopf mit einem Schnappschuss aus der Karibik. »Shooting für die Vogue auf St. Barth. 28 Grad.« (Darunter zehn »Gefällt mir«-Kommentare von ihren Freunden: »Oh, toll!« Oder: »Supi!« Oder: »Eincremen nicht vergessen :-)« Oder: »Du hast einen Beruf, um den ich dich beneide.« Antwort Anita Knopf: »Ach, es ist nur ein Job. Einer muss ihn ja machen.«)

Alexandra Sebastian, eine mittelmäßig begabte Schauspielerin, schrieb: »Muss zu einem Dreh nach Barcelona. Stress!!!! Wer kann mir einen schönen, stadtnahen Strand empfehlen?« (Vier Antworten.)

Kerstin Fleckmann hatte den Link eines Branchendienstes gepostet: »Kerstin Fleckmann ist ab sofort Executive Creative Director bei der Agentur Lichtenberg & Waldhof. Sie übernimmt die kreative Führung der neuen Abteilung ›Creative Works‹.«

Ausgerechnet Kerstin Fleckmann! Diese selbstverliebte Kuh! Genannt Leoparden-Kerstin, weil sie vorzugsweise Pelz trug, wenn sie zu einem Termin erschien. Vor Entsetzen hätte ich am liebsten den Computer geschüttelt. Ich kannte sie noch aus der Zeit, als sie als PR-Tante eines Pharmaunternehmens arbeitete, das unter anderem Tropfen gegen Blähungen vertrieb. Eine Pressemeldung aus ihrer Feder hing monatelang an der Pinnwand von Gunnar Syster:

»Endlich wieder Weihnachtszeit! Doch dies ist nicht nur die Zeit für köstlichen Spekulatius, dampfenden Glühwein und leuchtende Kinderaugen. Dies ist auch die Zeit, in der es im Fernsehprogramm von Wiederholungen nur so wimmelt. So flackert auch der Klassiker ›Vom Winde verweht‹ wieder über den Bildschirm. Apropos Winde: Werden Sie an den Feiertagen auch von unschönen Winden geplagt?«

Ein anderes Mal überraschte sie mit der Idee, mit einem Preisrätsel auf die Wirksamkeit einer Vaginalcreme hinzuweisen. Der Vorschlag von Leoparden-Kerstin für die Verlosung: Zehn Kochbücher mit den besten Pilzrezepten. Sieben Facebook-Freunde hatten ihr viel Glück für die neue Aufgabe als Creative Director gewünscht. Das konnte sie zweifelsfrei gebrauchen.

Die Schlagersängerin Peggy Rocket ließ wissen, dass ihr Auftritt in der Gemeindehalle von Gesecke ein Riesenerfolg war. »Love you all!« (Zwei Gefällt-mir-Kommentare.)

Andreas Ritter, ein lauter, dynamischer, arroganter Verkaufstrainer, mit dem ich zu Single-Zeiten versehentlich eine Mini-Affäre gehabt hatte, stellte seinen neuen Ratgeber *So geht's!* vor: »Die Anzahl der Neider bestätigt unsere Fähigkeiten. Wir müssen die Sieger-Strategien nutzen und von den Besten profitieren.«

Ich klickte sein Profil an: geschieden, zwei erwachsene Kinder, 3995 Freunde, eigene Homepage mit Fotos und Videos seiner Auftritte als Keynote-Speaker auf Kick-off-Meetings. Gut sah er aus, geschniegelt und gegelt, im perfekten Outfit (ich erinnerte mich dunkel, dass er mir damals erzählt hatte, selbst seine Schuhe seien in Handarbeit gefertigt und kosteten mehr als mein Auto). Selbstverliebt stand er auf der Bühne und sagte Dinge wie: »Wenn die Einstellung nicht stimmt, ist das Einzige, was läuft, die Nase.«

Ich atmete tief durch und klickte mich zurück zu den Hauptmeldungen. Neueste Nachricht: Manfred Schmidtmüller, FDP-Spitzenkandidat des Bezirks Wandsbek-Nord, lud zu seinem Vortrag auf dem Winterhuder Marktplatz ein. »Man kann nicht die Schwachen stärken, indem man die Starken schwächt.« Dazu ploppte sein neuestes Foto auf: er mit gelber, frecher Schiebermütze und FDP-Lebkuchenherz um den Hals. Ich suchte den Button, mit dem ich ihn von meiner Freundesliste löschen konnte, fand ihn aber nicht.

Was konnte ich posten? Vielleicht: »Persönlicher Schicksalsschlag bei Aldi – nur wenige Kunden vor mir wird eine neue Kasse aufgemacht. Doch als ich an der Reihe bin, wird die Kassiererin ans Telefon gerufen und verschwindet für zehn Minuten im Büro.«

Oder: »Tobsuchtsanfall meiner Tochter. Habe die Cornflakes aufgefüllt, die sie sich vorhin bei Aldi ausgesucht hat. Jetzt schmeißt sie mit den Cornflakes um sich. Will sofort die glubschäugigen, lachenden Monster haben, die auf der Verpackung abgebildet sind.«

Oder: »War an der Straße, um die graue Mülltonne zurückzuholen. Mülltonne weg. Wer klaut Mülltonnen? Und was mache ich jetzt mit den Kacka-Windeln?«

Ach, ich hasste Facebook.

Gerade wollte ich mich völlig genervt abmelden, als ich einen flüchtigen Gedanken aufnahm und die Namen meiner wichtigsten Ex-Liebhaber in die Suchmaske eingab. Schon bei Nummer drei wurde ich fündig.

Victor.

Der Falke.

Victor Sokolow arbeitete anscheinend noch immer in München als Fotograf, und er sah noch immer umwerfend aus. Eigentlich war er Russe, weshalb er das R immer so charmant aussprach. Er war mit Abstand der schönste Mann in meiner Liebes-Vita: schwarze, halblange Haare, tiefbraune Augen, ein sehr sinnlicher Mund. Er wirkte wie ein Künstler. Oder wie ein russischer Prinz. Dieser Mann hatte mich fast um den Verstand gebracht. Auf seinem Rücken trug er eine Tätowierung mit kyrillischen Buchstaben: Соколов. »Das heißt Falke, es ist die Übersetzung meines Nachnamens«, hatte Victor mir erklärt. Konnte schon sein, aber auf jeden Fall war dieser Name bei ihm Programm. Victor hatte mich ständig zum Heulen gebracht – weil er Verabredungen nicht einhielt, nicht erreichbar war, tagelang in der Versenkung verschwunden blieb. »Liebes, aber jetzt bin ich doch da«, hatte er immer gesagt, wenn er schließlich wieder auftauchte und ich ihm weinend auf seinen tätowierten Rücken trommelte. Schließlich hatte auch Victor Tränen in den Augen – weil ich meinen Job und mein WG-Zimmer hinschmiss und vor ihm von München in meine Heimatstadt Hamburg flüchtete. Zum Abschied hatte er mir das traurigste Bild geschenkt, das er je aufgenommen hatte. Ein alter Mann sitzt zusammengesunken an einem Holztisch und trägt zwei Eheringe am Finger. Ein Sonnenstrahl fällt durchs Fenster und fängt sich im Staub. »Für die Liebe meines Lebens«, hatte Victor als Widmung auf die Rückseite des Fotos geschrieben. Ich hatte es erst gelesen, als ich in Hamburg die Umzugskartons auspackte.

Ich klickte die Freundschaftsanfrage an und schrieb: »Hallo Falke, bist du noch immer auf der Jagd?«

Und dann drückte ich auf »Senden«.

8

Hellas Worte gingen mir nicht aus dem Kopf. Was hatte sie gesagt? Ihre Heilpraktikerin könne positive Schwingungen senden. Wenn mir etwas fehlte, dann waren es nach wie vor Good Vibrations. Immerhin rief Jan-Rudi mich noch vormittags aus dem Büro an, um sich bei mir zu entschuldigen. »Hasi, Hella hat manchmal einen Vogel«, sagte mein Mann zu mir, als ich ihn fragte, ob sie ihm die Adresse ihrer Heilpraktikerin geschickt hätte. Natürlich hatte sie es getan, und natürlich hatte er die E-Mail sofort wieder gelöscht. »Eine Pendeltante, die Albert Einstein und Max Planck als Kronzeugen für ihren Hokuspokus benennt, gehört in die Geschlossene«, sagte Jan-Rudi. »Hella ist manchmal definitiv neben der Spur. Erinnerst du dich, wie sie mal behauptet hat, Paul McCartney sei in Wahrheit schon lange tot?« Jan-Rudi lachte. »Unserer lieben Freundin kannst du erzählen, im Himmel ist Jahrmarkt.«

Damit erachtete er das Thema für beendet.

Also rief ich zunächst konspirativ bei Hella und dann bei der Heilpraktikerin an.

»Im ersten Moment denkt man schon, das sei alles etwas spooky«, sagte Hella. »Aber probiere es doch einfach aus. Die Heilpraktikerin kann Disharmonien erkennen, bevor sich die ersten Krankheitssymptome zeigen. Mir geht es irgendwie besser, seitdem ich bei ihr in Behandlung war. Ich fühle mich so viel ausgeglichener. Eine Stunde kostet 150 Euro – aber ich finde, die Investition lohnt sich.«

Weil eine Patientin abgesagt hatte und ein neuer Termin erst Wochen später zu bekommen gewesen wäre, fuhr ich schon eine Stunde später zu der Praxis in der Sternschanze. Knöpfchen guckte aus großen Augen auf das lärmende, bunte Gewusel um uns herum. Autos, Mopeds, Fahrradfahrer, Hunde, Straßencafés, Gemüsehändler, T-Shirt-Shops, Tattoo-Läden. Weiße Menschen, schwarze Menschen, Menschen mit Kopftüchern, mit Turbanen, mit grünen Haaren und in Wallekleidern. Auf Knöpfchen musste es wie ein Besuch im Wunderland wirken – nach ihrem bisherigen Weltbild lebten Menschen in einem Haus mit einem Garten davor.

Mit ihr auf dem Arm stieg ich die ausgetretenen Stufen des fünfstöckigen Mietshauses ganz nach oben. Ich schnaufte wie eine Lokomotive, als Susanne Müller uns öffnete. Sie war eine brünette, kurzhaarige Frau von Anfang fünfzig, trug weiße Jeans und eine hellrosa Bluse. Eine Strahlen-Zauberin hatte ich mir irgendwie anders vorgestellt. Sie führte uns in das Behandlungszimmer, einen hellen Raum mit großem weißem Schreibtisch und großem Computer, mit zwei Stühlen und einer Liege samt weißer Leinendecke. Hinter dem Schreibtisch stand ein Bücherregal. Und daneben – endlich! – hing ein Bild mit einem Engel.

Ich setzte Knöpfchen auf den Fußboden und füllte einen Fragebogen aus, während die Heilpraktikerin nach einem Spielzeug für meine Tochter auf die Suche ging. Na super, dachte ich, als ich den Katalog beantwortete. Welche

Vorerkrankungen? Welche Beschwerden? Welche regelmäßigen Medikamente? Mit diesem Vorwissen könnte selbst Jan-Rudi Schwingungen erfühlen.

Susanne Müller kehrte mit einem abgegriffenen Memory-Spiel zurück, reichte es Knöpfchen und überflog kurz meine notierten Antworten. Dann nahm sie ein Pendel in die Hand, setzte sich mir gegenüber und ließ es vor meinen Augen kreisen.

»Deutlicher Schlafmangel … Bis auf eine chronische Müdigkeit fühlen Sie sich also gesund?«, fragte die Heilpraktikerin.

Ich nickte und dachte: Senta Berger hatte einmal gesagt, als Mutter von Kleinkindern habe sie überlegt, eine Bank zu überfallen – nur damit sie in den Knast kommt und endlich mal wieder eine Nacht in Ruhe durchschlafen kann. So sensationell war dieser Erkenntnisgewinn nicht.

»Dann werde ich mir jetzt Ihr Energiefeld einmal genauer ansehen«, sagte Susanne Müller und bat mich, meine Hände auf eine Metallplatte zu legen.

»Menschen sind energetische Wesen«, sagte Susanne Müller ernst. »Die ganze Welt ist letztlich nichts anderes als gebündelte Energie. Atome bestehen zu neunundneunzig Komma neun unendlich Prozent aus leerem Raum. Dass Sie jetzt Ihre Hand auf meinem Analysegerät spüren, liegt nicht an der Materie. Dass Sie fühlen, was Sie fühlen, liegt an den Kräften, die zwischen den Energiefeldern wirken.«

150 Euro, dachte ich. Hex, Hex.

»Ich messe jetzt Ihre körpereigenen Schwingungen«, sagte Susanne Müller. »Das wird nur wenige Minuten dauern.«

Auf dem Bildschirm des Computers flackerten bunte

Fieberkurven auf. »In der Datenbank meines Computerprogramms sind Millionen von Schwingungsmustern von kranken und gesunden Menschen gespeichert. Das Programm wird Ihr Muster mit den anderen vergleichen und Abweichungen aufzeigen. Man teilt energetische Zustände in unterreguliert mit Tendenz zum Chaos und überreguliert mit Tendenz zur Starre.«

Der Computer zeigte jetzt das Bild eines stilisierten Menschen, durch den wilde blaue und grüne Linien jagten. Dazu flammten rote Punkte auf – arterielles Gefäßsystem, Auge links, Auge rechts, Binde- und Stützgewebe … Das Ganze wirkte wie eine Mischung aus einem Feuerwerk und einer Wetterkarte mit den Luftdruckgebieten zwischen Azoren und Biskaya.

»Wenn ich den Gesamtzustand des Körpers analysiert habe, kann ich Tendenzen abklären und Nosoden erstellen«, sagte Susanne Müller.

»Alles klar«, sagte ich. Ich verstand kein Wort.

»Krankheiten entstehen zunächst auf der energetischen Ebene und können so schon nachgewiesen werden, bevor die ersten Anzeichen zu spüren sind. Bei der radionischen Behandlung werden dem Energiefeld des Menschen die Kräfte zugeführt, die ihm zum Heilsein fehlen.«

Paul McCartney ist in Wahrheit tot. Aber Elvis lebt. Ich seufzte leise.

»Nosoden sind körpereigene Schwingungen, die potenziert wieder zurückschwingen. So bekommt Ihr Energiefeld die Informationen, um Ungleichgewichte wieder auszubalancieren.«

Jan-Rudi durfte niemals erfahren, dass ich hier war. Never ever. 150 Euro.

Susanne Müller lehnte sich etwas in ihrem Stuhl zurück und lächelte mich entwaffnend an. »Das ist alles schwer zu begreifen«, sagte sie. »Die Behandlung findet im nichtstofflichen Bereich statt, und dies macht sie für viele Menschen schwer nachvollziehbar.«

Susanne Müller deutete auf Knöpfchen, die auf dem Fußboden versunken die Memory-Karten betrachtete. »Wissen Sie, warum Vorschulkinder bei Memory meistens gegen Erwachsene gewinnen? Die Hirnzellen von Kindern sind noch doppelt so gut vernetzt wie die von Erwachsenen. Das kindliche Gehirn saugt sämtliche Eindrücke auf. Je mehr ein Mensch lernt, desto weniger Synapsen benötigt er. Der Mensch übt, in Kategorien zu denken. Er lernt zu abstrahieren, um schneller ans Ziel zu kommen. Erwachsene würden ein Memory-Spiel immer streng sortiert auslegen – kleine Kinder stört es nicht, wenn die Karten kreuz und quer liegen. Mit ihrer vollen mentalen Kraft merken sie sich: viereckig, roter Grund, gelbe Zitrone, liegt in der Mitte, ist etwas verrutscht und so weiter. Erwachsene merken sich entweder die Farbe und drehen dann statt der Zitrone die Sonnenblume um. Oder sie merken sich Frucht und landen dann bei der Erdbeere.«

Ich sah Susanne Müller etwas ratlos an. Ja, und?

Die Heilpraktikerin wandte sich jetzt wieder dem Computer zu. »Unser Gehirn blendet Eindrücke aus, um effektiver arbeiten zu können. Und das ist auch gut so, weil wir eine totale Reizüberflutung erleben würden, wenn wir alle Sinneseindrücke ungefiltert aufnehmen würden. Was ich aber damit sagen möchte: Vieles um uns herum nehmen wir überhaupt nicht mehr wahr, weil wir verlernt haben, ganzheitlich zu denken. Kein Mensch lebt für sich allein –

jeder ist Bestandteil eines großen Ganzen. Wir befinden uns sozusagen in einer Energiesuppe. Wir alle senden Schwingungen aus, wir empfangen Schwingungen, aber wir sind uns dessen nicht bewusst.«

Die Heilpraktikerin klickte ein paarmal mit der Maus und sagte dann: »So. Das Programm hat jetzt alle Ihre Zustände durchgemessen. Und ich gratuliere Ihnen: Ihre Energieebenen verlaufen beeindruckend harmonisch. Als ich Sie eingangs mit dem Pendel untersucht habe, hätte ich noch auf eine Unterfunktion der Schilddrüse und eine leichte Depression getippt. Aber Sie sind ein Hypotoniker. Hypotoniker leben ein ausgeglichenes Leben.«

»Was ist ein Hypotoniker?«, fragte ich.

»Sie haben einen niedrigen Blutdruck«, sagte Susanne Müller. »Damit sind Sie weniger anfällig für Aufregungen und Stress. Bei Ihnen läuft alles in geordneten Bahnen.«

Ich guckte die Heilpraktikerin enttäuscht an. Meine langweiligen Schwingungen verrieten: Alles an mir war brav und harmonisch. Wild und gefährlich – das war es, was ich wollte!

»Könnten Sie nicht noch einmal auf meine Schilddrüse schauen?«, fragte ich.

Susanne Müller sah mich freundlich an und fragte: »Was führt Sie denn wirklich zu mir?«

Ich blickte etwas verlegen auf den Holzfußboden. War es nicht eigentlich egal, ob Elvis noch lebte? Gut, für Paul McCartney wäre es schon blöd … Ich gab mir einen Ruck.

»Ich fühle mich manchmal nur noch mausgrau«, sagte ich. »Wie unsichtbar. Ich bin Mutter, Ehefrau und Hausfrau. Ich bin das Aschenputtel vom Dienst. So habe ich mir das Leben nicht erträumt. Ich liebe meine Familie. Aber ich möchte auch mal wieder als aufregend empfunden werden. Als wichtig. Begehrenswert. Sexy. Ich wünsche mir Romantik. Ein Leben mit Leidenschaft. Ich habe einfach das Gefühl, ständig zu kurz zu kommen.«

So, jetzt war es raus.

»Mangelnde Anerkennung ist das Problem vieler Frauen«, bestätigte Susanne Müller ernst. »Viele Ehen ließen sich harmonisieren, wenn sich die Partner gegenseitig öfter zeigen würden, wie sehr sie den anderen schätzen, lieben, respektieren.« Die Heilpraktikerin hob bedauernd die Hände. »Doch als Radionikerin kann ich nur *die* Menschen mit Nosoden besenden, die sich zu mir in die Behandlung begeben haben. Wenn Ihr Mann sich entschließen könnte, auch zu mir ...«

Ich schüttelte so energisch den Kopf, dass meine Haare flogen. Bevor Jan-Rudi Winter, Diplom-Mathematiker bei einer der größten Assekuranzen Europas, mit Fachgebiet Risikolebensversicherungen, die Treppe zu Susanne Müller, Heilpraktikerin mit Schwerpunkt Schwingungen, hochsteigen würde, ginge die Welt unter. Absolut undenkbar – eher würde die Milchstraße kollabieren.

»Ich bin keine Zauberin«, sagte die Heilpraktikerin. »Ich kann Menschen nur behilflich sein, sich selbst zu verändern.«

Sie schaute mir ernst in die Augen. »An der Zuwendung Ihres Ehemannes kann ich nichts ändern. Doch bedenken Sie: Wenn es um Anerkennung geht, glauben viele Frauen, diese müsste von außen an sie herangetragen werden. Aber auch das schafft keine tiefgehende Zufriedenheit. Viel wichtiger ist, dass Sie selbst anerkennen, was Sie leisten.« Sie klickte erneut an ihrem Computerprogramm herum.

»Was jetzt noch möglich ist – ich kann Ihre Wünsche als Fokustext eingeben«, sagte Susanne Müller. »Als eine Art Mantra. Mein Computerprogramm wird Ihnen dann über das Analysegerät Schwingungen senden. Das hätte zur Folge, dass Ihnen scheinbar merkwürdige Zufälle passieren. Dass Sie Menschen treffen und in Wechselwirkung mit deren Schwingungsmustern treten. Bedenken Sie: Zuerst ist der Gedanke da – dann die Aktion.«

Die Heilpraktikerin tippte einen Text in ihren Computer.

»So?«, fragte sie.

Ich überflog den Text und nickte stumm. »Dann nehme ich das jetzt so in die Besendungsliste auf. Das Gerät arbeitet Tag und Nacht und sendet Frequenzen.«

Ich verabschiedete mich von ihr und dachte: Wenn Jan-Rudi jemals mit diesen Schwingungen in Berührung käme, würde er entweder zwanzig Kilometer im Zickzack laufen oder in Schockstarre verfallen. Unterreguliert mit Tendenz zum Chaos oder überreguliert mit Tendenz zur Starre, je nachdem. Vielleicht würde er sich auch einfach eine Elvis-Perücke besorgen und um einen Baum rennen.

Frequenzen. Schwingungen. Zahlenkombinationen. Quantentheorie. Strahlungen. Oh Mann. Was hätte ich mir für 150 Euro kaufen können? Pumps mit fünfzehn Zentimetern Pfennigabsatz. Einen roten Spitzen-BH mit passendem Höschen. Ein hauchdünnes Negligé. Einen Bleistift-Rock. Aber nein. Ich musste mir erzählen lassen, auf der Erde herrsche energetischer Jahrmarkt.

9

Der Hüne, der später am Nachmittag vor mir im Garten stand, sah aus, als wäre er gerade aus dem Krieg mit der Unterwelt gekommen. Und in gewisser Hinsicht stimmte das sogar. Der Mann war Ende vierzig, hatte ein kantiges Gesicht, einen Vier-Tage-Bart und schulterlange, graue Haare, die er zu einem Zopf gebunden hatte. Über schwarzen Hosen und schweren Stiefeln trug er einen schwarzen, wadenlangen Ledermantel. In der einen Hand hielt er einen Elektroschocker, in der anderen eine Taschenlampe. Und nun sah er mich aus durchdringenden, stahlgrauen Augen an.

»Das sind sie«, sagte Matthias Marsmann durch schmale, gepresste Lippen. »Das ist kein Spaß. Das ist bitterer Ernst.«

Nach unserer Rückkehr von der Heilpraktikerin hatte Knöpfchen im Sandkasten gespielt, als ich den frischen Hügel am Regenrohr entdeckte. Dem Erdaushub zufolge musste ein sehr großes Tier zu uns in den Garten gezogen sein. Alles war aufgewühlt. Ein Marder? Ein Dachs? Auf jeden Fall waren meine Tochter und ich hier nicht allein. Ich hatte sofort im Branchenbuch nach jemandem gesucht, der sich mit so etwas auskannte. Matthias Marsmann hatte mir am Telefon angeboten, sich die Sache erst einmal unverbindlich anzusehen. Und jetzt war er da.

Der schwarze Mann durchschritt unser überschaubares Gelände und blieb schließlich vor dem Erdhügel stehen. Er leuchtete mit der Taschenlampe in einen verdeckten Krater.

»Rattus norwegicus,« zischte Matthias Marsmann, den seine Visitenkarte als staatlich geprüften Schädlingsbekämpfer auswies. »Wanderratten. Und zwar nicht zu knapp.«

Ich verzog das Gesicht. Mit seinem Elektroschocker deutete er auf Uschi und Alfred, die im Kempinski vor einem Teller mit Möhren und Salatblättern saßen. »Zu fressen bekommen die Ratten hier genug. Tischlein-deck-dich. Wie am Hotelbuffet. Maschendraht ist für die Viecher kein Problem. Die stellen ihre Schultern und den Beckengürtel schräg, dann kommen sie durch Maschen, die nicht größer sind als zwei Zentimeter.«

Ich merkte, wie ich eine Gänsehaut bekam. Matthias Marsmann blickte mir streng in die Augen. »Wenn Sie nicht aufpassen, haben Sie bald fünfzig, sechzig Ratten am Haus. Und irgendwann kommen sie rein. *Ins* Haus. Und ich sag Ihnen was: Wenn eine Ratte von einem Menschen in die Enge getrieben wird, greift sie an. Die Biester können aus dem Stand einen Meter hoch springen.«

Ich schnappte mir Knöpfchen, die gerade dabei war, sämtlichen Tulpen in den Beeten den Kopf abzureißen.

»Wenn sie einem nicht ins Gesicht springen, dann verbeißen sie sich ins Bein«, sagte der Ratten-Krieger mit knarzender Stimme. »Und muss ich Ihnen sagen, welche Krankheiten die Biester dann übertragen?« Er machte eine kleine Kunstpause. »Wobei, dazu braucht es noch nicht einmal einen Rattenbiss. Schon der Kot der Ratte genügt. Die Exkremente sind hochinfektiös.« Er blickte stumm in Richtung der Sandkiste.

Ich stieß einen Schrei aus, als der Wind ein welkes Blatt über den Rasen trieb. Knöpfchen wimmerte vor Entsetzen.

»Aluminium, Zink, Blei, Gips – alles kein Problem. Da beißen sich die Biester durch.« Der Mann sah grimmig die Hauswand hoch und betrachtete den Balkon. »Wenn sie klettern, benutzen sie ihren Schwanz als Balancierstange. Aber am liebsten mögen sie Abwasserrohre. Wussten Sie das? Und wenn sie tauchen, können sie zwei Minuten unter Wasser bleiben.« Mit amateurhaften Methoden könne man das Rattenproblem nicht in den Griff bekommen, dozierte Matthias Marsmann weiter. Dazu seien die Ratten viel zu intelligent. Sie könnten kommunizieren. Würden sich gegenseitig warnen. Verfügten über ein filmisches Erinnerungsvermögen. Das sei kein Kindergeburtstag. Sondern ein Fall für den Profi. Mit zitternden Händen unterschrieb ich den Vertrag für das Exekutionskommando.

»Ach, Hasi, ich glaub's einfach nicht«, sagte Jan-Rudi, als er am Abend nach Hause kam, und tippte sich an die Stirn.

»Aber es gab Fälle, da sind Ratten in Kinderbettchen geklettert und haben die Finger der Babys angefressen«, sagte ich. »Oder die Ohren.«

Jan-Rudi verdrehte die Augen.

»Ratten klettern sogar Rohre hoch«, sagte ich. »Und tauchen können sie auch. Willst du, dass so ein Vieh irgendwann hinterm Duschvorhang sitzt? Oder aus der Toilette hüpft?«

Jan-Rudi atmete hörbar aus.

»Wenn sich eine Ratte angegriffen fühlt, springt sie aus dem Stand bis zu zwei Meter hoch«, sagte ich.

»Aus dem Stand aus der Toilette springt die Ratte direkt

ans Ohrläppchen«, sagte Jan-Rudi. »Und sie ist so ein schlauer Fuchs, dass sie gleich noch einen Kumpel mitbringt, der sich simultan in die Nase verbeißt.« Er schüttelte betrübt den Kopf und fuhr in sanfterem Tonfall fort: »Du lässt dir aber auch jeden Mist erzählen.« Er klang jetzt so milde wie Moderator und Ex-Pastor Peter Hahne. »Keine Frage, Ratten sind widerlich und müssen weg. Aber dafür braucht man doch keinen Rattenfänger für siebenhundert Euro! Siebenhundert Euro! Hasi, da hast du dich aber richtig über den Tisch ziehen lassen. Schauen wir mal, ob wir diesen Blödsinn noch rückgängig machen können.«

Ich schnappte mühsam nach Luft, griff nach dem Vertrag und schleuderte ihn Jan-Rudi vor die Füße.

»Nenn mich nicht Hasi!«, brüllte ich. Und dann knallte ich die Tür.

»Was für ein Arschloch«, sagte Paula.

»…«, sagte ich.

»Und nun?«, fragte Paula.

»Alle«, sagte ich und drehte mein leeres Prosecco-Glas zwischen den Fingern. Paula verschwand in der Küche, um eine neue Flasche aus dem Kühlschrank zu holen. Um meinen Zorn abzureagieren, hatte ich mich aufs Fahrrad gesetzt. Eigentlich wollte ich mir nur die Wut aus dem Bauch strampeln, doch dann war ich bei Paula vorbeigekommen und hatte Licht gesehen.

»Und nun?«, wiederholte Paula.

»Plop«, machte die Flasche.

»Prost«, sagte Paula.

»Jetzt kann Jan-Rudi erst einmal sehen, wie er Knöpfchen ins Bett kriegt«, sagte ich. »Diese abendlichen Psychospiele mit einer Zweijährigen sind normalerweise unter seiner Drachentöterwürde. Ist schon nervig, jeden Abend mit einem Zwerg über die Sinnhaftigkeit des Zähneputzens zu diskutieren. Und dann noch eine halbe Stunde am Bett zu sitzen, um mindestens zwei Conni-Hefte vorzulesen: Conni auf dem Bauernhof. Conni geht zum Zahnarzt. Conni kommt in den Kindergarten. Conni kennt die Tiere ganz genau, Conni hat 'ne Katze in Weißgrau. Und Connis größtes Problem ist: Nimmt sie heute die rote oder die blaue Schleife?« Ich trank einen weiteren Schluck Prosecco. »Wir wären prima Kandidaten für ›Wetten, dass‹. Ich kann sämtliche Conni-Folgen auswendig und Knöpfchen auch. Wenn ich nur einen Satz auslasse, muss ich zur Strafe wieder von vorn anfangen.«

»Und was machst du mit dem Rattenfänger?«, fragte Paula.

»Ich mache gar nichts mit ihm«, sagte ich. »Soll ihm doch Jan-Rudi klarmachen, dass er eine Frau geheiratet hat, die leider unzurechnungsfähig ist.«

Paula steckte sich eine Zigarette an und pustete gekonnt Kringel über ihr Glas. »Frank würde die Krise bekommen, wenn er wüsste, dass ich im Wohnzimmer rauche«, sagte Paula. »Selbst im strömenden Regen schickt er mich auf die Terrasse. Und dann versteckt er gern den Aschenbecher.«

»Dieses Oberlehrerhafte bringt mich zur Weißglut«, sagte ich. »Kann ja sein, dass man die Viecher auch mit Rattengift aus dem Baumarkt massakrieren könnte. Aber deshalb muss man mit mir doch nicht reden wie mit einem kranken Pferd.« Ich schenkte noch einmal nach. »In einem Seminar habe ich mal gehört: Es gibt Adler und Frösche. Der Adler fliegt. Er behält die Übersicht. Der Frosch sitzt auf dem Boden und quakt. Du darfst raten, wem ich mich momentan ähnlicher fühle.«

Paula nickte bedächtig.

»Als wir geheiratet haben, waren wir Partner«, sagte ich. »Jetzt geht's mehr in Richtung Held und trottelige Assistentin. Bald ist Jan-Rudi besser mit einem Hund bedient. Auch ein treuer Gefährte, zuverlässig, gibt keine Widerworte und geht sparsam mit seiner Kohle um.«

»Wer hat bei euch denn den besten Platz vorm Fernseher?«, fragte Paula. »Meine Theorie ist ja, dass du an der Sitzordnung ablesen kannst, wie es um die Hackordnung bestellt ist. Und wer Entscheidungen trifft. Sagen wir mal so: Ich darf bestimmen, was es zu essen gibt. Frank bestimmt, was in der Glotze läuft. Ich koche, aber er filmt schließlich nicht. Weißt du, was ich meine?«

»Ich falte abends Wäsche zusammen«, sagte ich matt und schaute auf die Perlen in meinem Glas, die sich wie ein Fischschwarm hin- und her bewegten. Auf und nieder. Auf und nieder.

»Ich wollte immer einen starken Mann. Hab ich ja auch bekommen«, sagte Paula. »Vor zehn Jahren auf einer Party fing es an. Ich wollte eigentlich nur tanzen. Frank stellte sich vor mich, sah mir in die Augen und sagte: ›Gehen wir gleich zu mir oder müssen wir erst noch etwas trinken?‹ Und ich Dussel bin mitgegangen.« Paula ließ ihren Zigarettenfilter in die leere Flasche fallen, die sie als Aschenbecher benutzte.

»Wie in der Werbung für die Pfefferminz-Bonbons: Ist er zu stark, bist du zu schwach«, sagte ich. Der Prosecco tat langsam seine Wirkung. »Ein bisschen romantischer war es bei uns schon«, sagte ich. »Jan-Rudi hatte damals ein milkablaues Fiat-Cabrio, und wir fuhren die halbe Nacht durch den Hafen, weil wir die Köhlbrandbrücke gesucht haben. Das Ding selbst ist ja nicht zu übersehen, aber der Weg hinauf ist einfach nicht ausgeschildert. Hoch über der Stadt, mit den Lichtern der Kräne und der Schiffe unter uns, haben wir uns das erste Mal geküsst. Mit Jan-Rudi hättest du damals Werbung für cooles Rasierwasser machen können. Lange Haare, Surfer-Frisur, Waschbrettbauch. Außerdem kannte er den Unterschied zwischen Rucola- und Gurkensalat. Und er wusste, dass Rotwein nicht in den Kühlschrank gehört. In jener Nacht habe ich beschlossen, dass er der Richtige für mich ist.«

»Wann ist denn jemand der Richtige?«, fragte Paula und schenkte erneut nach.

»Richtig ist der Mann wohl dann, wenn man sich nicht mehr fragt, ob er der Richtige ist«, sagte ich etwas schleppend und trank noch einen Schluck Fischblubberwasser.

»Hmm«, sagte Paula. »Weil man das Beste gefunden hat? Oder weil man nichts Besseres kriegen konnte?«

Wir schauten schweigend in unsere Gläser.

»Vielleicht ist Franks Chefgehabe ja eine Berufskrankheit«, sagte ich. »An Bord ist er ja auch der Bestimmer. Glaubst du eigentlich, dass er treu ist?«

»Frank ist Cargo-Pilot«, sagte Paula. »Im Moment ist er auf Sibirien-Tour. Nowosibirsk, Omsk, Krasnojarsk, Irkutsk – alle Nester zwischen Taiga und Tundra. Um ihn herum sind keine hübschen Stewardessen, die ihn anhimmeln, sondern nur störrische Frachtarbeiter, denen er in den Hintern treten muss. Und um ehrlich zu sein, so genau will ich das auch gar nicht wissen.« Paula schüttelte die Flasche, aus der es dampfte wie aus einem Vulkan. »Bevor mich Frank an die Kette gelegt hat, war ich mit einem echten Romantiker zusammen. Er hieß Jörg und besang ständig meinen Anrufbeantworter.«

Sie räusperte sich und sang: »Wenn du willst, verbrenn das Bild von mir/wenn du willst, das letzte Souvenir/Wenn du willst, dann tu was dir gefällt/doch etwas kannst du nicht auf dieser Welt/Das kannst du mir nicht verbieten/dich zu lieben alle Zeit/ganz genauso wie heut…« Sie lächelte etwas verlegen. »Oder er steckte mir Zettel an die Windschutzscheibe: Wie wäre mein Leben ohne dich? Wie ein Jahr ohne Sonnenschein. Wie ein Fluss ohne Wasser…«

»Schööööön«, sagte ich. »Und warum hast du dann Frank geheiratet?«

»Weil Jörg schon verheiratet war«, sagte Paula.

»Das ist ein Grund«, sagte ich.

Paula verteilte den Rest der zweiten Proseccoflasche auf unsere Gläser. »Ich habe dir schon einmal von Jörg erzählt. Das ist der Mann, den ich bei diesem Turn-Tohuwabohu wiedergetroffen habe.«

Ach ja. Der hübsche Manager mit der klebrigen Aktentasche.

»Er hat mir seine Handynummer gegeben. Er ist auch hier in die Vorstadt gezogen.«

»Oh«, sagte ich.

Paula hielt ihr Glas, als sei es die Kugel einer Wahrsagerin. »Weißt du, was ich neulich mal gelesen habe? Ich gehe nicht über Leichen. Aber durchaus mal über Leichtverletzte. Darüber denke ich seit ein paar Tagen nach.«

»Puh«, sagte ich. Langsam fiel es mir schwer, klar zu denken und das Gedachte deutlich zu artikulieren. »Sagen wir mal so. Das ist tricky. Das ist Risiko.« Ich kämpfte mit den Worten. »Also. Das ist riskant. Oder ich frag mal anders. Wie wäre dein Leben ohne Frank?«

»Mein Leben ohne Frank?«, fragte Paula. Sie trank ihr Glas in einem Zug aus. »Mein Leben ohne Frank wäre – irgendwie anders.«

Der Heimweg gestaltete sich mühsam. Was unter anderem daran lag, dass bei der Konzeption des Hamburger Radwegenetzes niemand daran gedacht hatte, dass an einem Fahrrad ein Kinderanhänger befestigt sein könnte. Links Bäume, rechts Bäume. Radeln auf einem Gefährt mit Überbreite verlangte vom Fahrer eine gehörige Portion an Augenmaß. Und dann überall diese Poller. Puh, diese Poller. Nachdem sich zwei Poller knapp vor einem Frontalzusammenstoß als *ein* besonders tückischer Poller herausgestellt hatte, stieg ich ab und schob das letzte Stück nach Hause.

Nahezu lautlos öffnete ich die Haustür und huschte elfengleich die Treppe zum Schlafzimmer hoch. Jan-Rudi schien einen heißen Abend verbracht zu haben. Er lag gemeinsam mit Mausi, Tante Rosa, Wolle und Herrn Hase in unserem Bett und schnarchte wie ein Bär. Knöpfchens Fuß ruhte auf seiner Nase und behinderte ihn beim Luftholen. Ich schlich in Knöpfchens Zimmer, trat in der Dunkelheit auf eine Backform aus der Ikea-Kinderküche und ein sprechendes Bilderbuch, das »Muuuh« machte. Die hochtalentierte Opernsängerin sang »Auf de schwäb'sche Eisebahne«, als ich die Plastikhammondorgel vom Sofa fegte und kurz darauf in Tiefschlaf fiel.

10

Ich wachte auf mit dem Riesen-Ernie im Arm und Toddy, dem Teddy, auf dem Kopf und hatte solch ein pelziges Gefühl auf der Zunge, als ob ein Hamster zwischen meinen Zähnen verendet wäre. Vor mir stand Knöpfchen und sagte erfreut: »Mama!« Und dann, ein wenig vorwurfsvoll: »Mama! Kacka!«

Ich rappelte mich mühsam hoch und schaute mich in Knöpfchens Zimmer um. Ich kniff die Augen wieder zu. Das war jetzt hoffentlich nur ein Traum. Vorsichtig blinzelte ich am Teddy vorbei. Für das, was ich sah, konnte es nur eine Erklärung geben: Jan-Rudi musste gestern in die Rolle von John McClane geschlüpft sein und hatte einen einsamen Kampf gegen den Terrorismus geführt. Kacka-Alarm? Yippie-Ay-Yay, Schweinebacke! Du bist noch nicht müde? Willkommen auf unserer Party, Schwester!

Hatte Bruce Willis jemals Rücksicht darauf genommen, wie der Ort seiner Berufung nach erfolgreicher Mission aussehen würde? Um mich herum herrschte eine Verwüstung wie nach »Stirb langsam«, Teil 1 bis 4. Bausteine, Pixibücher, Puzzleteile, Duplofiguren und die gesamte Flotte aus dem Matchboxautoeimer bildeten den Bodensatz auf dem Teppich. Die Kinderküche war leer geräumt, die Schublade mit den Bilderbüchern ebenfalls. Die Armee der

Kuscheltiere war gesprengt worden, und auf dem Maltisch vertrocknete gelbe, blaue und rote Knetmasse. Aus einer umgefallenen Nuckelflasche tropfte Milch. Das gesamte Stillleben hier war nicht für die Augen des Jugendamtes bestimmt. Das einzig Tröstliche an dieser Szenerie: Das Kind hatte überlebt. Und nicht nur das – es war quietschvergnügt.

»Wo warst du???« stand auf einem Zettel, den mir Jan-Rudi als vorwurfsvollen Gruß neben seiner schmutzigen Espressotasse auf dem Küchentisch zurückgelassen hatte. In der Spüle stand ein Topf mit Tomatensoßenjauche, neben der Spüle stapelten sich Mülltüten. Ich sank auf einen Stuhl und fühlte mich schon wieder so kraftlos wie ein Kartoffelsack. Gab es eigentlich so etwas wie ein Geruchsgedächtnis? Irgendwie schmeckte mein Kaffee etwas streng. Faulig-säuerlich. Immerhin, Knöpfchen war mittlerweile sauber. Unglücklicherweise war die volle Windel gerissen, als ich sie in den Eimer werfen wollte, bei dem man versäumt hatte, eine neue Tüte einzulegen. Was für ein Schweinkram. Der Terrorist auf der Wickelkommode hatte sich kaputtgelacht, weil Mama hektische Bewegungen und komische Wörter miteinander kombinierte. Klassischer Fall von zu vielen Aufgaben und zu wenigen Armen.

Mittlerweile saß Knöpfchen vorm Fernseher und guckte leidlich interessiert dabei zu, wie ein blauer Hase und ein grenzdebil lächelnder Mann namens Christian durch eine schlecht gemalte Zeichentricklandschaft hüpften und nach der Nase eines Schneemanns suchten.

Ich stellte mir vor, was eine Frau vom Jugendamt sagen würde: »Wissen Sie nicht, dass es sehr schlecht ist, Kinder unter drei Jahren vor den Fernseher zu setzen?« – »Äh, ja, nein, aber da läuft doch nur Kikaninchen.« – »Kinder in diesem Alter verstehen noch gar nicht, was da an schnellen Bildfolgen auf sie einprasselt.« – »Aber gerade eben hat Knöpfchen gelacht.« – »Fernsehgucken kann die Netzhaut von Kleinkindern schädigen und das Sehvermögen dauerhaft beeinträchtigen.« – »Ich lasse sie doch nur ein halbes Stündchen gucken. Sehen Sie, ich habe einen ausgewachsenen Kater, und ich wollte erst einmal in Ruhe duschen, auch weil ich voller Kacke war, und dann musste ich noch nachschauen, ob sich auch keine Ratte hinter dem Duschvorhang befindet ...«

Oh nein, wenn eine Frau Prusseliese klingeln sollte, würde ich die Tür auf keinen Fall öffnen.

Was ich jetzt brauchte, war ein Plan. Milestones, wie ich es in einem früheren Leben genannt hatte. Also: 1. Gemeinen Mülltonnendiebstahl anzeigen und zeitnah eine Tonnenlösung finden, 2. Anziehen, 3. Einkaufen, 4. Aus dem Trümmerberg um mich herum irgendwie einen vorzeigbaren Haushalt erschaffen.

Alternative Planung: 1. Anziehen, 2. Personalausweis, Kreditkarten und Knöpfchen schnappen, 3. Taxi zum Flughafen bestellen.

»Arm«, sagte Knöpfchen. Der grenzdebile Mann im roten Poloshirt und sein blaues Kaninchen hatten anscheinend für heute Feierabend gemacht. Bedeutete: Milestones abarbeiten, aber ab jetzt einarmig.

Knöpfchen und ich schafften es eine Stunde später, Milestone »Wochenmarkt« in Angriff zu nehmen.

»Guten Tag, meine Schöne! Da bist du ja wieder! Ach, du kannst einen Mann verzaubern. Du hast die unglaublichsten Augen, die ich je gesehen habe. Wie sie strahlen – das ist, als ob die Sonne aufgeht!«

Wenigstens auf Arwid war wieder einmal Verlass. Er sah mich an und sagte zu Knöpfchen: »Ich würde glatt behaupten, du hast ganz viel von deiner Mama und vermutlich gar nichts von deinem Papa.«

Arwid war der Einzige, der diesen gebrauchten Tag noch retten konnte. »Frau Winter, was darf ich heute für Sie und Ihre bezaubernde Tochter tun?«

Milestone »Mülltonne« war an der Hotline gescheitert, denn bei der Hamburger Stadtreinigung sang Oscar: »Ich mag Müll! Alles, was staubig ist, schmutzig und dreckig, alles, was rostig ist, gammlig und speckig, jaaa!« Leider kam Oscar einfach nicht zum Punkt. Knöpfchen bestand darauf, auch mit ihm zu telefonieren, und hatte uns mit dem Drücken der falschen Taste nach zehn Minuten aus der Warteschleife katapultiert.

Milestone »Anziehen« zog sich durch zähe Verhandlungen in die Länge. Rote Jacke oder lila Matschanzug? Rosa Gummistiefel oder Turnschuhe mit Blümchen? Knöpfchen drohte zwischenzeitlich mit dem Abbruch aller Gespräche, schmiss sich auf den Boden und hielt die Aussicht, ohne Mama zu Hause bleiben zu müssen, für eine durchaus interessante Option. Milestone 2 war vom Schwierigkeitsgrad vergleichbar mit dem Ziel, einen lebenden Tintenfisch in ein Einkaufsnetz einzufädeln.

Jetzt hatten wir Milestone 3 in Angriff genommen. Die längste Schlange auf dem Wochenmarkt hatte sich wie immer vor Arwids Fleischparadies gebildet. Das Frischfleisch an seinem Stand war nicht unbedingt günstig, aber von ausgesuchter Qualität. Dafür standen Hamburger

Hausfrauen gern etwas länger an und hofften, vom Chef persönlich bedient zu werden. Denn Arwid sah aus wie Brad Pitt mit weißer Schürze: blonde Haare, markantes Gesicht, stahlblaue Augen, Drei-Tage-Bart und ein appetitlicher Body unter dem Kittel.

Er lächelte geheimnisvoll, wenn er Rücken, Schulter oder Rippen empfahl. Sein Blick wurde so unergründlich wie ein Bergsee, wenn Hüfte, Lende oder Keule im Angebot waren. Arwids Augen sprachen: ›Bella, du könntest mich sofort verführen!‹, während sein sinnlicher Mund Worte formte wie Hackfleisch, Frikassee oder Leberwurst.

Arwid machte eine galante Geste, reichte Knöpfchen ein Würstchen und sagte zu mir: »Ich habe heute eine Blume *nicht* gepflückt, um dir ihr Leben zu schenken.«

Mit seinem Mund konnte man Werbung für Zahnpasta machen. Eine Rentnerin kicherte, die Vollzeitmütter neben mir guckten neidisch. Mein Lächeln fiel etwas skeptisch aus. Normalerweise bediente sich Arwid lyrischer Kalendersprüche nur dann, wenn eine Frau über siebzig oder gar nicht nach seinem Geschmack war. Ich nahm meine Tüte mit den Kalbsschnitzeln, dem gemischten Aufschnitt und der Bärchenwurst entgegen und bekam zum Abschied noch einen tiefen Blick geschenkt.

»Haben Sie auch Zunge?«, fragte die nächste Kundin.

»Selbstverständlich«, sagte Arwid. »Heute ganz besonders zart, gnädige Frau.«

Ich drehte mit Knöpfchen eine Runde über den Markt und dachte über Arwids Verkaufstalent nach. Vor uns ging der Mann mit dem winzigen Eichhörnchen-Hund, dem wir neulich nach dem Turnfest schon einmal begegnet waren. Er beziehungsweise sein Köter war gerade dabei, sich mit seiner viel zu langen Leine an einem Gemüsestand zu verheddern.

Tja, der schöne Arwid … Von den Komplimenten des hanseatischen Brad Pitt konnte eine durchschnittlich ausgehungerte Ehefrau bestimmt eine Woche lang leben, deshalb durfte es bei ihm auch immer etwas mehr sein. Eigentlich eine simple Geschäftsidee, wenn man über die nötigen Ressourcen verfügte.

Ein Teenager auf Rollerblades mit einem Ghettoblaster auf der Schulter rollte zackig an uns vorbei. Aus den Lautsprechern dröhnte Lady Gaga.

Ein Rentnerehepaar schimpfte dem Jungen hinterher. In diesem Moment zerrte der Mann mit der Schimanski-Jacke den Hund aus den Kartoffeln hervor. Mit einem Satz sprang der Eichhörnchen-Köter nach vorn, direkt in die Laufbahn des Teenagers, der auf seinen Rollerblades strauchelte, sich im letzten Augenblick wieder fing und dann die Schlange vor Arwids Fleischparadies sprengte. Die Hausfrauen flatterten wie ein Hühnerhaufen auseinander und gackerten böse, der Teenie rappelte sich auf, und Lady Gaga sang: »I want your love, and I want your revenge, I want your love, I don't wanna be friends, I want your bad romance …«

Wenn das nicht schon die ersten Anzeichen einer veränderten Schwingungslage waren.

11

Im Briefkasten befanden sich an diesem Donnerstag ausnahmsweise weder Werbung noch Rechnungen, sondern zwei Postkarten. Die erste zeigte einen Personenzug, der durch eine aufgepeitschte See mit turmhohen Wellen über einen schmalen Damm fuhr. Auf der zweiten war ein dicker Mann mit langem Bart, Wallemantel und einem spitzen Hut abgebildet. In großen Lettern stand unter seinen Füßen: Was du liebst, lass frei. Kommt es zurück, gehört es dir – für immer. (Konfuzius)

Die dramatische Karte kam von Luca, die meditative von meiner früheren Kollegin Isy, die Sprüche verschickte, seitdem ich ihr gesteckt hatte, dass mir Luxushotels, Panoramablicke und Traumstrände grüne Neidpickel bescherten.

Luca schrieb: »es get mir gutt ich fermise äuch nich ser fiele Grühse fon Luca.«

Da mäkele noch einer am Hamburger Schulsystem herum – seinen Namen hatte er unfallfrei geschrieben. Ich heftete die Karte gerührt an die Pinnwand. Auf dem Elternabend vor der Klassenfahrt hatte es hitzige, ja hysterische Diskussionen um die Frage gegeben, ob und gegebenenfalls wie es den Eltern gestattet sein dürfte, Kontakt zu ihren armen verwaisten, vielleicht verwahrlosten Kindern aufzunehmen. Eine Postkarte als Überlebenszeichen war das einzige Zugeständnis, das sich die kaltherzigen Lehrerinnen hatten abtrotzen lassen.

Isy kündigte an, ab heute für zwei Tage in Hamburg zu sein, und fragte, wann ich Zeit hätte. Ich fummelte meinen Octopussy aus der Matschhose und den rosa Gummistiefeln, schmiss die Fleischtüte ins Null-Grad-Fach des Kühlschranks und schrieb eine SMS an Jan-Rudi. Nachdem er mir missmutig geantwortet hatte, rief ich Isy an, und wir verabredeten uns in einem Restaurant in Eppendorf.

Isy lebte mittlerweile in München. Vor vielen Jahren hatte ich einmal mit ihr zusammengearbeitet, als wir beide noch Praktikantinnen waren. Sie besaß doppelt so viele Haare wie ich, war weit über eins achtzig groß und trug grundsätzlich Mörderschuhe mit schwindelerregend hohen Absätzen. Mir war nie wieder jemand begegnet, der so schnell reden, essen und trinken konnte wie sie. Isy erklärte das Phänomen mit ihrer Kindheit in einer Kommune. Survival of the fittest – wer nicht zu Potte kam, blieb hungrig, durstig oder ungehört. Sie war ausgesprochen liebenswürdig, vergaß aber nie: Nett sitzt auf der Ersatzbank.

Unser gemeinsamer Chef war ein peinlicher Proll gewesen, Denis Krawtzcykinski, der auf Nachfrage gern sagte: »Mein Name schreibt sich wie Enis, nur mit einem D am Anfang.« Doch während ich Löcher in den Boden starrte, wenn er Sätze losließ wie »Andere Länder, andere Titten«, lachte Isy ihm schallend ins Gesicht. Als Denis Krawtzcykinski sie auf einer Party angrabbelte und murmelte: »Alles Banane, du Pflaume?«, hatte sie geantwortet: »So long, King Kong« und ihm eine gescheuert. Später, als ich mit Luca schwanger war, hatte sie sich als Eventmanagerin selbstständig gemacht und verdiente im Monat mehr als ich in einem Jahr. Das heißt, dachte ich missmutig, solange ich noch Geld verdient hatte.

Das Lokal lag in der Nähe des Isebekkanals und war so vornehm, dass es auf eine Speisekarte neben der Eingangstür verzichtete. Die wenigen Tische waren mit weißem Leinen eingedeckt, das silberne Besteck ruhte auf schwarzen Schiefertafeln, in den langstieligen Gläsern spiegelte sich das Licht einer sandfarbenen Kerze. Wir entschieden uns für die Empfehlungen des Maître.

»Anjela, du könntest in neunzig Prozent aller Werbespots mitwirken, die im deutschen Fernsehen laufen«, sagte Isy, während sie ihre Doradenröllchen auf Blumenkohl-Couscous-Salat in sich hineinschaufelte. »Fruchtgummis, Waschmittel, Stromanbieter, Autos, automatische Parmesanhobelmaschinen – eine schöne Frau, ein schöner Mann, zwei wohlgeratene Kinder, alle sitzen im Garten, und ein Eichhörnchen klettert einen Baum hoch, das zieht immer.« Sie trank einen ordentlichen Schluck Sauvignon blanc. »Davon träumen alle Menschen. Ich auch. Jedenfalls manchmal. Kommt schon vor, dass ich mich frage, ob ich nicht etwas ganz Wichtiges verpasst habe.«

Ich ließ mir eine in der Schale gedämpfte Jakobsmuschel auf der Zunge zergehen. »Autos gehen aber nur, wenn sie mindestens vier Türen haben«, sagte ich. »Passarati ja, Porsche Fehlanzeige.« Ich schob einen Thymianzweig an den Tellerrand. »Aber das eine ist das Leben, das andere ist nicht Werbung, sondern Reklame«, sagte ich. »Denkst du tatsächlich über eine Familie nach? Dann höre ich sofort auf, von meiner zu erzählen.«

Ich grollte Jan-Rudi noch immer. Er war zwar pünktlich nach Hause gekommen, um Knöpfchen zu übernehmen, aber die Übergabe war sehr geschäftsmäßig verlaufen. Das Chaos im Kinderzimmer hatte ich belassen und mir lediglich eine Schneise von der Tür bis zum Wickeltisch freigeräumt. Nach einem zweiten Papa-Abend würde ich wahrscheinlich schweres Gerät benötigen, um die Aufräumarbeiten in Gang zu bringen.

Isy blickte mit einer hochgezogenen Augenbraue zum Kellner, der prompt an den Tisch eilte, um unsere Gläser aufzufüllen.

»Kinder …«, sagte Isy nachdenklich, »mittlerweile habe ich das Thema für mich abgehakt. Mal passte es nicht, mal passierte glücklicherweise nichts. Und wenn ich ganz ehrlich bin, wollte ich nie wirklich ein Kind haben. Weil ich immer Angst hatte, dass dann nicht genug Liebe für mich übrig bleibt. Klingt das egoistisch?«

»Ist doch egal, wie es klingt«, sagte ich. »Oder hast du das Gefühl, dass du dich rechtfertigen musst?«

»Jede Frau ist selbst dafür verantwortlich, ob sie ein zufriedenes Leben führt. Schiefgehen kann es mit Kindern, aber auch ohne«, sagte Isy.

Wir schwiegen, als der Kellner die Vorspeisen abräumte.

»Gibt es David noch?«, fragte ich.

David war ein junger Künstler aus London, den Isy vor einem Jahr übers Internet kennengelernt hatte. Eine Postkarte aus dem Victoria & Albert Museum hing noch immer an meiner Pinnwand. »Fotografien ohne Fotoapparat – Schattenwurf auf lichtempfindlichem Papier«. Es war etwas Schwarz-Weiß-Gekräuseltes zu sehen. Hübsch, irgendwie interessant, also sozusagen ganz bestimmt Kunst.

Isy lächelte. »Ja. Das heißt nein. Also, David ist reizend. Er hat mir abgefahrene Ausstellungen gezeigt, ist mit mir durch Covent Garden gelaufen und hat immer wieder gesagt, wie ›gorgeous‹ er mich findet.« Sie trank noch einen Schluck Sauvignon. »Er ist süß. Er hat solche netten Strubbelhaare. Er gehört zu denjenigen, die keinen Bock haben auf gleichaltrige Engländerinnen, die bauchfreie Tops tragen und Bier saufen. Er hat keine Lust auf Festlegungen, auf dieses Ehe-Familie-Kinder-Gejammere. Mit David verband mich ein ganz unverbindliches Win-Win-Geschäft.«

Ich sah sie fragend an. Wieso verband? War der Mann doch schon wieder Geschichte?

Der Kellner trat mit den Tellern des Hauptganges an unseren Tisch und verkündete feierlich: »Fasanenbrust mit Sauce Suprême und Trüffeln und geangelter Wolfsbarsch auf gestampften Kartoffeln, Boudin Noir, Roter Paprika und Olivenvinaigrette.«

Isy brachte ihr Besteck in Stellung und sagte, gleich nachdem der Kellner wieder fort war: »Nun, es gab doch einige Kleinigkeiten, die mich gestört haben. Er ist halt fünfzehn Jahre jünger als ich. Das Einzige, was sich in Davids Kühlschrank befindet, ist ein Muskelaufbaupulver. Und in seinem Badezimmer mit einer vergilbten Rosentapete gibt es zwei Wasserhähne – einer für kaltes, einer für warmes Wasser. Das ist typisch für englische Badezimmer. Kannst du dir vorstellen, zu welchen Verrenkungen das beim Waschen führt?«

Ich sah die hampelnden Engländer praktisch vor mir. Die armen Windsors.

Isy verschlang den geangelten Wolfsbarsch, warf die Paprika mit den Stampfkartoffeln und den schwarzen

Scheibchen hinterher und sagte: »Das mit David dümpelt jetzt so ein bisschen vor sich hin. Aber meine letzten Versuche, einen anderen gescheiten Kerl aus dem Netz zu fischen, waren allesamt ernüchternd. Ein Typ nannte sich Jimmy Jim-Jim – das hätte mir gleich zu denken geben sollen. Jimmy Jim-Jim wollte mit mir skypen. Und dann sah ich auf dem Computer plötzlich einen Kerl, der offenbar nackt unter seinem Bettlaken saß und mir zeigen wollte, wie er mit dem Tuch ohne Hände eine Zirkuskuppel errichten kann.«

Ich verzog das Gesicht. »Und?«, sagte ich. »Hast du dir die Vorstellung angesehen?«

»Natürlich hab ich ihm das Licht ausgeknipst«, sagte Isy. »Der Nächste – ein Mann namens Ulf – war auch ein Reinfall. Seine E-Mails lasen sich intelligent und charmant. Dann haben wir uns in einem Café in der Leopoldstraße getroffen, und mich traf fast der Schlag. Ulf ist knapp größer als ein Hydrant, trug einen hundefutterbraunen Cordanzug und eine Brille mit bestimmt zwanzig Dioptrien. Und dann gab es noch einen Typen, Ricky, der abends zu unserem Date in einer Bar am Englischen Garten erschien, mich ansah und nur meinte: ›Ach, eigentlich bin ich gar nicht durstig.‹ Und – schwupps – war er wieder verschwunden.«

Ich griff in den Brotkorb und sagte: »Einen Mann haben oder keinen Mann haben – das ist wie die Wahl zwischen Not und Elend. Zwischen Pest und Cholera. RTL 2 und Super RTL ...«

Isy nickte betrübt. »In den letzten Wochen hatte ich nur Nato-Meetings – No action, talk only. Ich werde allerdings auch immer verschrullter. Der letzte leidlich ernsthafte Kandidat hieß Ole. Er ist Däne, lebt aber seit ein paar

Jahren auf Mallorca. Er wohnt in einer Finca, einem umgebauten Pferdestall, inmitten von Mandelbäumen. Er ist intelligent, kultiviert, zuvorkommend, hört klassische Musik.«

Ich sah Isy aufmunternd an.

Isy seufzte, ehe sie fortfuhr: »Er hört nicht erst abends klassische Musik. Sondern schon morgens. Das Gejiddel fängt schon beim Frühstück an. Das ist mehr, als ich ertragen kann. Dann bekomme ich gleich wieder diesen bösen Blick. Wie eine Hexe. Gucke auf sein schütteres Haar. Auf seinen ausgebeulten Pullover. Und denke, bei diesem Mann fehlt mir einfach das Königliche.«

Ich verdrehte die Augen.

Isy hob entschuldigend die Hände. »Die Finca sah malerisch aus, aber sie war schweinekalt. Was auch daran lag, dass Ole immer die Heizung auf null gedreht hat, sobald wir das Haus verlassen haben, um einen Ausflug mit meinem Mietwagen zu machen. Ich glaube, er ist einfach geizig. Er hat zum Beispiel das Wasser im Topf nicht sprudelnd kochen lassen, sondern den Gasherd gleich zurückgedreht, wenn es blubberte. Dabei habe ich ihm gesagt, dass es wichtig ist, dass Pasta sprudelnd kocht. Zwei Tage war ich bei ihm, jeden Tag aßen wir Pasta, was ja auch in Ordnung war, aber immer hat das Wasser nicht richtig gekocht. Das macht mich irre.«

Schief grinsend sagte ich: »Ich dachte immer, die Orte mit dem höchsten partnerschaftlichen Aggressionspotenzial seien das Badezimmer und der Wäschekeller. Doch wo du es sagst: Ich kriege Zustände, wenn Jan-Rudi versonnen vorm Topf steht und dem Nudelwasser beim Kochen zuschaut. Dabei kann es das ja ganz allein.«

»Aber eure Spaghetti blubbern im Wasser und werden nicht zusammen mit Giuseppe Verdi verkocht«, beharrte Isy.

»Stimmt«, sagte ich: »Sie drehen sich in wilden Strudeln, die auf das Ceranfeld schwappen, und geraten besonders bissfest, weil im Hintergrund läuft: Ich bin Schnappi, das kleine Krokodil, hab scharfe Zähne und davon ganz schön viel ...«

Der Kellner trat an unseren Tisch, um den Hauptgang abzuräumen.

»Sehr lecker«, sagte Isy. »Was war eigentlich das Schwarze auf meinem Teller?«

»Ich vermute, Sie meinen Boudin Noir«, antwortete der steife Kellner.

Isy stellte ihre Augenbraue hoch.

»Gebratene Blutwurst«, sagte er.

»Ehm, ja«, sagte Isy.

Der Kellner lächelte, als er den Espresso brachte.

»Wenn du nicht bereit bist, kleine Schrullen zu ertragen, könnte es mit einer dauerhaften Partnerschaft schwierig werden«, sagte ich. »Irgendeinen Hau haben sie alle.« Ich kippte vorsichtig etwas Zucker in meine Tasse. »Jan Rudi ist nicht fähig, einen einsamen schmutzigen Becher in den Geschirrspüler zu stellen. Er sammelt. Erst, wenn sich das Geschirr türmt, erbarmt er sich schließlich. Der Mann einer Freundin hat dagegen den Spleen, den Geschirrspüler, den sie eingeräumt hat, wieder umzuräumen. Weil er das systematischer macht und mit seiner Technik drei Teller mehr hineingehen. Da kannst du dich fragen, was du schlimmer findest.«

»Ich glaube, ich möchte weder das eine noch das andere«, sagte Isy. »Ich will einen königlichen Mann und kein Gequake um den Geschirrspüler.«

»Kronprinz William ist nun mal schon verheiratet«, sagte ich. »Und sein kleiner Bruder ist nur Prinz. Außerdem hättest du dann wieder das Problem mit den beiden Wasserhähnen.«

»Die Schlösser in England sind wahrscheinlich auch nicht besonders gut isoliert«, sagte Isy und winkte nach dem Kellner, um die astronomisch hohe Rechnung mit ihrer schwarzen American Express zu begleichen.

Wir wanderten zu meinem Auto, das ich kilometerweit entfernt vom Restaurant geparkt hatte – gewiefte Eppendorfer hatten in der Regel ein Fahrrad im Kofferraum, um von ihrem Parkplatz nach Hause zu kommen.

»Bist du glücklich?«, fragte Isy.

»Hmm«, sagte ich.

»Sag mir bitte, dass es wundervoll ist, eine Familie zu haben«, sagte Isy.

Ich schaute sie an. »Auf dem Wochenmarkt hat heute eine ältere Frau Knöpfchen über den Kopf getätschelt, obwohl sie so etwas nicht leiden kann, und gesagt: ›Du bist so süß, dass man dich klauen könnte.‹ Ich habe geantwortet: ›Geben Sie mir zwanzig Euro und gut ist's.‹ Daraufhin sah sie mich mit einem Blick an, als ob sie gleich die Polizei rufen würde.«

»Tz, tz, tz«, machte Isy.

»Nein, im Ernst, meine Familie ist mir heilig«, sagte ich. »Aber trotzdem finde ich vieles nicht gerecht. Das Leben von Jan-Rudi hat sich so gut wie gar nicht verändert – meins wurde auf den Kopf gestellt. Daran haben sich alle gewöhnt. Vor allem Jan-Rudi. Für ihn ist das, was ich mache, selbstverständlich. *Ich* bin selbstverständlich.«

Isy stöckelte einen Moment lang schweigend neben mir her und sagte dann: »Weißt du, was ich neulich in einer Frauenzeitschrift gelesen habe? Versuchsratten im Labor reagieren auf Unsicherheit mit vermehrter Anstrengung.«

»Ratten sind gerade ein ganz, ganz schlechtes Thema«, sagte ich, während ich in meiner Großraumhandtasche nach dem Autoschlüssel kramte.

»Es ging in dem Artikel um die Frage, warum einige Frauen immer an den Falschen geraten. Und was man machen kann, um das romantische Knistern in einer Partnerschaft zu konservieren, wenn man endlich den Richtigen gefunden hat.«

»Jan-Rudi ist vieles, aber keine Ratte«, protestierte ich.

»So meine ich das nicht«, sagte Isy und stieg in meinen Wagen. »Aber das Ratten-Prinzip soll sich auf Ehemänner übertragen lassen. Heißt: Schaffe Unsicherheiten. Bleibe im Kopf eigenständig. Bleibe unkalkulierbar. Schaffe Ungewissheiten, um dich interessant zu machen.«

»Ach«, erwiderte ich, »so einfach ist das. Und dann kommt der Ehemann wie Richard Gere mit einer Rose im Mund nach Hause, sperrt die Kinder ins Klo und trägt dich ins Schlafzimmer?«

Ich fuhr Isy zu ihrem Hotel an der Alster. Etwas beschämt dachte ich an die Schwingungen, die wohl gerade den Fluss aufwärts zu mir gesendet wurden. Doch außer den Ratten und Matthias Marsmann war bislang noch nichts von Bedeutung bei mir angekommen. 150 Euro.

Ich seufzte und sagte zum Abschied zu Isy: »Die Idee, im

Kopf eigenständig und damit unkalkulierbar zu bleiben, ist sicher nicht schlecht – nur leider nicht familienkompatibel. Ich fürchte, dein schöner Zeitschriftenartikel wurde von einer Single-Redakteurin verfasst, die auch noch an die Existenz königlicher Kerle glaubt.«

12

Ich war am nächsten Tag ganz zufrieden mit mir, bis Jan-Rudi kurz vor dem Mittagessen mit hängenden Schultern nach Hause kam und mich aus waidwunden Augen ansah. Immerhin hatte ich es mit Knöpfchens tatkräftiger Unterstützung geschafft, mein Auto wegen der abgelaufenen TÜV-Plakette in die Werkstatt zu fahren (»Wenn es ein Pferd wäre, würde man es wohl erschießen, hahaha!«), das mysteriöse Verschwinden der Mülltonne aufzuklären (»Manchmal werden die Behälter einfach von den Fahrzeugen mitgeschluckt …«) und die Verwüstungen aus Stirb langsam, Teil 1-4, im Kinderzimmer zu beseitigen. Als das Elend an der Haustür klingelte, wollte ich gerade mit Paula telefonieren, um die Rückkehr der verlorenen Söhne von der Klassenfahrt zu organisieren.

»Mir geht es gar nicht gut«, flüsterte Jan-Rudi und hustete ausführlich. Dann ließ er die Aktentasche und seinen Mantel kraftlos auf den Fliesenboden gleiten und schleppte sich ins Obergeschoss. Offenbar zog er sich zwecks Sterbevorgang ins Schlafzimmer zurück.

»Papa?«, fragte Knöpfchen.

»Ich glaube, Papa bekommt einen Schnupfen«, sagte ich. »Da müssen wir beide jetzt besonnen, tapfer und vor allem ruhig bleiben.«

»Aaaaargh«, fluchte ich, als wir Knöpfchens Kindersitz in Paulas Auto wuchteten und die verschlungenen Gurte durch tückische, fingernägelfeindliche Ösen fädelten. Dieses Patent hatte mit Sicherheit nur einem Mann einfallen können. Natürlich wäre es am unkompliziertesten gewesen, wenn ich allein mit Paula zum Bahnhof Altona hätte fahren können. Doch da Jan-Rudi seinen Zustand als äußerst kritisch einstufte, war es ihm nicht zuzumuten, ein Kleinkind zu beaufsichtigen. Er hatte genug damit zu tun, sein eigenes Überleben zu sichern.

»Jeder Mensch leidet, wenn er krank wird. Aber niemand leidet schlimmer als Jan-Rudi«, sagte ich zu Paula, als wir endlich losfuhren. »Wenn mein Mann niest, heißt es gleich: Alarm! Emergency Room! Schwester, bitte sofort auf die Seuchenstation!«

»Und du rennst dann wirklich los?«, fragte Paula verblüfft.

Ich zuckte mit den Achseln. »Bevor die Killerviren ihr Opfer dahinraffen, muss ich schon tätig werden. Heute war meine erste Amtshandlung ›Fiebermessen, gegen den Widerstand des Patienten‹.«

»Und?«, fragte Paula.

»38,1 Grad«, sagte ich. »Kein Wunder, dass er schon so geschwächt war.«

Paula grinste.

»Ich muss dankbar sein, dass ich unseren Sohn jetzt überhaupt abholen darf«, sagte ich. »Jan-Rudis dramatischer Gesundheitszustand wird in den nächsten Tagen eine 24-Stunden-Betreuung erforderlich machen. Und nebenbei muss ich dafür sorgen, dass dem Patienten jede Aufregung erspart bleibt. Kein Kindergebrüll, kein Staubsauger, kein Schleudern der Waschmaschine, kein unnötiges Klappern mit Geschirr. Nur Ruhe.«

Ich stellte meine Stimme auf dünn und brüchig. »Schweester! Ich brauche Aspirin! Schweester, warum haben wir keinen Hustensaft? Schnief, jetzt ist die Fernbedienung unters Bett gefallen. Schweester, ein Schluck Hühnerbrühe täte mir bestimmt gut. Hustkeuch. Schweeester, nun habe ich Durst. Hustschnief. Pfui Teufel, aber doch nicht auf Kamillentee …«

»Und du eilst in die Küche und servierst ihm anschließend Orangensaft – gern frisch gepresst?«, fragte Paula.

»Klar«, sagte ich. »Vorher renne ich aber in die Apotheke, Hustensaft besorgen. Und werde dann noch dafür angemacht, dass die Taschentücher alle sind und die arme Kreatur in seiner Not in eine Rolle Klopapier trompeten musste.«

»Ich glaube ja, dass die Schwere des Krankheitsverlaufes etwas mit dem frisch gepressten Orangensaft zu tun hat«, sagte Paula. »Wenn Frank krank ist, werde ich zu Oberschwester Rabiata. Ich ziehe die Vorhänge zu, stelle ihm eine Familienpackung Taschentücher, einen Mülleimer und eine Flasche Mineralwasser ans Bett und mache die Tür fest zu. Spätestens am zweiten Tag sieht er aus wie Struppi, befindet sich aber in der Lage, das Krankenlager aus eigener Kraft wieder zu verlassen. Betüddelt Jan-Rudi dich denn auch so, wenn du krank bist?«

»Kranke Mütter sind von der Evolution nicht vorgesehen«, sagte ich. »Mit vierzig Grad Fieber bewege ich mich zwar wie ferngesteuert, aber kippe deshalb noch lange nicht um. Ich halte es da wie ein Duracell-Hase: und läuft und läuft und läuft …«

»Frauen sind so blöd«, sagte Paula. »Männer verhalten sich eindeutig cleverer. Ist dir schon mal aufgefallen, dass es mental einen großen Unterschied macht, ob ein Mann krank oder verletzt ist? Krankheiten sind immer ein bisschen eklig, Verletzungen werden heldenhaft aus einer Schlacht davongetragen. Im Ergebnis bleibt es sich aber gleich. Frank hatte sich vor ein paar Monaten beim Squash eine Zerrung zugezogen und saß gefühlte sieben Tage mit schmerzverzerrtem Gesicht auf dem Sofa. Ich war kurz davor, mich scheiden zu lassen.«

Paula fingerte am Autoradio herum und landete bei Patrick Leroux. »... tragen die Hälfte aller Frauen ihre Unterwäsche auch noch, wenn die Sachen ein Loch haben. Die Untersuchung ergab weiterhin: Nur zehn Prozent finden es wichtig, dass BH und Höschen farblich zusammenpassen. Lieblingsfarbe ist übrigens Weiß, gefolgt von verruchtem Schwarz ...«

»Typisch«, sagte Paula, »dass die nur untersuchen, was Frauen darunter tragen. Kein Wort über die Schlüpfer der Männer.«

»Sobald Männer verheiratet sind, lassen sie ihre Frauen die Unterwäsche kaufen«, sagte ich. »Hab ich gehört.«

Patrick forderte seine Zuhörerinnen auf, ihn im Studio anzurufen, um ihm für 24 Cent aus dem deutschen Festnetz, mobil deutlich teurer, mitzuteilen, was sie denn am liebsten drunter trügen.

»Ich habe mir gestern blasslila Dessous mit weißer Spitze gekauft«, sagte Paula. »Und nach dem Verlassen der Umkleidekabine sofort mit einer Grapefruit-Diät begonnen.«

»Ach«, sagte ich gedehnt und betrachtete Paula eingehend von der Seite. »Gibt es eigentlich schon Neuigkeiten von dem Mann, der dir früher den Anrufbeantworter besungen hat?«

Paula lächelte etwas verlegen. »Ich dachte schon, du fragst nie.«

»Und?«

»Ich habe ihn gestern tatsächlich angerufen. Meine Güte, meine Finger haben richtig gezittert. Kennst du auch solche Geschichten, die noch nicht ganz zu Ende sind? Bei denen es immer noch ganz leise im Verborgenen knistert? Wo ein Deckel drauf ist und man sich hüten sollte, ihn auch nur das kleinste bisschen zu lüften? Weil es sonst einfach bumm machen könnte ...« Sie ließ beide Hände vom Lenkrad los und formte etwas, das wohl eine Atomexplosion darstellen sollte.

Victor, dachte ich. Dieser Blödmann hatte sich noch nicht auf meine Freundschaftsanfrage gerührt.

»Unsere Affäre ist jetzt über zehn Jahre her. Ich habe ihn während der ganzen Zeit nie ganz aus meinem Kopf bekommen. Es gab immer wieder Situationen, in denen ich an ihn denken musste. Nicht täglich, nicht regelmäßig, aber immer wieder. Als ich ihn beim Turnfest wiedergesehen habe, dachte ich nur: Oh verdammt, Jörg, am liebsten möchte ich auf der Stelle von dir geküsst werden ...«

»Und was erzählt er denn nun, dein Jörg?«, fragte ich.

Paula seufzte. »Also, er ist noch immer mit Gudrun verheiratet, mittlerweile haben sie zwei Kinder, aber es ist wie überall – die beiden funktionieren. Tiefe Gefühle? Fehlanzeige. Alles nur Routine.«

»Nun sag schon, wann trefft ihr euch?«, fragte ich.

»Wir treffen uns erst einmal an einem unverfänglichen Ort. Weil Jörg zu mir gesagt hat: ›Es ist ein großes Geschenk, dir wiederbegegnet zu sein.‹« Paula räusperte sich. »Und dann meinte er noch: ›Du bist mir viel zu schade für nur eine Nacht.‹«

Ich krähte vor Vergnügen: »Das hat er wirklich gesagt?«

Paula guckte mich etwas beleidigt an. »Ich kenne Jörg«, sagte sie. »Er hatte so etwas Ehrliches in der Stimme.«

»Grundgütiger Gott, Paula«, sagte ich. »Du bist doch keine zwölf mehr. Wo liegt denn dieser unverfängliche Ort?«

»Im 20up«, sagte Paula kleinlaut.

Ich verdrehte die Augen. Das 20up war eine Bar im zwanzigsten Stockwerk eines Hotels mitten auf St. Pauli, mit mehr als fünf Meter hohen Panoramafenstern, die bis zum Boden gingen, und einem schwindelerregenden Ausblick auf den Hamburger Hafen und die Reeperbahn.

»Super«, sagte ich, »in einem Umkreis von 250 Kilometern bis zum Harz gibt es wohl keinen besseren Ort, um ›Huch, ist das hoch‹ zu hauchen und seinem Beschützer in die Arme zu sinken. Und wann feiert ihr euer Wiedersehen?«

»Nächste Woche«, sagte Paula. »Frank kommt erst am Donnerstag von seiner Tundra-Tour zurück.«

»Dann hast du ja noch genügend Zeit für Friseur, Kosmetikerin, Maniküre, Pediküre, zwanzig neue Outfits, passende Schuhe und diverse Dessous-Käufe von lachsrosa bis vulkanrot«, sagte ich.

»Ja«, sagte Paula, »aber es reicht leider nicht mehr, um zehn Kilo abzunehmen.«

»Frauen sind bekloppt«, sagte ich, als wir am Bahnhof in Altona ankamen. »Total bekloppt.«

Paula und ich waren beide zu Tränen gerührt, als unsere Söhne aus der Nord-Ostsee-Bahn stiegen. Wie groß die beiden in den letzten Tagen geworden waren! Richtig erwachsen. Sowohl Luca als auch Vincent trugen noch die gleichen Klamotten wie am Tag ihrer Abreise – Lucas weißes T-Shirt war mittlerweile khakibraun geworden.

»Ich habe aber jeden Tag eine neue Unterhose angezogen«, sagte Luca. Vincent war nicht geneigt, sich weiter zu diesem Thema zu äußern. Und trotz inquisitorisch bohrender Fragen kam aus den Jungs nicht viel mehr heraus als: Das Essen war echt eklig, die Betten steinhart, und sonst war alles gut.

Als ich zu Hause in den Flur trat, hörte ich Jan-Rudi bereits. Er schnarchte, als ob er ein Rudel Wölfe von unserem Heim fernhalten müsse. Was machten eigentlich die Ratten? Jan-Rudi hatte dieses Problem ja zur Chefsache gemacht. Schade, dass der Boss gerade so unpässlich war.

Ich wusch mir die Hände und ging zum Kühlschrank, um Fleisch herauszunehmen – nach Gummibärchen, Chips und Cola hatte Luca sich ein Wiener Schnitzel verdient. Als ich die Bärchenwurst aus der Tüte zog, um sie in einer Tupperdose zu verstauen, fiel mir eine Visitenkarte in die Hände. Arwids Fleischparadies, stand dort zu lesen. Und darunter: Ob Pute, Hühnchen, Kalb, Rind, Schwein – es muss aus Arwids Fleischparadies sein.

Ganz süß, aber etwas windschief, dachte ich, und betrachtete das Kärtchen etwas genauer. Inhaber Arwid Storm, mit Adresse und Telefonnummer. Auf der Rückseite hatte er handschriftlich eine weitere Handynummer notiert, und darunter stand: »Rufen Sie mich bitte mal an? Liebe Grüße!«

Ich atmete schwer aus. Die Strahlen aus der Sternschanze hatten jetzt eindeutig ihr Ziel erreicht.

13

Mechanisch klopfte ich drei Eier auf, fischte die Schalenreste aus der Schüssel, schüttete etwas Paniermehl, Salz und Pfeffer obendrauf und entsorgte die Pampe anschließend im Müll. Ok. Noch einmal. Wiener Schnitzel gehörten nicht zur hohen Schule der Kochkunst, waren mir aber schon mal deutlich leichter von der Hand gegangen. Luca und Knöpfchen schaufelten das leicht angebrannte, bröselnde Ergebnis dennoch in sich hinein. Selbst Jan-Rudis Kräfte ließen es zu, dass er sein Krankenlager für ein paar Minuten verlassen konnte. Er hatte in Unterhose, T-Shirt, Bademantel und Schal am Tisch Platz genommen, wobei er unentwegt seufzte, schniefte, schnaufte und röchelte und sich in den verbliebenen Pausen darüber beklagte, dass er überhaupt nichts schmecken könne.

»So«, sagte ich und klatschte in die Hände. »Hier gehen heute alle früh schlafen.«

Ich stellte Luca zwecks Desinfektion unter die Dusche, las Knöpfchen »Conni auf dem Bauernhof« und »Pixi und der Teddybär« vor, schmiss Mentholsalbe und eine heiße Wärmflasche in die Seuchenstation und goss mir ein Glas Rotwein ein. Dann ließ ich mich auf das Sofa sinken und fingerte die Visitenkarte aus der Hosentasche meiner Jeans.

Noch einmal von vorn. Was meinte Arwid damit, wenn

er schrieb: »Rufen Sie mich bitte mal an?« Ich dachte nach. Es konnte bedeuten, dass er in der nächsten Woche Rinderfilet oder Roastbeef im Angebot hatte und mich als Stammkundin frühzeitig über die Möglichkeit einer Vorbestellung informieren wollte.

Es konnte bedeuten, dass er in sehnsuchtsvoller Liebe entflammt war und mit mir nach Gretna Green durchbrennen wollte.

Es konnte bedeuten, dass er mich großartig fand und gern eine Bad Romance beginnen wollte.

Es konnte bedeuten, dass er mich bat, ihn anzurufen. Vielleicht sollte ich ihm einfach eine SMS schicken: *Hä? Was habe ich getan?*

Ich nippte am Rotwein. Irgendwie erinnerte mich die Situation an Uwe. Uwe war ein kleiner, sommersprossiger, rotblonder Junge, in den ich in der vierten Klasse verschossen war, weil er so schnell laufen konnte. Eines Tages steckte mir Uwe ein Fitzelchen Papier zu. Ich hielt es eine halbe Stunde lang in meinen schwitzenden Händen, bis die Tinte verlaufen war und ich kaum noch entziffern konnte, dass er mit krakeliger Schrift geschrieben hatte: »Ich liebe dich.« Voller Abscheu hatte ich den Zettel in einen öffentlichen Abfalleimer geschmissen und war auf der Stelle entliebt. Eine Woche später baggerte Uwe meine beste Freundin an. Was für ein Idiot.

Rufen Sie mich bitte mal an? Pah. War der Typ eigentlich wahnsinnig? Es hätte ja auch passieren können, dass Jan-Rudi die Fleischtüte geöffnet und die Visitenkarte gefunden hätte. Nicht auszudenken, was dann geschehen wäre! Jan-Rudi wäre sicher explodiert. Was wagt es dieses Würstchen, meiner Frau Avancen zu machen? Ich rufe die Schweinebacke sofort an und mache ihn am Telefon zur Sau. Mit dieser Hackfresse werde ich fertig! In der Bild-Zeitung hätte später gestanden: »Mathematiker zählte Metzgermeister aus – da griff der Fleischer zum Beil«. Gruselig.

Doch da Ritterlichkeit nicht zu den Grundtugenden von Jan-Rudi gehörte, hätte er vermutlich einfach gedacht: Sie wollte wohl Kalbsbraten für Vitello Tonnato kaufen und der Schlachter wusste noch nicht, ob er welchen im Angebot hat.

Ich trank noch einen Schluck Rotwein. Irgendwie war die Sache ganz schön kompliziert. Arwid sah zum Anbeißen aus und war garantiert auch ohne Schürze sehr charmant. Was sprach eigentlich dagegen, mit ihm mal eine Tasse Kaffee zu trinken? In Anbetracht meiner Lebenserfahrung und bei deren ehrlicher Würdigung – alles. Wenn Männer Frauen zu einem Kaffee einluden, hieß das: Ich würde gern mit dir schlafen. Wenn Frauen diese Einladung annahmen, hieß es: Ich muss noch einmal darüber nachdenken, ob ich wirklich mit dir schlafen will.

Ich seufzte. Bei Paula wirkte die Sache viel einfacher. Schaumkuss-Jörg war schon mal ihr Geliebter gewesen, ihr Mann Frank ging mit Sicherheit fremd – das las ich in seinen Augen –, und Paula vermittelte mir den Eindruck, wild entschlossen zu sein, in ihrem Leben mal wieder etwas selbst zu bestimmen. Wenn ich darüber nachdachte, wollte ich am liebsten ein Feuer knistern hören, mich aber auf keinen Fall daran verbrennen. Ich durfte mich nicht verlieben, er durfte sich nicht verlieben. Gab es einen unschuldigen Flirt? Ein harmloses Abenteuer? Oder drohte immer gleich das Fegefeuer?

Ich goss mir ein zweites Glas Rotwein ein. Vielleicht sollte ich zuerst mit Isy telefonieren. Sie war auch Stammkundin – allerdings nicht beim Fleischer, sondern auf dem Internet-Portal Toyboy Warehouse. Auf dessen Homepage suchten gestandene, schöne, erfolgreiche Frauen, die herkömmlichen Männern Angst einjagten, nach jungen, hübschen, fantasievollen Studenten, um sich unverbindlich mit ihnen zu treffen. Einzige vorherige feste Absprache: Die Dame zahlt. Nach Isys Erzählungen verliefen einige der Dates durchaus elektrisierend.

Ich stand auf, um in meiner Großraumhandtasche nach meinem Handy zu wühlen, als das Telefon klingelte. Es war Hella. Ausgerechnet Hella – ich ließ mich schicksalsergeben zurück aufs Sofa sinken.

»Ihr sollt es als Erste erfahren!«, zwitscherte Hella.

Ich verdrehte die Augen. Oh, nein. Ich wollte mit der alten Piratentochter Isy über die Beschaffenheit unverfänglicher, heißer, wilder Romanzen diskutieren und mir nicht anhören, dass die einzig leidlich emanzipierte Ehefrau in meinem Bekanntenkreis jetzt auch in die Falle gegangen war.

»Es ist noch nicht ganz sicher, aber so gut wie!«, jubelte Hella.

Vor Ende des dritten Monats hätte ich nie jemandem etwas verraten. Shit – wenn ich in diesem Moment auf etwas gar keine Lust hatte, dann waren es Gespräche über Fruchtwasseruntersuchungen, Vornamen und das Für und Wider von Geburtshäusern.

»In anderthalb Wochen haben wir einen Termin beim Notar«, sagte Hella.

»Wie bitte?«, fragte ich.

»Es sieht so aus, als würden wir fast Nachbarn. Wir haben die Möglichkeit, eine entzückende Kaffeemühle im Eichelhäherweg zu kaufen«, sagte Hella. »Ein Haus mit großen, hellen, verbundenen Räumen, auf einem sensationellen Grundstück mit altem Baumbestand – ein Traum!«

Ich spürte einen Anflug von Neid. Kaffeemühlen waren typische hanseatische Backsteinvillen in quadratischer Form, die in den Zwanzigerjahren erbaut wurden. Der Umriss der Häuser erinnerte in der Tat an eine Kaffeemühle. Weil sie so luftig wirkten und meistens in einen pittoresk angelegten Garten eingebettet waren, durften sie häufiger mal im Hamburger Tatort mitspielen – als Schauplatz, an dem Millionärsgattinnen ums Leben gebracht wurden.

»Seid ihr irre?«, fragte ich stattdessen. »Ihr habt eine Wohnung in der HafenCity, einen unfassbaren Blick auf die Elbe – warum wollt ihr in diese öde Vorstadt?«

»Ach, die HafenCity wird eindeutig überbewertet«, zwitscherte Hella. »Die Kräne machen einen Heidenlärm – dütt, dütt, dütt, düüüt, Tag und Nacht, furchtbar. Die ganzen Containerschiffe sind auch nicht gerade leise. Und kennst du einen Kreuzfahrer, dann kennst du alle anderen.«

Ich schüttelte verständnislos den Kopf. Arme Hella.

»Und sobald du aus der Tür trittst, stolperst du über Touristen. Bayerisch, hessisch, sächsisch, allemannisch … Bei uns wird auf der Straße alles gesprochen, bloß kein Hochdeutsch. Sobald ich auf den Balkon trete, werde ich fotografiert – ich komme mir manchmal vor, als säße ich im Zoo.« Hella machte eine kurze Pause. »Außerdem ist die Kaffeemühle ein echtes Schnäppchen. Ich bin überzeugt, dass dieser Zufall an den Nosoden liegt, die mir die Heilpraktikerin schickt.«

Ich hüstelte trocken, während Hella weiterplapperte. Das Haus gehörte einer ihrer Stammkundinnen, die sich jetzt in eine betreute Altersresidenz zurückziehen wollte. Die Kinder der alten Dame lebten im Ausland, sie selbst war vermögend, und es war ihr wichtiger, das Schmuckstück in guten Händen zu wissen, als den höchstmöglichen Preis zu erzielen.

»Als ich das letzte Mal in der Sternschanze bei Susanne Müller war, hat sie mich auf meine Grundnervosität angesprochen. Und gemeinsam haben wir einen Fokustext formuliert. Hat sie mit dir schon über die Möglichkeiten der Fokustexte gesprochen?«

Ich nickte matt ins Telefon.

»Ich habe mir gewünscht, ausgeglichener zu sein«, sagte Hella. »Ich möchte meine Mitte finden. Ich möchte zur Ruhe kommen.«

Hm – wie genau lautete eigentlich mein Fokustext? Ich wollte Romantik erleben. Begehrt werden. Mich sexy fühlen. Und noch irgendetwas. Ich hätte ihn mir aufschreiben sollen. Dass ich daran nicht gedacht hatte! Wie blöd war ich eigentlich?

»Ich glaube ja, dass mir das Haus angeboten wurde, weil meine Schwingungsmuster jetzt bereit dafür waren«, sagte Hella.

Paul McCartney war tot, Elvis lebte, und Arwid fragte, ob ich ihn anrufen könne. Und wir alle traten in der gigantischen Energiesuppe in Wechselwirkungen. Sagte auch Max Planck.

»Wie findet es denn Patrick, aus der aufregenden Hafen-

City in die langweilige Vorstadt zu ziehen?«, fragte ich. »Hat er nicht damals gesagt, für die Wohnung hätte er seine Großmutter verkauft?«

»Patti liebt mich«, sagte Hella. »Er würde alles tun, damit ich glücklich bin.«

»Hmm …«, sagte ich. So einfach war das also. Würde Jan-Rudi alles tun, nur damit ich glücklich war? »Wie lange seid ihr eigentlich verheiratet?«, fragte ich.

»Elf Jahre«, sagte Hella.

»Gespenstisch«, sagte ich nachdenklich. »Irgendwie finde ich im Moment alles sehr gespenstisch.«

14

Jan-Rudi stand am nächsten Nachmittag mit Anorak, Mütze, Schal, Arbeitshandschuhen und Gummistiefeln im Garten vor dem Rattenkrater und hielt eine Forke in der Hand. Seine rote Nase leuchtete. Ein wenig erinnerte er mich mit der Mistgabel an Kurt Brakelmann, den kauzigen TV-Landwirt aus Büttenwarder. Seine Genesung hatte schnellere Fortschritte gemacht als erwartet. Den Morgen hatte er bereits mit intensiver Internet-Recherche im Bett verbracht und seine Fachkenntnisse in der Schädlingsbekämpfung ausgeweitet.

»Um die Ratten loszuwerden, kommt entweder Begiftung, Begasung oder Ertränken in Betracht«, hatte Jan-Rudi sachverständig erklärt und war nach dem Mittagessen in den Baumarkt gefahren. Soweit ich ihn verstanden hatte, fielen einige der geläufigen Rattengifte unter das Sprengstoffgesetz, andere hatten den Nachteil, dass aus ihnen explosionsfähige Gemische entstehen konnten.

»Papa legt gleich unseren Garten in Trümmer«, sagte ich zu Knöpfchen, die mich verständnislos ansah. Mit einer gewissen Sorge blickte ich auf Uschi und Alfred, die im Kempinski an ihren Salatblättern mümmelten. Alternativ zu Schutt und Rauchsäulen konnte da draußen auch ein apokalyptischer Tierfriedhof entstehen – mit krepierten

Hunden, Katzen, Eichhörnchen, Vögeln, Kaninchen und unabsehbaren Auswirkungen auf die gesamte Nachbarschaft. Na gut, Brakelmann würde es wohl richten.

Ich machte mir eine Tasse Espresso und zog Arwids Visitenkarte noch einmal aus meinem Portemonnaie. Rufen Sie mich bitte mal an? Ich lächelte in mich hinein. Es war jetzt 15 Uhr. Was machte ein Fleischermeister um 15 Uhr? Unser Wochenmarkt endete heute um 13 Uhr. Gegen 13.30 Uhr war er schon einmal winkend an mir vorbeigefahren, als ich Knöpfchen in der Kinderkarre vom Einkaufen nach Hause schob. Ging er jetzt seinem blutigen Handwerk nach und tötete Schweine und Rinder? Abwegig, sein Fleisch bezog er vermutlich vom Hamburger Großmarkt. Dafür musste er sicher jeden Morgen in aller Herrgottsfrühe aufstehen. Wahrscheinlich lag er jetzt im Bett. Und schlief. Wie wohl ein schlafender Brad Pitt aussah?

Ich schüttelte den Kopf. Ein Metzgermeister? Also, nein. Ich war mit einem Mathematiker verheiratet. Zu meinem Beuteschema hatten seit jeher immer Kerle mit Krawatten und Aktenkoffern gehört. Aber doch keiner mit Schürze und Beil.

»So«, sagte Jan-Rudi. Er hatte die Forke aus der Hand gelegt und kam nach seinem Exekutionsauftrag zurück in die Küche. Ich stopfte Arwids Visitenkarte eine Spur zu hektisch in meine Hosentasche. »Das dauert jetzt noch ein paar Tage, aber dann haben die Giftköder die Viecher dahingerafft. Die Leckerlis verdünnen nach und nach ihr Blut, sie werden immer schwächer und schließlich … krks« – er deutete einen Schnitt durch den Hals an. Zufrieden zog er seine dreckigen Gummistiefel aus und hängte seinen Anorak ordentlich an den Haken. Dann stellte er das Radio in der Küche aus, klatschte in die Hände und sagte: »Und jetzt schauen wir mal, dass wir hier ein bisschen Grund reinbekommen.«

Ich blickte meinen Mann fragend an.

Jan-Rudi ging forsch ins Gäste-WC, hob den Kloreiniger hoch, der versteckt hinter der Toilette stand, und nahm eine Haltung ein, als wolle er die Freiheitsstatue im New Yorker Hafen darstellen. Dann las er mit strenger Stimme vor: »Darf nicht in die Hände von Kindern gelangen.« Polternd stellte er den Kloreiniger auf das Regal, zwischen meine blassgelben Acqua-di-Parma-Tuben, die ich in grauer Vorzeit einmal aus einem Mailänder Luxushotel hatte mitgehen lassen.

»Und jetzt schau dir doch bitte die Garderobe an«, sagte Jan-Rudi. »Wir zählen mal zusammen: Eins, zwei, drei, vier ... Hasi, ist es wirklich erforderlich, dass hier fünfzehn Paar Schuhe von dir herumstehen?«

Ich verdrehte die Augen.

Er lief pfeifend in den Keller, brachte einen Wäschekorb mit nach oben und begann damit, Stiefel, Pumps, Ballerinas und Turnschuhe hineinzuwerfen. »Unten steht so ein schöner Schuhschrank«, sagte er. »Wollen wir nicht einfach mal versuchen, allen Dingen ein Zuhause zu geben?«

Ich sah ihn fassungslos an. Sollte ich jetzt erst laut »tschakko« schreien oder ihm einfach wortlos die Gurgel umdrehen?

»Wir könnten ja eine Liste mit unseren Namen erstellen, in die wir eintragen, wenn einer was nicht an den richtigen Platz gestellt hat«, sagte Jan-Rudi. »Mein Vorschlag: Du bastelst mit unserer Tochter ein paar Kärtchen. Und immer, wenn sich irgendeine Sache nicht an dem Platz befindet, wo sie eigentlich hingehört, wird sie mit den Kärtchen gekennzeichnet. Das wird dann in der Liste dokumentiert. Und wer zuerst zehn Striche hat, der muss dann …«

»Das Klo putzen?«, giftete ich. »Glaubst du, dass du jemals wieder aus dem Toilettenbecken auftauchen würdest?« Ich kämpfte mit Schnappatmung. »Wer verteilt zerknüllte Papiertaschentücher im ganzen Haus? Wer lässt seinen leeren Joghurtbecher auf dem Wohnzimmertisch stehen? Wessen Tassen sammle ich überall ein? Warum bin ich die Einzige, die in dieser Familie leere Klopapierrollen wegschmeißen kann?«, brüllte ich.

»Du neigst dazu, schnell unsachlich zu werden«, sagte Jan-Rudi. »Könnte es nicht sein, dass du etwas betriebsblind geworden bist? Ich will dir ja nur helfen, deine Scheuklappen abzulegen und den Blick wieder aufs Große und Ganze zu richten.«

»Du willst mir helfen?«, fauchte ich. »Auf so einen Heilsbringer habe ich gerade gewartet.«

Ich griff nach dem Hamburger Abendblatt und setzte mich demonstrativ aufs Sofa. Was für ein Blödmann. Jan-Rudi ging mit Knöpfchen in den Keller hinunter. »Wir beide werden zusammen ein bisschen aufräumen«, sagte er.

Pah, sollte er doch. Die Dosen im Vorratsregal brannten darauf, endlich nach Mindesthaltbarkeitsdatum sortiert zu werden. Danach konnte er die Nudeln nach Formen ordnen.

Ich blätterte die Zeitung durch, ohne auch nur die Überschriften zu lesen.

Rufen Sie mich bitte mal an? Liebe Grüße!

Statt mich über den Missionarseifer von Jan-Rudi zu ärgern, sollte ich mich lieber angenehmen Gedanken widmen. Ich hatte ein paar Mal versucht, Isy zu erreichen, doch bei ihr ging nur ihre gutgelaunte Mailbox dran. Wahrscheinlich tingelte sie wieder durch die Weltgeschichte. Was sollte ich machen? Irgendwie hätte ich schon gern erfahren, was der Hamburger Brad Pitt von mir wollte. Und war Metzgermeister nicht ein grundsolider Beruf? Genauso wie auch Postbote, Automechaniker oder Schornsteinfeger? Paula hatte es neulich gut auf den Punkt gebracht: Man muss sie ja nicht gleich heiraten.

Ich suchte nach meinem Handy und dachte darüber nach, wie ich eine SMS formulieren könnte, die freundlich, unverbindlich, nicht aufdringlich, aber auch nicht abweisend klang. *Lieber Herr Storm …* Nein, das las sich so, als ob ich bei ihm Kalbsbraten vorbestellen wollte. *Lieber Arwid …* Nein, das hörte sich schon viel zu vertraut an. Meine Güte, war das schwierig. Schließlich schrieb ich:

Ich habe die Visitenkarte mit Ihrer Handynummer erst jetzt entdeckt. Warum baten Sie mich, Sie anzurufen? Gruß, A. Wi.

Ich gab seine Handynummer ein, betrachtete den Text fünf Minuten lang und tippte rasch auf »Senden«, als ich Jan-Rudi poltern hörte.

»Ich glaube es nicht«, sagte er, während er stampfend die Kellertreppe hochkam. Er hielt ein Whiskeyglas in den Händen und gab merkwürdige Zischlaute von sich. »Was macht dieses Glas bei den Blumenvasen?«

Ich zuckte mit den Schultern. Die anderen Vasen hatten halt nicht gepasst. »Da war neulich der wunderschöne, bunte Zwergrosenstrauch drin«, sagte ich. »Den ich mir übrigens selbst vom Markt mitgebracht hatte.«

»Auf diese Weise hast du bereits meinen Cocktail-Shaker ruiniert«, zischte Jan-Rudi und stampfte in die Küche, wo er das Whiskeyglas zärtlich mit der Hand abwusch. Wahrscheinlich würde er mir gleich erklären, dass er aus diesem Grund so selten Blumen für mich kaufte.

In meiner Hosentasche piepte das Handy. So schnell? Ich dachte, Brad Pitt würde noch schlafen. Ich ging ins Badezimmer, schloss die Tür und öffnete die Kurznachricht. Was hatte Arwid geschrieben? Ich las: *Ich freue mich wirklich sehr über Ihre SMS. Ich hatte Ihre Handynummer nicht, aber das hat sich jetzt ja geändert.*

Ich jaulte leise auf. Boah, waren denn alle Männer bescheuert? Empört stampfte ich mit den Füßen auf die Fliesen. Sammelte der Typ hobbymäßig Handynummern? Metzgermeister Arwid Storm hielt sich offenbar für den Hecht im Karpfenteich. Und mich für einen Karpfen.

Es piepte schon wieder.

Ich las: *Entschuldigung, ich habe versehentlich zu früh auf ›Senden‹ gedrückt. Ich wollte Sie fragen: Darf ich Ihnen ein Kompliment machen – obwohl Sie einen Ehering tragen? LG, A. S.*

Ich lächelte mein Handy verzückt an. Wieso fragte Arwid so vorsichtig? Er machte mir doch ständig Komplimente. Na gut, meistens sagte er etwas Nettes zu Knöpfchen und schaute mich dabei nur durchdringend aus seinen stahlblauen Augen an. Wirklich direkt und ohne Umweg war er noch nie in die Offensive gegangen. Ich schrieb zurück: *Komplimente sind ja noch nichts Verbotenes, oder?*

Versonnen setzte ich mich auf den Badewannenrand und wartete auf seine Antwort. Trug Arwid eigentlich einen Ehering? Ich hatte noch nicht darauf geachtet. Nein, jetzt fiel es mir wieder ein. Man konnte es gar nicht sehen, denn seine Hände steckten ja immer in Handschuhen.

Das Handy piepte. Arwid schrieb: *Ich hatte noch nie die*

Gelegenheit, Ihnen zu sagen, wie sehr Sie mir gefallen. Ich finde Sie ausgesprochen attraktiv. Ich freue mich immer, wenn ich in Ihre schönen Augen schauen darf. Doch manchmal haben Sie so einen traurigen Blick. Warum? Ich würde Ihnen sehr gern ein Lächeln entlocken und Ihre Augen strahlen lassen. Wie könnte mir das gelingen?

Ich schloss die Augen und drückte das Handy an mich. Mein Herzklopfen war sicher bis auf den Flur hinaus zu hören. Dieser Mann hatte es drauf.

Ich las seinen Text noch einmal. Und noch einmal. Die SMS war süß – und sogar frei von Rechtschreibfehlern. Bei Jan-Rudi schauderte es mich manchmal, wenn ich seine Kurznachrichten las. Ohne Sekretärin und Rechtschreibprüfung schwankten seine Texte häufig zwischen kurios und kryptisch. Ich sollte einen hanseatischen Metzgermeister lieber nicht unterschätzen. Lächelnd antwortete ich: *Das klappt doch schon sehr gut. Schauen Sie mal:* ☺

Eigentlich wollte ich noch anfügen: *Steht dieser Lächel-Service allen oder nur speziellen Stammkundinnen zur Verfügung?*, doch mein Handy gab einen schrillen Warnton von sich – Akku leer. Ich schickte die SMS ab, knapp bevor sich das Telefon von allein ausschaltete. War wohl auch besser so. Brad Pitt wollte harmlos flirten, da waren biestige Zwischentöne völlig unangebracht.

Leichtfüßig hüpfte ich die Treppe hinunter, um das Handy ans Ladekabel anzuschließen. Doch dazu kam ich nicht. Knöpfchen saß mittlerweile in der Küche auf dem Fußboden und sah mich aus einem braun-rot-schwarz-grünen Gesicht an. Ihre Haare standen verklebt zu Berge. Sie sah aus wie ein Soldat nach einer Nato-Übung. Ich brauchte ein paar Sekunden, um die Szenerie zu begreifen.

»Jan-Rudiiiii!«, schrie ich. »Kann man hier noch nicht einmal fünf Minuten aufs Klo gehen?«

Der Messias der Haushaltsreorganisation kam aus dem Keller hochgerannt, schaute auf Knöpfchen, die den Mülleimer ausgeräumt hatte, und sagte: »Scheiße. Gerade eben war sie noch bei mir.«

»Klare Vernachlässigung der Aufsichtspflicht«, sagte ich streng und hob meine völlig verdreckte Tochter mit spitzen Fingern hoch. Himmel, was für ein Gestank.

»Kacka«, sagte Knöpfchen und strahlte.

»Ja, das sehe ich«, sagte ich. Und um aller Klugscheißerei zuvorzukommen, fügte ich rasch hinzu: »Ich setze Knöpfchen jetzt in die Badewanne. Und du machst hier den Dreck weg, achtest bitte dabei darauf, ob das, was sie sich vielleicht in den Mund gestopft hat, nicht nur eklig, sondern auch noch giftig gewesen sein könnte, und machst hier anschließend tip-top sauber.«

»Jawoll, Chefin«, sagte Jan-Rudi und salutierte.

Na bitte. Ging doch.

15

Fühlte sich dieser Donnerstag so an, als ob er mein Leben verändern würde? Die Sonne schien. Der Frühling war in Hamburg angekommen. Und heute war endlich wieder Markttag.

Der Samstag, an dem ich mit Arwid SMS tauschte, hatte nach seinem zehnminütigen Highlight eindeutig einen gebrauchten Verlauf genommen. Knöpfchen hatte das Hamburger Alstertal zusammengebrüllt, weil ich ihr die Haare waschen musste. Ich saß schließlich zusammen mit ihr in der Badewanne. Guck mal, die Mama wäscht sich auch die Haare, und wenn du dir jetzt noch den Schaum ausspülen lässt, bekommst du so viele Milchmäuse, wie du essen kannst.

Luca hatte gebrüllt, weil sein Vater das Kabel seines Nintendo auf Nimmerwiedersehen weggeräumt hatte. Und ich hatte gebrüllt, weil Jan-Rudi im Rahmen der Restrukturierung unseres Haushalts die Rumpelschublade in der Küche aufgelöst hatte. Im Gegenzug hatte er eine Wanne in den Keller gestellt, in die er sämtliche Ladekabel der Familie Winter schmiss. Ich hatte Ewigkeiten gebraucht, um das Kabel für mein olles Handy wiederzufinden. Arwid hatte mir in den letzten Tagen leider keine weitere SMS mehr geschrieben. Ich hatte überlegt, seine Kurzmitteilungen zu löschen, doch dann fand ich sie dafür zu schade und hatte die SMS und seine Handynummer unter Isy, Handy privat, gespeichert.

Glücklicherweise hatte Jan-Rudi nach dem Wochenende wieder seine Aktentasche gegriffen und war zur Arbeit gefahren. Er war zwar noch immer sterbenskrank, aber die Pflicht rief. Ich war ihm sehr dankbar für so viel preußische Disziplin. Sollte er doch seine Kollegen mit seinem Aktionismus in den Wahnsinn treiben.

»Eine Untersuchung hat ergeben, dass Frauen und Männer nur zwanzig Prozent der Kleidung tragen, die in ihrem Kleiderschrank hängt«, sagte Patrick während meines Frühstücks mit Knöpfchen und forderte seine Zuhörer auf, ihm für 24 Cent aus dem deutschen Festnetz, mobil deutlich teurer, mitzuteilen, welche Leichen denn neben ihren Lieblingen hingen. Ich prostete ihm mit meinem Kaffeebecher zu und sagte zu meiner Tochter: »Das, was der Onkel im Radio gerade erzählt, stimmt genau. Aber meine Lieblinge werde ich ab heute mal austauschen.«

Ich ging mit Knöpfchen hoch ins Schlafzimmer und inspizierte den Inhalt meines Kleiderschranks. Flauschige, fette Wollmäuse lagen unter meinem Brautkleid und den dunklen Kostümen, die ich damals im Büro getragen hatte. Den dunkelblauen Hosenanzug hatte ich seit Jahren nicht mehr angezogen. Passte das schwarze Etui-Kleid eigentlich noch? Knöpfchen probierte, auf meinen roten Pollini-Highheels, die sich ausschließlich für Sitzpartys eigneten, ein paar Schritte zu gehen. Gut, im geschlitzten Cocktailkleid würde ich jetzt nicht auf dem Wochenmarkt auflaufen können. Aber es musste ja wohl noch eine Alternative zu der Hausfrauenuniform Jeans mit Oberhemd geben. Das Leben war zu kurz für langweilige Klamotten.

Knöpfchen saß im Badezimmerschrank und packte beidhändig Kosmetika aus, als ich mich schminkte. Smokey Eyes erschienen mir für den Anlass etwas zu übertrieben, aber Lidstrich durfte es doch sein. Was hatte Arwid geschrieben? Ich hätte schöne Augen, aber manchmal einen traurigen Blick. Ich lächelte meinem Spiegelbild zu. Mal schauen, was er heute in meinen Augen lesen würde.

Als ich anderthalb Stunden später auf den Markt ging, trug ich einen schmalen Rock und einen eng anliegenden Rolli – beides in Schwarz, das machte schlank und brachte außerdem meine Beine gut zur Geltung. Dazu schwarze, halbhohe Pumps und einen anthrazitfarbenen, leichten Mantel, den ich offen ließ, weil er sonst ja die Figur verdeckt hätte. Ich sah ein bisschen aus, als wäre was mit Oma, war aber eindeutig très chic.

Ich hatte noch nie Gelegenheit, Ihnen zu sagen, wie sehr Sie mir gefallen … Wie einfach solch eine Aussage das Leben verkomplizieren konnte! Arwid gefiel mir ja auch. Sehr. Und ich hätte überhaupt nichts dagegen, wenn er mich auf einen Kaffee einladen würde. Bisher hatte ich mich vor Arwids Fleischparadies in die Schlange gestellt, 350 Gramm gemischten Aufschnitt, etwas Bärchenwurst, ein Pfund Rinderhack und vielleicht ein paar Schnitzel gekauft und war dann wieder meiner Wege gezogen. Heute war alles anders.

Ich ging mit Knöpfchen zum Imbissstand, spendierte uns beiden eine Apfelsaftschorle und versuchte, mich zu sammeln. Welche Botschaft konnte ich senden, wenn ich gleich Arwid gegenübertrat? Ich konnte vor seinen Kundinnen ja schlecht sagen: »Ihre SMS fand ich ausgesprochen reizend, und jetzt möchte ich Ihnen einmal bei einer Tasse Kaffee persönlich zulächeln.« Ich dachte nach. Es kam schon darauf an, was ich heute kaufen würde. Wie wäre es mit Herz? Nein, das wäre deutlich übertrieben, und bis auf Leber mochte ich keine Innereien. Rippen, Bauch, Lende oder Keule? Ich seufzte.

»Karl-Heinz, lässt du hier mal die Luft raus?«, sagte ein komischer Vogel neben mir und reichte sein leeres Bierglas über den Tresen. Ich merkte, wie seine Augen an meinen Beinen kleben blieben. Du nicht, hätte ich am liebsten gesagt, und drehte mich deutlich von ihm fort.

Donnerstags sah das Publikum auf dem Wochenmarkt ganz anders aus als am Samstag. Samstags schlenderten die berufstätigen Väter genussvoll die Stände entlang und kauften gut gelaunt teure Delikatessen ein. Heute waren überwiegend Hausfrauen und Rentner zu sehen. Irgendwie erschien mir die Stimmung ernster, hektischer, unentspannter. Lauter Gschaftlhuber, wie Isy in München sagen würde. Ich beobachtete die Rentner am Gemüsestand. Die Männer dienten eigentlich nur als Taschenträger. Besonders betriebsame Rentnerinnen stellten ihren Gatten als Platzhalter in die Schlange, um in der Zwischenzeit zu einem anderen Stand zu eilen. Als ob sie beweisen wollten, dass sie besonders effektiv einkaufen konnten. Für Frauen war es ja fast schon zwanghaft, immer mindestens zwei Dinge gleichzeitig zu machen. Ob das die richtige Atmosphäre war, um mit Arwid zu flirten?

Ich konnte heute natürlich auch einfach zu dem Fleischstand der Kassler-Zwillinge gehen und am Samstag wiederkommen. Andererseits – bestimmte Aufgaben durfte man einfach nicht verschieben. Ich gab mir einen Ruck.

»Guten Tag, meine Schöne! Da bist du ja wieder! Ach, du kannst einen Mann verzaubern. Du hast magische Augen. Möchtest du ein Würstchen haben?«

Arwid reichte Knöpfchen ein Würstchen und schaute mich aus seinen stahlblauen Augen an. Sah der Mann gut aus!

Ich spürte, wie sein Blick mich einmal von oben nach unten scannte – in einer Laufrichtung wie eine Acht.

»Frau Winter …«, sagte Arwid gedehnt. Es war das erste Mal, dass er mich in Kampfkleidung und nicht in Hausfrauenuniform sah. In seiner Stimme klang etwas mit, das ich nicht so recht einordnen konnte. War es Verblüffung oder Anerkennung?

»Herr Storm …«, sagte ich und lächelte unschuldig.

Er lächelte zurück. »Was darf ich für Sie und Ihre bezaubernde Tochter tun?«, fragte Arwid. »Schnitzel habe ich heute im Angebot für 4,99 das Kilo.«

Ich guckte ihn an wie Bambi. Mein Herz klopfte bis zum Hals, als ich sagte: »Ach, ich weiß nicht. Schnitzel? Irgendwie steht mir der Sinn nicht immer nur nach Hausmannskost.«

Arwid fixierte mich mit seinem Blick und sagte: »Ja, Abwechslung ist wichtig. Immer dasselbe, das wird auf Dauer langweilig.« Er zwinkerte leicht. »Was halten Sie davon, statt der Schnitzel flambierte Pfeffersteaks zu nehmen? Die Filets habe ich bereits vorbereitet. Scharf anbraten, zum Schluss etwas Cognac daraufträufeln, in der Pfanne anzünden, fertig. Schmeckt sensationell.«

»Gute Idee«, sagte ich und strahlte ihn an. »Flambiertes Pfeffersteak statt Schnitzel à la Holstein – das klingt doch ausgesprochen vielversprechend.«

Arwid wog ein Pfund Pfeffersteak ab und sagte: »Aber es bleibt bei der Bärchenwurst für Ihre kleine Zaubermaus und den 350 Gramm gemischtem Aufschnitt?«

Ich nickte und sagte bedeutungsschwer: »Und dann geben Sie mir bitte doch noch ein größeres Schnitzel für die Kinder mit. Die sind nicht so wild auf scharfe Experimente.«

Arwid zog die Augenbrauen hoch.«Darf ich sonst noch etwas für Sie tun, Frau Winter?«

Oh, ja, einiges, dachte ich und sagte: »Nein, danke.«

»Dann macht das fünfundzwanzig Euro«, sagte Arwid. »Sammeln Sie Treuepunkte?«

»Nein«, sagte ich und merkte, wie ich rot wurde. »Quatsch, also, natürlich«, stotterte ich hinterher. »Ihre Treuepunkte sammle ich schon.« Wie peinlich.

Arwid reichte mir die Fleischtüte, fünf Treuepunkte und berührte dabei ganz leicht meine Hand. Das war jetzt mit Sicherheit kein Zufall. Ich sah durch seine Handschuhe auf seinen Ringfinger. Ja, da zeichnete sich deutlich ein Ehering ab.

»Einen schönen Tag wünsche ich Ihnen«, sagte Arwid und zwinkerte mir noch einmal zu. »Und hübsch vorsichtig sein beim Flambieren.«

Ich schenkte ihm zum Abschied einen tiefen Blick und hauchte: »Ja. Mit dem Feuer spielt man nicht.«

»Bin ich jetzt dran?«, keifte eine gschaftlhuberische Rentnerin hinter mir. »Ich bekomme eine Entenbrust.«

»Das Leben ist nicht immer einfach«, sagte Arwid. »Wie viel Gramm darf ich Ihnen abwiegen?«

Oh Himmel, was hatte ich gemacht? Erde, tu dich auf! Knöpfchen und ich trotteten vom Markt zu der Autowerkstatt meines freundlichen Schraubers, als ein Schuss fiel. Ich erschrak furchtbar und griff nach Knöpfchen – bis mir einfiel, dass Luca mir dieses Signal auf dem Handy für eingehende MMS eingerichtet hatte. Er fand das Geräusch so lustig. Ich wühlte das Telefon aus den Abgründen meiner Großraumhandtasche hervor.

Die Foto-Nachricht kam von Isy und zeigte fünf junge, lachende Männer mit Musikinstrumenten am Strand. *Hallo Angie,* schrieb Isy. *Mit dem 2. v. li. hatte ich gestern was; der Frontmann (2. v. re) wollte leider nicht. Bin noch etwas neben der Spur. Melde mich später per E-Mail, bin gerade noch in Samaná/ Domrep. xxx. Isy*

Ich versuchte, die Gesichter der Männer zu erkennen – sinnlos, die Auflösung meines Displays war viel zu schlecht. Aber es schien sich offenbar um eine Boy Group zu handeln. Alle Achtung, die Piratentochter Isy machte keine Gefangenen.

Und ich? Ich spürte, dass sich ein Gefühl von Beschämung wie Gliederschmerzen in mir ausbreitete. Was für einen Schwachsinn hatte ich bloß vor Arwid zusammengestammelt? Ich zwang mich, den Dialog noch einmal zu rekapitulieren. »Irgendwie steht mir der Sinn nicht immer nur nach Hausmannskost…« Aua, aua. Das verursachte im Nachhall Schmerzen wie ein entzündeter Weisheitszahn. Die Kinder sind nicht so wild auf scharfe Experimente… Wie eine Blinddarmentzündung. Mit dem Feuer spielt man nicht… Eine Pein wie Presswehen. Was musste Arwid Storm von mir denken? Sexy hörte sich das nicht an. Souverän schon gar nicht. Das war bieder und beschämend. So klangen Frauen, die mit ihrer besten Freundin beschwipst zu den Chippendales gingen. Aber keine, die sich für eine Bad Romance empfahlen. Ich hatte mich komplett zum Deppen gemacht.

»Also, es gibt überhaupt keinen Anlass, so traurig zu gucken«, sagte mein freundlicher Schrauber zur Begrüßung. »Ihr Auto ist fertig. Ich habe mich gewundert, der TÜV-Prüfer hat sich noch mehr gewundert, aber Ihr Wagen hat anstandslos die Plaketten bekommen.«

16

Ich fuhr mit Knöpfchen nach Hause, pfefferte die Steaks in den Kühlschrank und haute das Schnitzel in die Pfanne. Hella zwitscherte vom Anrufbeantworter, dass ich sie unbedingt zurückrufen sollte. »Verschone mich mit Hella«, sagte ich zum Anrufbeantworter. Bestimmt hätte sie eine Erklärung dafür, dass mich plötzlich das Karma eines Kamels umgab. Vermutlich war mein Schwingungsfeld aus dem Lot geraten. Dämliche Heilpraktikerin.

Als Luca aus der Schule kam, deckte ich für uns den Tisch und räumte meiner kleinen Schlampe hinterher. Die Jacke möchte an den Haken. Der Schulranzen musste nicht mitten im Flur abgekippt werden. Man konnte sich in diesem Haus den Mund fusselig reden.

Nach dem Mittagessen stellte ich kurz das Radio an. Noch immer Patrick. »Was machen Paare nach dem Sex? Eine Studie hat folgende Rangordnung ergeben. Platz 1: Sie kuscheln. Platz 2: Sie reden.« Patrick lachte donnernd. »Da würde ich ja zu gern wissen: Worüber reden die Leute danach? Vielleicht fragt er: Wie war ich? Oder: Wie heißt du?« Ich stellte das Radio wieder ab. Kein Sex-Talk bei den Hausaufgaben.

»Drei kleine Häschen sind bei ihrer Mutter ausgezogen und bauen sich nun eigene Häuser. Das erste Häschen kauft sich beim Bauern 98 Ballen Stroh zu je 23 Kilogramm mit einem Scheck über 500 Euro. Das zweite Häschen kauft 87 Ballen und bezahlt mit einem Scheck über 200 Euro. Das dritte Häschen kauft 91 Ballen und bezahlt mit einem Scheck über 300 Euro. Der Bauer verspricht, das Stroh noch am selben Abend zu liefern. Allerdings belädt er seinen Traktor nur mit 275 Ballen Stroh. Die Häschen bemerken es aber nicht, weil sie nicht gut rechnen konnten. Um wie viel Stroh und um wie viel Geld wurden sie betrogen?« Ich stöhnte auf. »Das ist der reinste Quatsch«, sagte ich zu Luca. »Wozu brauchen die Hasen so viel Stroh? Und wieso bezahlen sie mit einem Scheck? Euroschecks sind schon längst abgeschafft.«

Sollte sich Jan-Rudi doch heute Abend mit Lucas Mathe-Hausaufgaben beschäftigen.

Ich schickte Luca und Knöpfchen zum Spielen nach draußen und loggte mich in meinen Computer ein. Noch immer keine Nachricht von Victor. So ein Blödmann. Er hätte wenigstens einmal kurz antworten können. Meine Laune war unterirdisch. Das E, K, R, S und das I klemmten noch immer, und das X und die 2 waren nicht mehr auffindbar. Na prima: Ich war exakt in der Stimmung, um mal wieder bei Facebook reinzuschauen.

Die neuesten Meldungen:

Das Autohaus Andresen eröffnete eine neue Filiale in Hamburg-Eidelstedt. Alle Freunde und Bekannten waren herzlich zur Eröffnung eingeladen. Für die leibliche Verpflegung war gesorgt. Die Gäste konnten ihr Tanzbein schwingen. Für die Kinder stand eine Hüpfburg zur Verfügung.

Super, dachte ich, da musste ich hin. Allein um zu sehen,

wie die Gäste ihre Tanzbeinprothesen durch die Luft schleuderten.

Die Schlagersängerin Peggy Rocket hatte ein Foto von sich gepostet. Sie lachend im Auto, die Hände an einem Lenkrad, das mit einem rosa Plüschbezug mit der Aufschrift »Tussi on Tour« bezogen war. Vermutlich fuhr sie gerade zum Autohaus Andresen nach Eidelstedt.

»Wer der Hüter der Banane sein will, muss sie auch schälen können.« Hä? »Wenn Sie sich zu einem Coaching unter meiner Regie entschließen, haben Sie einen wichtigen mentalen Schritt zu Ihrem Erfolg gemacht«, schrieb der Verkaufstrainer Andreas Ritter. Er kündigte einen Vortrag in Hannover an. »Wer sich in die Garage stellt, ist noch kein Auto.« Aus diesem Geschwurbel konnte ja kein Mensch schlau werden.

Ich klickte »kommentieren« an und schrieb: »Nichts ist doofer als Hannover.« Dann löschte ich den Beitrag wieder. Sollte dieser Angeber bloß nicht glauben, dass ich ihn überhaupt zur Kenntnis nahm.

Wollten die Leute, die sich bei Facebook tummelten, denn ausschließlich Selbstvermarktung betreiben?

Alexandra Sebastian, die mittelmäßig erfolgreiche Schauspielerin, hatte Fotos von einem Strand in Barcelona gepostet. Außerdem hatte sie einen Artikel aus einer Frauenzeitschrift verlinkt. »Dieser Text bringt es auf den Punkt. Wenn ich eines Tages zu viel Liebe übrig habe, kaufe ich mir einen Hund.«

Ich klickte den Artikel an.

»Bekommen nur noch dumme Frauen Kinder?«, lautete der Titel, und die Autorin beantwortete diese Frage mit einem eindeutigen Ja. Vierzig Prozent der Akademikerinnen, las ich, bekämen keine Kinder. Und weshalb? Aus gutem Grund. Mütter verrichteten wie seit der Steinzeit die Hausarbeit und seien von intellektuellen Gesprächen ausgeschlossen. In Afrika gebe es Länder, in denen Frauen nach der Geburt erst einmal für ein paar Jahre in eine Hütte gesperrt würden.

Da hatte ich ja Glück, dass ich in Europa leben durfte.

»Während Mütter sich nur in einem Kosmos bewegen, der von Kindern, Küche und Kerlen beherrscht wird, gestalten kinderlose Frauen aktiv die Gesellschaft. Sie sind im Arbeitsleben präsent und mischen sich in alle öffentlichen Belange ein.«

Aha. Dass Mütter eher Pixibücher als das Feuilleton der Frankfurter Allgemeinen Zeitung lasen, hätte ich ja noch unterschrieben. Aber dass kinderlose Frauen allesamt auf der politischen Bühne, in der Bohème oder als Umweltaktivisten unterwegs waren, bezweifelte ich doch sehr. Der Artikel endete mit der Feststellung, dass kluge Frauen keine Lust hätten, sich vorübergehend in einen Wal und anschließend in ein abhängiges Haustier zu verwandeln. »Kinderlose Frauen demonstrieren kleinen Mädchen, wie man ein souveränes Leben führt. Es muss eine Instanz geben, die einen prüfenden Blick auf die Mütterfrauen wirft.«

Mühsam holte ich Luft. Man sollte nur nicht glauben, nur Männer seien Arschlöcher. Einige Frauen hatten auch das Talent dazu. Die nächste Viertelstunde verbrachte ich damit, nach dem Button zu suchen, um Alexandra Sebastian von meiner Freundesliste zu entfernen, und war erst zufrieden, als ich zu mir sagen konnte: Geschafft – diese Frau ist Geschichte.

Ich meldete mich von meinem Facebook-Konto ab und

sah noch einmal nach meinen E-Mails. Keine Nachricht von Victor. Aber immerhin, wenigstens Post von der Piratentochter. In der Betreffzeile stand: »Ran an den Speck!« Isy schrieb:

Hallo Angie,
ich habe erst jetzt deine Nachricht auf der Mailbox abgehört. Also, ich würde sagen: Ran an den Speck. Ist doch eine gute Ausgangsposition für einen kleinen Flirt, wenn dein Hamburger Brad Pitt verheiratet ist. Und durch seinen Beruf dürfte er sich ja mit Fleisch auskennen … (hihi). Ich würde ihn einfach anrufen und fragen, was er von dir will. Kaffeetrinken ist doch immer ein guter Anfang!

Ja, zu spät – das hatte ich ja schon gründlich versemmelt. Mit dem Feuer spielt man nicht … Oh, verdammte Grütze! Isy schrieb weiter:

Ich bin gerade mit ein paar Medizinjournalisten und zwei Pharmahanseln in der Dominikanischen Republik. Du glaubst nicht, was hier abgeht. Nach dem üblichen Programm – Vortrag, Bootsfahrt, Schnorcheltour, Rückfahrt auf einem Katamaran, Candle-Light-Dinner am Strand – tranken wir gestern alle noch einen Absacker an der Bar. Es war schummrig, und ich unterhielt mich mit einem der Pharmatypen über das deutsche Fernsehprogramm, die ganzen Talkshows und Markus Lanz. Und mitten im Gespräch fiel mir auf, dass die Hand der Journalistin, die neben dem Pharmahansel saß, in seinem Schritt lag. Ich war etwas perplex, auch nicht mehr ganz nüchtern und hab ihn direkt gefragt, ob es ihm auffallen würde, dass die Frau gerade an ihm rumfummelt. Doch, sagte er, aber das würde ihn nicht stören. Im Gegenteil, er fände es ganz angenehm. Ich hatte danach keine richtige Lust mehr, unseren Smalltalk fortzusetzen, und wollte eigentlich aufs Zimmer gehen. Auf dem Weg dahin bin ich in eine Eiswürfelschlacht geraten. John, Tony, Michael, Andy und Matthew gehören zu einer kanadischen Boygroup (The Prowler, kannte ich vorher auch noch nicht) und haben hier am Strand einen Videoclip gedreht. Ein paar Groupies hatten sie auch dabei – die Dominikanische Republik ist für die Kanadier wohl das deutsche Mallorca. Auf jeden Fall stand im Hotelflur so ein Eiswürfelautomat, aus dem sie die Munition geholt haben. Tony hat mir im Vorbeigehen einen Eiswürfel ins Dekolleté gesteckt, und dann habe ich auch mitgespielt. Eigentlich hätte ich John prickelnder gefunden, aber der wollte nichts von mir. Und ich muss sagen: Tony küsst sensationell. Ich glaube, heute Morgen ist keiner von uns aus dem Zimmer gekommen, das er gebucht hat. So, jetzt muss ich gleich wieder zum Flughafen. Halt die Ohren steif und ruf am besten gleich deinen Fleischer an. Sonst versandet das! Bussi, xxx, Isy.

Ich schaute vom Laptop auf und starrte aus dem Fenster. War das Leben gerecht? Ich fand, nein.

Draußen vorm Kaninchen-Kempinski stand Luca und hielt einen Kopf Lollo Rosso in den Händen. Hallo? Den Salat sollte es heute Abend zum flambierten Pfeffersteak geben! Knöpfchen rupfte ein paar Blätter ab, stellte sich vor dem Stall auf einen umgekippten Blumentopf, verlor die Balance und fiel kopfüber in Paul's Himalayan Musk Rambler.

Einundzwanzig, Zweiundzwanzig, Dreiundzwanzig … Es dauerte drei Schrecksekunden, bis aus dem imposanten Rosenstrauch ein Brüllen kam, bei dem mir fast das Herz zerbrach.

17

»Oh Shit«, sagte Paula und lachte.

»Du sagst es«, antwortete ich. »Und was soll ich jetzt machen?«

Paula und Vincent hatte der Himmel geschickt. Die beiden standen vor der Haustür, als ich meinen verunglückten Fakir aus dem Rosenstrauch befreit hatte. Knöpfchen schrie sich die Seele aus dem kleinen Leib und war kaum zu bändigen. Ich brauchte die Assistenz von Paula, um Knöpfchen mit einer Pinzette von den letzten Stacheln zu befreien. Glücklicherweise hatte sie sich nur ein paar Kratzer zugezogen. In mir brandete trotzdem das schlechte Gewissen auf. Warum hatte ich bloß solch einen bescheuerten Rosenstrauch eingepflanzt? Nicht auszudenken, was alles hätte passieren können. Ich wiegte das wimmernde Knöpfchen in den Armen, und als sie erschöpft eingeschlafen war, fühlte ich mich wie eine sehr, sehr schlechte Mutter.

»Nun entspann dich mal«, sagte Paula. »Du hast die Kleine ja nicht selbst in den Rosenbusch geworfen. Aber das ist wieder typisch: Da passiert irgendetwas, und Frauen suchen die Schuld nur bei sich selbst. Männer würden auf den Gedanken gar nicht kommen.«

Paula goss sich noch eine Tasse Kaffee ein. »Frank ist

heute Morgen von seiner Tundra-Tour zurückgekommen. Und ich habe beiläufig erwähnt, dass ich in der letzten Woche den halben Keller unter Wasser gesetzt habe, weil die Waschmaschine übergeschäumt ist. Was für ein Nervkram! Ich hab mich maßlos über mich selbst geärgert. In einer Frauenzeitschrift hatte ich gelesen, dass man Wollsachen am besten mit Shampoo wäscht, damit sie schön flauschig bleiben – und ich hatte wohl ein bisschen viel hineingekippt. Eigentlich wollte ich von Frank nur ein paar tröstende Worte hören, nach dem Motto: Du hast es auch nicht immer leicht.«

Sie knallte die Tasse auf die Untertasse zurück.

»Und was sagt Frank zu mir? ›Wie kann man nur so dämlich sein, Wäsche mit Shampoo zu waschen? Musst du alles glauben, was die Zeitungstanten schreiben, das kann man sich doch denken! Sind die Kellerwände durch diesen Kinderkram feucht geworden?‹ Und dann wundert er sich und fragt: ›Wieso kreischst du denn jetzt so?‹«

Paula schüttelte resignierend den Kopf. »Glaub mir: Frauen machen sich immer Vorwürfe. Männer machen einfach keine Fehler.«

»Jan-Rudi wäre genauso ein Stinkstiefel«, sagte ich und schob meinen Kaffeebecher von mir. »Aber was ja viel interessanter ist: Wenn Frank aus den Tiefen der Tundra wieder heimgekehrt ist, bedeutet das ja wohl, dass du dich inzwischen mit dem Mann getroffen hast, der dir früher den Anrufbeantworter besungen hat?«

Paula grinste so breit wie ein Honigkuchenpferd.

»Nun erzähl schon«, sagte ich. »Stand dein Minnesänger mit einer Ukulele auf der Reeperbahn und trällerte schmutzige Lieder?«

Paula seufzte. »Mach dich nicht über mich lustig. Da entwickelt sich gerade eine ganz scharfe Kiste.«

»I wanna kiss you all over …«, sang ich und sah sie erwartungsfroh an. Endlich News von Schokokuss-Jörg!

»Es war so großartig, Jörg mal wieder zu treffen«, sagte Paula. »Es war wunderbar, endlich mal wieder etwas zu fühlen. Herzklopfen, weiche Knie, zitternde Hände. Schmetterlinge im Bauch. Mein Körper lebt doch noch.«

Im Radio wurde gerade Laith al Deen gespielt: »… wenn es dich irgendwo gibt, dies ist dein Lied …«

Paula schloss die Augen und summte leise mit.

»So schlimm?«, fragte ich.

Paula nickte, und Laith al Deen sang: »Dies ist dein Liiiieed …«

»Dann wird's gefährlich«, sagte ich.

»Also, eigentlich war es überhaupt nicht gefährlich«, sagte Paula. »Ganz im Gegenteil. Oder findest du, dass man Sex mit den Augen machen kann?«

»Jep, das geht«, sagte ich. »Und dabei handelt es sich in den seltensten Fällen um die Blümchen-Sex-Variante.«

Paula streckte die Krallen aus, machte ein Geräusch wie ein Tiger und lachte. »Es war an dem Abend aber wirklich wie verhext«, sagte Paula. »Die Bar war gerammelt voll, mit Müh und Not haben Jörg und ich einen Fensterplatz ergattert, die Aussicht über den Hafen war atemberaubend, und meine Hände zitterten so, dass ich kaum ein Glas halten konnte. Und dann geschah das Elend – keine zwei Meter von uns standen doch tatsächlich Nachbarn von Jörg. Huhu, du auch hier? Echt ätzend. Er hat mich als Arbeitskollegin vorgestellt – was im Prinzip ja auch stimmte, er war früher mal mein Chef. Aber Knutschen konntest du knicken.«

Arme Paula. Sie hatte mein volles Mitgefühl.

»Wir haben uns dann ganz artig über die HafenCity, die Elbphilharmonie, die Bild-Zeitung und was-weiß-ich unterhalten. Egal, Jörg hätte mir auch aus dem Branchenbuch vorlesen können. Ich habe ihm tief in die Augen gesehen und die Botschaft gesendet: Ich will dich. Und bei ihm hatte ich auch das Gefühl, dass er sich ganz schön konzentrieren musste, um den Gesprächsfaden nicht zu verlieren.«

»Hamburg ist ein Dorf«, sagte ich. »Aber eines verstehe ich nicht: Warum habt ihr denn nicht einfach das Lokal gewechselt?«

»Weil Jörg behauptet hatte, wir hätten uns zu einem Arbeitsessen getroffen und würden den Abend bei einem harmlosen Cocktail ausklingen lassen. Und weil seine Nachbarn sich noch ein paar Caipirinha reingepfiffen haben, da er ihnen gleich zu Beginn angeboten hatte, sie in seinem Wagen mit nach Hause zu nehmen. Er wollte vor den Leuten unbedingt geschäftsmäßig erscheinen.«

»Klassischer Fall von ›dumm gelaufen‹«, sagte ich.

Paula nickte und sagte: »Er war schon früher ein Meister darin, glaubwürdige Lügengebäude zu konstruieren, um unser Verhältnis zu vertuschen. Seine Frau Gudrun hat nie etwas bemerkt.« Paula nagte gedankenverloren an ihrer Unterlippe. »Den besonderen Thrill hat damals bereits die Tatsache ausgemacht, dass Jörg verheiratet war. Das erfordert jede Menge Geheimniskrämerei. Das ist Spannung pur. Es gibt Männer, und es gibt verbotene Männer. Sex mit verbotenen Männern ist der, der am meisten prickelt.«

»Sekt oder Selters«, sagte ich.

»Nee, eher wie Champagner oder Brausepulver«, sagte Paula.

An der Haustür rumpelte es. Jan-Rudi kam nach Hause. Er küsste mich flüchtig auf die Wange, begrüßte Paula mit einer angedeuteten Umarmung – »Ich hatte gerade eine schlimme Grippe« – und fragte: »Was essen wir heute?«

»Pfeffersteak«, sagte ich und fügte hinzu: »Flambiertes Pfeffersteak.«

»Hört sich gut an«, sagte Jan-Rudi, band sich die Krawatte ab und ging ins Schlafzimmer, um sich umzuziehen.

»Wo gehst du denn Fleisch kaufen?«, fragte Paula. »Beim leckeren Arwid? Den würde ich ja auch nicht von der Bettkante schubsen.«

Ich Mondkalb. Ich Schaf. »Arwid baggert mich an«, sagte ich.

Paula grinste schief. »Sei mir nicht böse – aber flirtet der Junge nicht jede Frau an? Das gehört doch bei ihm zum Geschäftsmodell.«

Ich lächelte triumphierend und wühlte in meiner Großraumhandtasche nach dem Handy. Dann öffnete ich die letzte SMS von Arwid und zeigte sie Paula. »Respekt«, sagte Paula und pfiff anerkennend. »So weit ging sein Service bei mir noch nie.« Sie sah mich durchdringend an. »Ich hatte mich vorhin schon gewundert, dass du dich heute so aufgebrezelt hast. Sieht aber richtig gut aus. Und wie war es auf dem Markt? Hast du zuckersüß zurückgeflirtet?«

Mit gesenktem Blick erzählte ich Paula, wie ich mich in Szene setzen wollte. Und dass ich es geschafft hatte, mich wie ein dummes Huhn aufzuführen.

»Oh Shit«, sagte Paula und lachte schallend. »Aber mir steht auch nicht immer der Sinn nach Hausmannskost. Abwechslung muss sein, da hat der Mann schon recht. Jaja, mit dem Feuer spielt man nicht …«

»Und was soll ich jetzt machen?«, fragte ich.

»Na komm, so ein Drama ist es nun auch nicht«, sagte Paula. »Was du gesagt hast, klingt zwar ein bisschen nach einer Hausfrau, die vor dem Beginn der Menopause noch mal das Gefühl von Aufruhr erleben möchte...« – ich stöhnte gequält auf – »...aber Männer können besser gucken als hören. Jede Wette, dass er mehr auf deine Beine geachtet hat als darauf, was du ihm zwischen den Zeilen erzählen wolltest.«

»Was gibt es zu den Steaks?«, fragte Jan-Rudi, der in ausgebeulter Cordhose und Sweatshirt wieder nach unten gekommen war.

»Salat«, sagte ich.

»Bin ich ein Kaninchen?«, fragte er.

»Du musst mit Luca noch Mathe-Hausaufgaben machen«, antwortete ich. »Die Textaufgabe ging intellektuell über meinen Hasen-Horizont.«

Paula sah mich verständnisvoll an, als ich sie zur Haustür brachte, und sagte: »Stimmt. Kennst du einen, kennst du alle.«

18

»Ich habe übrigens bei Wikipedia nachgeschaut«, sagte ich zu Jan-Rudi, als wir am nächsten Tag zu Hella und Patrick fuhren, um ihre Kaffeemühle anzuschauen. »Bei dem Vogel, der mir neulich das Antipasti-Buffet für die Leroux' ruiniert hat, handelte es sich um einen Eichelhäher. Und jetzt ziehen die beiden in den Eichelhäherweg.«

»Jo, Zufälle gibt's«, sagte Jan-Rudi abwesend, da er seine Aufmerksamkeit gerade dem Autoradio schenkte, und riss kurz darauf theatralisch die Hände vom Lenkrad. Freitagsspiel vom HSV. Oh nein, das durfte doch nicht wahr sein! 89. Minute, Elfmeter. »Das ist ja zum Verrücktwerden! Da kriegt diese lustlose Söldnertruppe bestimmt noch kurz vor Schluss einen rein«, schimpfte Jan-Rudi und klatschte sich mit der flachen Hand auf den Oberschenkel. Der Fußballreporter im Autoradio klang so, als würde er gleich einen Herzinfarkt erleiden. Im ausverkauften Stadion im Volkspark brannte die Hütte. 50.000 Zuschauer gaben ein gellendes Pfeifkonzert. »Tooooor! Tor gegen den HSV!«, schrie der Radiomann, und seine Stimme kollabierte. Jan-Rudi jaulte vor Schmerz auf und raufte sich die Haare.

Ich schaute ins Alstertal, das mittlerweile satt grün leuchtete. Die Sonne schien, und die Temperatur war über 25 Grad geklettert. Hamburg war eine ausgesprochen schöne Stadt – nur als Fußballfan hatte man es hier nicht einfach, gleichgültig, ob das Herz für den HSV oder den FC St. Pauli schlug.

»So eine Scheiße«, fluchte Jan-Rudi.

»Seiße«, schimpfte Knöpfchen aus dem Kindersitz auf den hinteren Rängen. Luca lachte. Ich seufzte. Wieder ein neues Wort.

Das Haus von Hella und Patrick lag am Ende der Straße. Eine dichte Buchsbaumhecke umsäumte das Grundstück, das zusätzlich von einem schmiedeeisernen Zaun mit spitzen Zacken umgeben war. Hella stand vor der Haustür, als wir die Kieselauffahrt hochfuhren. Sie begrüßte uns in einem fliederfarbenen Sommerkostüm mit farblich exakt abgestimmten, hohen Riemchensandalen. Ihre roten Locken fielen in ihr Puppengesicht. Sie sah aus wie einem Modemagazin entsprungen. Ich war sehr froh, dass ich mein kurzes, dunkelblaues Kleid und die schwarzen Pumps angezogen hatte, obwohl Jan-Rudi mich kopfschüttelnd angesehen hatte. »Hasi, willst du wirklich so auf eine Baustelle gehen? Du siehst aus wie eine Lufthansa-Stewardess auf dem Weg zur Arbeit.«

Ich hatte ihn korrigiert. »Es handelt sich nicht um eine Baustelle, sondern um ein Haus, das vielleicht noch ein wenig renoviert werden muss. Und die Röcke der Lufthansa-Stewardessen sind deutlich länger.«

Patrick und Jan-Rudi klatschten sich zur Begrüßung schweigend ab. »Sag nichts«, sagte Patrick. Jan-Rudi sagte nichts und stöhnte nur einmal kurz auf.

Hella hatte recht gehabt – diese Stadthausvilla war ein Traum. Lichtdurchflutete, verbundene, hohe Räume. Eine riesige Landhausküche, weiß mit ganz viel Holz. Ein Kamin in einem Wohnzimmer, das größer war als unser Garten. Holzparkett aus Pitchpine. Ein Wahnsinn.

Die Kaffeemühle hatte zwar einen quadratischen Grundriss – und trotzdem wartete hinter jeder Tür eine Überraschung. Kein Raum in diesem Haus war vorhersehbar, jeder besaß seinen eigenen Charme, was auch daran lag, dass die Fenster unterschiedliche Formen hatten. Vom Schlafzimmer im Obergeschoss hatte man Zugang zu einem Ankleidezimmer und einem Badezimmer, das von einer freistehenden Badewanne beherrscht wurde. Hinter einer Glaswand war eine Tropendusche. Hella führte mich zurück ins Schlafzimmer und öffnete die Balkontür. Ich machte einen Schritt nach draußen und schaute hinab auf den Garten. Dort standen uralte Eichen, prachtvolle Kastanien und eine Trauerweide. Die Weide badete ihre Zweige im Fluss.

»Euer Grundstück liegt ja direkt am Alsterlauf«, sagte ich beeindruckt.

»Noch gehört es uns nicht«, sagte Hella. »Der Termin beim Notar ist erst Mitte der nächsten Woche. Ich habe den Schlüssel nur deshalb, weil ich den Umzug in die Altersresidenz organisiert habe. Hoffentlich springt Patrick nicht doch noch in letzter Minute ab – er gibt sich im Moment ganz schön sperrig. Patti hängt doch mehr an seinem Elbblick, als ich erwartet hatte.«

Unten trug Jan-Rudi Knöpfchen auf den Schultern und trottete mit Luca und Patrick zu einem verwitterten Holzsteg am Ende des Gartens. »Gurkentruppe«, hörte ich und »Fliegenfänger«.

»Hier drinnen muss nicht viel gemacht werden«, sagte Hella. »Das Haus trägt ja schon seit vielen Jahren meine

Handschrift. Ein bisschen frische Farbe fürs Gefühl, das reicht. Aber der Garten – der ist eine Herausforderung.«

Hella und ich stiegen die Treppe hinab ins Erdgeschoss und gingen durch eine Flügeltür im Wohnzimmer hinaus auf die Terrasse.

»Aus dem Mittelfeld kam zu wenig, von hinten kam zu wenig und von vorn kam auch zu wenig«, hörte ich Patrick sagen, und Jan-Rudi erwiderte: »Die haben wirklich alle Chancen ausgelassen.«

Hella und ich schlenderten einmal um die Kaffeemühle herum. An der Südseite des Hauses hatte sich eine lachsfarbene Pfingstrose um einen Walnussbaum geschlungen. Im Staudenbeet wucherten Fleißige Lieschen, Männertreu, Mohnblumen, Tränende Herzen, Maiglöckchen und hüfthohe Brennnesseln. Ein Riesen-Bärenklau machte sich zum Nachbargrundstück breit. Wir spazierten an einem glitzernden Goldregenstrauch vorbei.

»Dieser Garten ist der absolute Traum«, sagte ich zu Hella. »Nur leider überhaupt nicht kleinkindkompatibel.« Ich betrachtete die hängenden Trauben eines Blauregens. »Mit den Pflanzen hier könntest du einen ganzen Kindergarten umbringen. Hat Patrick eigentlich einen grünen oder einen grauen Daumen? Jan-Rudi würde unseren Garten am liebsten betonieren.«

Hella wischte ein paar Spinnweben von einer verwitterten Holzbank ab, setzte sich darauf und sagte: »Ach, er wird schon seinen Spaß an diesem Grundstück finden. Manchmal muss man Männer zu ihrem Glück zwingen.«

»Jan-Rudi lässt sich zu überhaupt nichts zwingen«, sagte ich und setzte mich zu ihr.

»Jan-Rudi ist ein Steinbock«, sagte Hella. »Steinböcke

sind kühl, entschlossen, schweigsam und ehrgeizig. Sie planen ihre Wege mit viel Sorgfalt und Geduld. Patti dagegen ist ein Krebs – launenhaft, geheimnisvoll, verträumt und mitunter sehr besitzergreifend. Krebse neigen dazu, sich sehr an Personen, die sie lieben, zu hängen.«

Hella drehte einem Löwenzahn den Kopf um, riss ihn mitsamt der Wurzel aus der Erde und sagte: »Patti liebt mich, und er würde alles für mich tun. Und Patti ist ein Mann, der als kleiner Junge einen großen Traum hatte: Er sitzt auf der Tribüne im Volkspark-Stadion, das Spiel läuft, plötzlich eine Spielunterbrechung, ein Mittelfeldspieler wird verletzt vom Platz getragen. Und dann sagt der Stadionsprecher übers Mikrofon: Patrick Leroux, bitte begib dich umgehend zur Trainerbank, Patrick Leroux bitte! Und dann zieht sich Patti das Trikot, die Stulpen und die Fußballschuhe an und rettet den HSV.«

Ich grinste Hella an und fragte: »Träumen nicht alle kleinen Hamburger Jungs davon, den HSV zu retten?«

»Ja, aber Patti ist ein Junge geblieben«, sagte Hella. »Und wovon träumen Jungs noch? Ich habe ihm während der letzten Tage vorgeschwärmt, was er in diesem Haus alles erleben kann. Er kann grillen, bis der Arzt kommt. Er kann Lagerfeuer machen. Er kann sich ein Boot in den Garten legen. Er kann an jedem sendefreien Tag in den Baumarkt fahren. Er kann einen Steg, ein Floß, eine Hütte bauen. Das Haus ist vom Preis her ein absolutes Schnäppchen. Wir wären bescheuert, wenn wir es nicht kaufen würden. Die Elbe fließt auch ohne uns.«

Wir wanderten langsam zurück zur Terrasse. »Deshalb ist es mir ja auch so wichtig, dass ihr heute schon mal vorbeigekommen seid«, sagte Hella. »Die Aussicht, abends mit Jan-Rudi den HSV endlich auf Erfolgskurs zu bringen, könnte sich ausgesprochen positiv auf Patricks Entscheidungsprozess auswirken.«

»Du bist eine ganz schöne Ziege«, sagte ich anerkennend zu Hella.

»Ach«, sagte Hella und lächelte. »Ich bin keine Ziege. Ich bin emotionsflexibel.«

Luca und Knöpfchen saßen am Ufer und bauten kleine Schiffe aus Ästen und Laub, die sie auf große Alsterfahrt schickten. Einige der Boote nahmen Ameisen als Passagiere mit. Mir fiel das Gedicht von Joachim Ringelnatz ein: »Es waren einmal zwei Ameisen, die wollten nach Australien reisen ...« Vielleicht kamen sie auf dem Seeweg schon mal bis nach Altona auf die Chaussee. Vielleicht aber auch nicht. Ein Wunder, dass Luca und Knöpfchen noch nicht ins Wasser geplumpst waren – Wechselklamotten hatte ich keine dabei.

»Ein guter Mittelfeldspieler hat Augen im Rücken«, sagte Patrick und entkorkte am schmiedeeisernen Terrassentisch eine Flasche Sancerre.

»Stimmt«, sagte Jan-Rudi. »Aber ich bleibe dabei: Mit einer Söldnertruppe, die keine Bindung zum Verein hat, kannst du nichts werden. Zum Fußball gehört ja auch das Sprechen. Wie kann man kommunizieren, wenn der eine polnisch, der nächste finnisch und der dritte serbokroatisch spricht? Die verstehen sich weder auf dem Platz noch in der Kabine.«

»Prost«, sagte Hella.

»Auf den HSV«, sagte ich.

19

Die halbe Nacht hatte ich wach gelegen, um über eine geeignete Wochenmarktstrategie nachzudenken. Wie konnte ich heute Vormittag vor Arwid Storm treten, den Eindruck von Intelligenz, Attraktivität und Verruchtheit vermitteln und parallel dazu noch die Wochenendmahlzeiten der Familie Winter organisieren? Denise, eine Radiokollegin von Patrick, machte mit einem Satz alle meine Planspiele zunichte. Während ich meine Augen vorm Schminkspiegel in Smokey Eyes verwandelte, behauptete die Saboteurin: »Eine Studie der schwedischen Universität Uppsala hat ergeben, dass Männer, die im Haushalt helfen, den besseren Sex haben.«

Jan-Rudi, der im Erdgeschoss auch Radio hörte, kam daraufhin pfeifend die Treppe hoch und sagte: »Hasi, wir lassen dich jetzt mal in Ruhe. Ich gehe mit den Kindern heute einkaufen, und du hast eine Stunde ganz allein für dich. Nein, nein, das macht mir gar nichts aus. Doch, ich kann auch das Essen fürs Wochenende planen. Ja, ich weiß sehr wohl, was sich in unserem Kühlschrank befindet.« So, und jetzt solle ich endlich mal lernen, Haushaltspflichten loszulassen.

Was für eine Dumpfbirne, dachte ich vergrätzt, als ich zehn Minuten später im Hamburger Abendblatt die gleiche

Meldung im Vermischten las. Ja, Männer, die im Haushalt halfen, hatten den besseren Sex, weil sie die zufriedeneren Partnerinnen hatten. Aber die dusselige Radiomoderatorin hätte noch hinzufügen müssen: Der Effekt trat nur dann ein, wenn Männer regelmäßig, unaufgefordert und eigenverantwortlich Pflichten übernahmen – und auch mal welche, auf die sie eigentlich keine Lust hatten.

Ich machte mir einen Espresso und setzte mich mit Smokey Eyes und im taubenblauen Flatterkleid auf die Terrasse. Sonnenschein, ein wolkenloser Himmel. Trotz dieser Zwangspause war es ein herrlicher Morgen. Im Kempinski kloppten sich Uschi und Alfred. Uschi, hatte Luca neulich erzählt, konnte manchmal ein ganz schönes Biest sein. Wenigstens gab es keine neuen Spuren von den Wanderratten. Abgewandert oder krepiert? Auf jeden Fall 1:0 für Jan-Rudi.

Was der hübsche Arwid heute wohl dachte, wenn Knöpfchen in Begleitung vom Herrn Papa bei ihm aufkreuzte? Wo war die Frau Mama mit den schönen Augen und dem traurigen Blick? Wahrscheinlich beim Versuch des Flambierens verunfallt.

Ich seufzte enttäuscht. Gut, irgendwie fand ich es ganz lustig, dass Jan-Rudi mit den Kindern zum Einkaufen gezottelt war. Ich hatte gegenüber Hella immerhin vehement bestritten, dass dieser Sturkopf überhaupt manipulierbar war. Aber die Aussicht auf guten Sex zog wohl immer.

Hella hatte gestern Abend noch behauptet, dass die Kunst der Domestikation von Ehemännern darin bestehe, möglichst unauffällig zu agieren. Patrick, so sagte sie, habe während ihrer Ehe an Lebenserfahrung, Sparguthaben und Körpergewicht zugenommen, aber nicht unbedingt an Sexappeal. Eine Einschätzung, die ich nicht teilen konnte – aber so lange kannte ich ihn auch noch nicht.

»Patti ist über den Winter ganz schön moppelig geworden«, hatte Hella erzählt und mir an diesem Beispiel veranschaulicht, was sie mit der Methode der sanften Manipulation meinte.

»Es bringt überhaupt nichts, wenn ich zu ihm sage: ›Du bist zu dick geworden.‹« Auch Humor – Hast du an Umfang zugenommen oder ist unsere Küche geschrumpft? – verpuffe wirkungslos. Also müsse die Sache nonverbal geregelt werden. Der Trick, Kartoffeln und Brötchen durch Salat und Vollkornbrot auszutauschen, sei ein tauglicher Versuch, allerdings an einem untauglichen Objekt. Hella hatte die Locken aus ihrem Puppengesicht geschüttelt und eine Vorgehensweise erklärt, die funktionierte. »Als Erstes habe ich seine Lieblingsjeans im Wäschekorb vergraben. Seine anderen Hosen kamen für eine Weile grundsätzlich in den Trockner. Von allen locker sitzenden Hemden habe ich dann einen der mittleren Knöpfe entfernt und schließlich nur noch die von der Putzfrau bügeln lassen, die auf Taille geschnitten sind.« Hella hatte freundlich gelächelt, als sie beschrieb, wie sie die Wohnung mit Fotos dekorierte, auf denen Patricks Bauchansatz besonders gut zur Geltung kam. »Irgendwie hab ich wohl ein bisschen zugelegt«, habe Patti nach ein paar Tagen gemurmelt und wieder mit dem Laufen begonnen. Innerhalb von drei Wochen sei er wieder in vorzeigbarer Form gewesen.

Ich hatte ganz erhebliche Zweifel, dass diese Methode bei Jan-Rudi Erfolg haben würde. Wenn seine Hosen zu eng wurden, kaufte er sich neue. Aber das mit den Fotos konnte eventuell klappen.

Weil Hella wegen ihrer Kaffeemühle überhaupt nichts dem Zufall überlassen wollte, hatte sie sich sofort einen Termin bei Susanne Müller, der Heilpraktikerin aus der Sternschanze, geben lassen. Patrick wurde momentan aus allen Rohren mit Mantras besendet, die seine Liebe für ein Leben im Grünen anfeuern sollten. Ging das überhaupt? Ich hatte Hella nicht explizit danach gefragt, weil ich keine Lust hatte, mit ihr das Thema Fokustexte zu vertiefen.

Ich zupfte an meinem figurbetonten Flatterkleid herum. Hella wollte ihre Mitte finden und zur Ruhe kommen. Ich wollte mich endlich wieder sexy und aufregend fühlen. Irgendwie hatte sich in den letzten Jahren eine Aura der Unsichtbarkeit um mich aufgebaut. Ich war nicht etwa wild darauf, dass Bauarbeiter hinter mir herpfiffen. Aber sie sollten wenigstens die Köpfe heben. Als brave Ehefrau hatte ich manchmal das Gefühl, zur Vorstadtprimel mutiert zu sein. Mit dem Sexappeal einer Geranie. So hausbacken wie die Käsetussi Frau Antje: Guten Abend, liebe Hausfrauen, heute zeige ich Ihnen Käsetoast Hawaii …

Zum Teufel mit Angäla, mein Name sprach sich Anjela aus. Und in mir steckten noch Geheimnisse. Ich dachte an Arwid. Was war eigentlich das Schönste an ihm – seine Augen oder sein Mund? Eindeutig sein Mund. Ich hätte schon gern erfahren, wie er küsst. Wenn ein Mann gut küssen konnte, ließ das weitere Rückschlüsse zu.

In meiner Großraumhandtasche piepte es. Ich wühlte nach meinem Handy – eine SMS von Isy, Handy privat. War das jetzt Telepathie? Mein Herzschlag setzte für eine Sekunde aus. Arwid!

Mit fahrigen Fingern öffnete ich die SMS und las:

Ich hatte mich so darauf gefreut, Sie wiederzusehen, und nun waren Sie heute gar nicht auf dem Markt. Ich habe die Sonne für Sie bestellt, damit sie Ihnen ein Lächeln entlockt. Ganz liebe Grüße, A. S.

Ich strahlte mein Handy an. Wie entzückend! Das entzückende Handy antwortete mit einem Klingeln, was mich so erschreckte, dass ich es fast zu Boden fallen ließ. Es war Jan-Rudi. Er hatte nun schon Grillfleisch, gemischten Aufschnitt und Bärchenwurst besorgt, außerdem Krabbensalat, Farmersalat und Honig-Senf-Sild – ob wir sonst noch etwas bräuchten. Im Hintergrund quengelte Knöpfchen.

»Nein«, sagte Jan-Rudi streng, »du isst jetzt erst einmal dein Würstchen auf, dann gibt's vielleicht eine Fanta. Und wer sein Würstchen durch die Gegend schmeißt, der bekommt schon gar nichts.« Und zu mir gewandt: »Ich melde mich gleich wieder, deine Tochter wirft sich gerade neben das Würstchen auf den Boden.«

Ich guckte mein olles Handy an. Ein Telefon, zwei Welten. Wie formulierte ich eine Antwort auf Arwids SMS, die leidlich verheißungsvoll klang?

Ich schrieb: *Ich hätte Sie auch sehr gern gesehen, aber leider kam mir heute etwas dazwischen. Freue mich auf Donnerstag.*

Ich betrachtete den Text. Ja, mir war etwas dazwischengekommen. Eine dusselige Radiomoderatorin und ein beflissener Ehemann. So ging das nicht. Ich schloss meine rauchumflorten Augen und dachte nach.

Das Handy klingelte. Jan-Rudi. Inzwischen war er mit den Kindern beim Imbissstand und der Fanta angekommen und erstattete Bericht über die Beutegüter, die er erjagt hatte: Lollo Rosso, Paprika, Möhren … Meine Güte, da übernahm Jan-Rudi einmal den Einkauf auf dem Wochenmarkt und machte ein Bohei um jede Tomate!

»Wir brauchen noch Klopapier, Zahnpasta und Windeln«, sagte ich.

»So etwas gibt's nicht auf dem Markt«, sagte Jan-Rudi.

Klopapier war Herrn Winter wohl nicht sexy genug. Dann musste ich nachher doch noch mal im Supermarkt einkaufen gehen. Wie immer: Für Jan-Rudi die Kür, für mich das Pflichtprogramm. Schöne Grüße von Frau Antje.

Mist, jetzt war die SMS für Arwid verschwunden. War ich versehentlich auf Senden gegangen? Nein, die Kurznachricht hatte sich irgendwie selbst versenkt. Also noch einmal. Ich schrieb: *Ich hatte heute frei, aber die Sonnenstrahlen sind bei mir angekommen. Fühlen Sie sich von mir angelächelt! Liebe Grüße, A. Wi.*

Ich las noch einmal den Text und klickte ganz schnell auf Senden, bevor Jan-Rudi anrufen konnte, um mir mitzuteilen, dass er Petersilie käuflich erworben hätte. Das Attraktive, Verruchte musste sich Arwid bitte selbst dazudenken.

Arwids Antwort kam prompt. Er schrieb: *That makes my day. Dann bleibt mir wohl leider nichts anderes übrig, als mich auf nächsten Samstag zu freuen?*

Ich lächelte mein olles Handy an. War das die versteckte Frage, ob wir uns auch früher sehen könnten? Ich blinzelte in die Sonne. Also, in dieser Hinsicht war ich schon altmodisch. Wenn er sich mit mir treffen wollte, musste er mir das schon ein bisschen direkter zu verstehen geben.

Ich entschloss mich, ihm vieldeutig zu antworten, und schrieb zurück: *Wie wäre es mit Donnerstag? I like.*

Ab spätestens 13.30 Uhr hatte er am Donnerstag Feierabend, konnte SMS schreiben, Kaffee trinken gehen. Oder was auch immer.

Mein Handy piepte verzweifelt. Oh nein, Akku alle. Nicht jetzt! Wo war das verdammte Kabel?

Ich rannte zur Rumpelschublade, wühlte nach dem Ladekabel und schloss das Handy an die Steckdose. Piep. Das war knapp. Arwid antwortete: *In den nächsten drei Wochen bin ich ausgerechnet an den Donnerstagen nicht in Hamburg. Dann muss ich mich wohl bis nächsten Samstag gedulden.*

Meine Mundwinkel wanderten nach unten. Und was war mit Montag, Dienstag, Mittwoch? Eine Woche bestand ja nun einmal aus sieben Tagen. Oder wollte er auf ewig nur unschuldig an der Fleischtheke flirten? Er sollte mit mir doch nur mal einen harmlosen Kaffee trinken!

An der Haustür klingelte es. War die eine Stunde, die mir Jan-Rudi so großzügig spendiert hatte, schon um? Und warum konnte mein Mann verdammt noch mal nicht seinen Schlüssel benutzen? Missmutig öffnete ich die Tür. Auf der Schwelle standen zwei Zeugen Jehovas und streckten mir den Wachturm entgegen: Worin bestand die erste Sünde? Und was bedeutete das Essen der verbotenen Frucht? Ich machte die Tür wieder zu. Jetzt nicht.

Ich las noch einmal Arwids SMS. Bei Männern gab es Jäger, und es gab Sammler. Ich favorisierte eindeutig die Jäger. Wenn, dann wollte ich erkämpft werden. Aber nicht gepflückt.

Tja, ein bisschen mehr musste sich Herr Storm dann doch ins Zeug legen, um erfolgreich zu sein. Grimmig antwortete ich:

Genießen Sie die Sonne und die Vorfreude!

Blödmann.

Es klingelte wieder an der Tür. Jan-Rudi schleppte seine Einkäufe in die Küche, stellte die Tüten zufrieden neben der Spüle ab, schnappte sich die Zeitung und setzte sich mit einer Tasse Espresso auf die Terrasse. Die Kinder latschten ihm mit ihren dreckigen Schuhen hinterher. Hallo?

Irgendwie kam mir das bekannt vor. Ach ja, aus dem Pixi-Buch *Conni backt Pizza*: Abwaschen und Aufräumen muss Mama am Ende dieses Bands allein. Dafür hatte sie ja keine Arbeit mit dem Kochen. »Und nächste Woche kochen wir wieder für dich. Vielleicht Spaghetti«, tröstet Conni die Mama.

Nächste Woche? Das kam ja nun überhaupt nicht infrage!

20

»Was ist aufregender als Sex zu haben?«, fragte Isy und gab sich die Antwort selbst: »Noch keinen Sex zu haben. Das Schönste an einer Affäre ist doch die Vorfreude darauf. Denn die Grundzutaten sind doch bekannt. Selbst wenn der Kerl mit Vornamen Kamasutra und mit Nachnamen Supermann heißt, kann er den Sex ja nicht neu erfinden.«

Ich gab meiner Hängematte einen kleinen Anschwung und antwortete so etwas wie »grumpf« ins Telefon. Isy hatte gut reden. Die Piratentochter sammelte Männer wie mein Sohn Luca bei einer Fußballweltmeisterschaft Panini-Bilder und hielt sich mit dem Vorgeplänkel nicht unnötig lange auf. Mit der Nachbereitung allerdings auch nicht. Ihrem One-Night-Stand von der kanadischen Boygroup hatte sie – sicher ist sicher – gleich eine falsche Handynummer gegeben.

»Ich bin ja noch nicht mal beim Kaffeetrinken angekommen«, sagte ich. »Kann der Kerl mir nicht eine SMS schreiben, die etwas konkreter ausfällt? Länge mal Breite mal Höhe: Café Reinhard, Donnerstag, 15.00 Uhr? Dann könnte ich ja noch immer heldenhaft Nein sagen.«

»Ach komm, es ist doch süß, wenn er dir die Sonnenstrahlen schickt. Das hat so etwas Zärtliches. Es weist darauf hin, dass er ein Händchen für romantische Inszenierungen hat. Ich bin immer am meisten verliebt in das Gefühl, verliebt zu sein«, sagte Isy beharrlich. »Ob dein Fleischer dann wirklich so viel Gefühl besitzt, wirst du schon früh genug herausfinden. Vielleicht kommt der Prinz deiner schlaflosen Nächte demnächst auf einem Schimmel angeritten – und bevor er absteigt, putzt er sich die Nase und betrachtet dann eingehend den Inhalt seines Taschentuchs. Das wär's dann, jedenfalls für mich. Wenn Männer auf Wirklichkeit treffen, setzt bei mir ja immer gleich die Götterdämmerung ein.«

Ragnarök, Ragnarök … Jan-Rudi hatte im Wohnzimmer die Vorhänge zugezogen und sich im Halbdunkel zunächst *Raumpatrouille Orion* angeschaut. Mittlerweile war er eingeschlafen und schnarchte wie der böse Wolf, nachdem der die Großmutter und Rotkäppchen verschlungen hatte. Mit ein bisschen bösem Willen konnte man eine Melodie heraushören: Ragnarök, Ragnarök, Ragnarök …

Isy kicherte und sagte: »Vielleicht musst du seine Fantasie etwas befeuern. Kannst du dich noch an unsere Annonce erinnern?«

O je, wie hätte ich diese Aktion jemals vergessen können? Wir arbeiteten damals beide bei dem Proleten Denis Krawtzcykinski. Und nachdem Isy und ich auf dem Minibalkon meiner Eppendorfer Wohnung eine Flasche Prosecco geleert hatten, waren wir auf die Idee gekommen, in einem Stadtmagazin eine Anzeige zu schalten. Nach der zweiten Flasche Prosecco war der Text fertig. Er lautete: *Zwei vorzeigbare Mädels (Cup B+C) suchen netten Mann für kleine Spiele zum Zuschauen und Mitmachen.* Nach der dritten Flasche Prosecco hatten wir die Anzeige an die Anzeigenabteilung gefaxt.

Der Erfolg war überwältigend. Von dem Stadtmagazin kam der flehentliche Brief, ob wir uns die Zuschriften nicht bitteschön persönlich abholen könnten, was ziemlich peinlich war, denn eigentlich leiteten sie die Briefe mit der Post weiter. Wir hatten uns deshalb mit Sonnenbrillen, Baseballkäppis und Palästinenser-Tüchern maskiert und waren mit Isys verbeultem Fiat 500 zum Verlag gefahren. Dort hatten wir zwei Wäschekörbe voller Briefe in ihr kleines Auto gestopft. Auf dem Rückweg wurden wir von der Polizei angehalten – wohl, weil wir aussahen wie Bankräuber auf der Flucht. Die Kontrolle geriet zum Happening. Die Beamten johlten vor Freude, weil die Scheibenwischer angingen, als Isy den Blinker betätigen sollte. Und sie hatten Tränen in den Augen, als sie entdeckten, dass Isy mit dem kleinen Spiegel ihres verstorbenen Wellensittichs Flauschi durch die Gegend fuhr, weil sie das Original beim Ausparken abrasiert hatte. Sie hatte ihn mit Bauschaum an ihrer Rostlaube fixiert.

»Wenn die Aussicht verlockend genug ist, glauben Männer dir jeden Quatsch«, sagte Isy. »Vielleicht musst du deinem Schätzchen einfach deutlicher mitteilen, auf welches scharfe Abenteuer er sich freuen darf.« Sie imitierte eine 0190er-Stimme: »›Gratis, unverbindlich, ungefährlich. Aber heiß. Hot! Hot! Hot!‹ In der Fantasie deines Fleischers muss es *Klick* machen, damit er in die Gänge kommt.«

Ich dachte an die Annonce. Wir hatten uns damals vor Lachen unterm Sofa gekugelt, als wir uns gegenseitig die Briefe vorlasen. Und dann die Fotos, die einige der Männer mitgeschickt hatten. Sagenhaft. Legendär.

»Der Knackpunkt ist, dass ich gar nicht richtig weiß, was genau ich eigentlich von Arwid will«, sagte ich und schaute aus meiner Hängematte auf Knöpfchen, die im Sandkasten konzentriert eine Gras-und-tote-Käfer-Suppe kochte. »Ich möchte vor allem mal wieder leidenschaftlich flirten. Das ist ja mein Problem: Ich habe mich in letzter Zeit nur mausgrau gefühlt. Ungefähr so sexy wie Frau Antje. Im Prinzip will ich lediglich wissen, ob in mir noch das Potenzial zu mehr steckt.«

Isy lachte. »Du weißt schon, dass sich eine der Frau Antjes mal für den Playboy ausgezogen hat? Das gab damals einen Riesenskandal.«

»Wieso denn *eine* der Frau Antjes?«, fragte ich.

»Die Frau Antjes sind fast so häufig ausgetauscht worden wie Flipper«, sagte Isy. »Aber ich weiß gar nicht, was du hast. Du siehst super aus, hast eine tolle Figur …«

»Schön, wenn du das findest. Aber das hätte ich dann doch lieber mal von einem Mann gehört«, sagte ich. »Und meinen Ehemann brauche ich nicht danach zu fragen. Er hat es mir irgendwann mal gesagt und neigt nicht zu Wiederholungen.« Ich dachte an die Strahlen, die vermutlich noch immer zu mir gesendet wurden. Ich wollte sexy wirken. Begehrt werden. Romantik erleben. Stand auch Leidenschaft auf der Besendungsliste? Ich hätte es mir wirklich aufschreiben sollen.

Im Nachbargarten rumpelte Michi in seinem Geräteschuppen herum und holte anscheinend gerade den Rasenmäher heraus. Dagmar hockte allein am Kaninchenstall und mistete die Hasenkötel aus. Wie ertrug sie es nur, mit diesem lüsternen Fettsack mit den Schweineaugen zusammenzuleben? Ich schaute angewidert in eine andere Richtung.

»Wenn du dir ein Date mit Arwid backen könntest – wie würde es denn aussehen?«, fragte Isy.

Ich überlegte etwas länger und lächelte in die Sonne. »Also … Ich würde mich erst einmal an einem wirklich unverfänglichen Ort mit ihm verabreden«, sagte ich etwas leiser. »Vermutlich am anderen Ende der Stadt, am Elbstrand. An meinem Lieblingsplatz stehen nur ein Leuchtturm und eine lange Anlegebrücke für die Elbfähren. Da gibt es noch nicht einmal ein Restaurant, sondern nur einen Kiosk.«

»Kenn ich«, sagte Isy. »Mitten im Wald. Wo ein Wille ist, ist auch ein Weg.«

Ich überhüstelte ihren Einwurf. »Wir würden uns in Wittenbergen am Ende der Brücke verabreden und eine Weile lang auf die Elbe schauen. Containerschiffe und Kreuzfahrer würden vorbeiziehen, und wir wären anfangs etwas befangen. Dann würden wir zum Strand gehen, Steine hüpfen lassen und vor den Wellen weglaufen, wenn ein großer Frachter vorbeifährt. Wir würden reden und lachen, und zwischendurch würde Arwid mir tief in die Augen gucken …«

»Ach, und im Hintergrund singt der Blankeneser Spatzenchor ›Merci, dass es dich gibt‹?«, ätzte Isy. »Und was ist mit Küssen?«

»Vielleicht«, sagte ich. »Später. Ein bisschen.«

»Na komm«, sagte Isy. »Ohne wilde Knutscherei ist es doch den ganzen Aufwand nicht wert.«

Vrommmmmmm … Michi hatte jetzt seinen Rasenmäher angeworfen und zerschnitt mit dem Geknatter den Zauber des Frühlingsnachmittags.

»Ich will dir deine romantischen Träume ja nicht völlig zerreden«, sagte Isy. »Vielleicht handelt es sich bei deinem Metzgermeister ja auch um einen Fleischer mit ganz besonders viel Fingerspitzengefühl für die weiblichen Befindlichkeiten. Aber vergiss bei deinem unschuldigen Flirt nicht: Wer den Mund spitzt, muss auch spucken. Und eigentlich passen Männer und Frauen überhaupt nicht zusammen – nur in der Mitte.«

21

Paula hatte Arwid zuerst gesehen. Er war umringt von mindestens zwanzig Hängebauchschweinen, die er mit seinem Smartphone fotografierte. Mir blieb fast das Herz stehen. Oh Gott, wie sah ich aus? Ich guckte an mir hinunter: weißes T-Shirt, Jeansrock, Turnschuhe. Ok, das war so weit in Ordnung. Ich konnte ja schlecht auf Highheels durch das Tiergehege stöckeln. Und wer kam schon auf den Gedanken, dass ich Arwid ausgerechnet im Wildpark Schwarze Berge begegnen würde? Hamburg war ein Dorf.

Ich wühlte im Rucksack nach meinem Lippenstift, als Arwid mich entdeckte und mir gut gelaunt zuwinkte. Ich winkte zurück. Sein Lächeln brachte Gletscher zum Schmelzen.

»Der guckt so, als stünde ihm der Sinn auch nicht immer nur nach Hausmannskost«, raunte Paula mir zu. Eine zierliche Frau mit schwarzem Pferdeschwanz schaute jetzt ebenfalls in unsere Richtung. Sie hielt einen kleinen, etwa fünfjährigen Jungen an den Händen, der aussah wie Arwid.

»Seine Frau ist ja ganz hübsch. Aber bestimmt anstrengend«, sagte Paula. Ich sah sie irritiert an. »Sie wirkt etwas schmallippig«, fuhr Paula fort. »Unter jedem Dach ein

›ach‹. Der Junge hat es zu Hause garantiert auch nicht immer einfach.«

Paula hatte den Ausflug in den Tierpark vorgeschlagen, weil sie sich an diesem Vormittag unbedingt sofort, ausführlich und in Ruhe mit mir unterhalten musste. Jan-Rudi hatte sein Glück kaum fassen können. Ein familienfreier Sonntag! Vincent und Luca hielten jetzt beide eine Packung Wildfutter in den Händen und trotteten, in ein Dauergespräch über Lego-Baureihen vertieft, vor uns her. Knöpfchen hatte ich in einen Bollerwagen gesetzt, den Paula und ich gemeinsam zogen. Ein Stück weiter vor uns trug Arwid seinen Sohn Huckepack und war bei den Schottischen Hochlandrindern abgebogen.

»Ich habe gestern Nacht mit Jörg geschlafen«, sagte Paula.

»Oh nein!«, sagte ich.

»Oh doch«, sagte Paula.

Ich schaute sie fassungslos an.

»Und es kommt noch schlimmer.« Paula schaute etwas bedröppelt drein. »Du schreist, wenn ich dir erzähle, wo.«

»Das glaube ich jetzt nicht«, murmelte ich entsetzt. »Sag bitte, dass das nicht wahr ist.«

Paula lächelte gequält. »Doch«, sagte sie.

Ich verdrehte die Augen. »Paula!«

Wir hatten in den letzten Tagen stundenlang telefoniert, um die Neuauflage von Paulas Affäre mit Jörg gründlich vorzubereiten. »Eine gute Planung ist alles«, hatte Paula behauptet und mit mir zusammen an einer Legende gestrickt. Jörg hatte ihr zu verstehen gegeben, dass er leider sterben müsse, wenn er nicht bald mit ihr Sex hatte. Das wollte Paula unbedingt verhindern.

Bei der Recherche bezüglich einer besonders prickelnden Umgebung für zwei unvergessliche Nächte waren wir auf der Norwegen-Fähre gelandet, die zwischen Kiel und Oslo pendelte. Auf der Homepage der Color-Line hatten wir uns die 5-Sterne-Suite angeschaut: Aus der Eignerkabine mit einem riesigen, eleganten Doppelbett hatte man einen Blick aufs Meer wie von der Kapitänsbrücke. Außerdem gab es an Bord Restaurants, Bars, Shops und Wellnessoasen.

»Meinst du, euch beiden fällt es auf, wenn das Schiff gar nicht aus dem Kieler Hafen ablegt?«, hatte ich noch eingewandt. Meiner Meinung nach hätte es ein Motel am Autobahnkreuz Bordesholm auch getan.

»Wenn ich Frank das erste Mal nach elf Jahren Ehe betrüge, muss das Drumherum schon stimmen«, hatte Paula gesagt und hinzugefügt: »Ich bin keine Frau für die Besenkammer.«

Vom Ansatz her hatte Paula sicher recht. Allzu leicht durfte die Geschichte nicht über die Bühne gehen, sonst verkaufte man sich unter Wert. So schwierig, wie *sie* es anstellen wollte, wäre es mir allerdings zu anstrengend gewesen. Paula hatte ihrem Mann Frank erzählt, dass wir beide eine Minikreuzfahrt machen würden – in diesem Punkt bei der Wahrheit zu bleiben war wichtig, weil sie sonst bei Kontrollanrufen vom Schiffshorn hätte in Erklärungsnot gebracht werden können. Da aber nicht völlig auszuschließen war, dass Frank auf die Idee kommen könnte, sie vom Schiff abzuholen, sollte ich sie tatsächlich an Bord begleiten. Zunächst hatte ich gemeutert: Meine Freundin Paula in Ekstase auf Wolke sieben überm Meer und ich als Passagier dritter Klasse einsam über den Dieselmotoren? Sie hatte mich schließlich mit dem Versprechen geködert, dass ich eine Kabine mit Fenster bekommen würde, und mit einem Augenaufschlag gesagt: »Vielleicht läuft dir ja ein süßer Skandinavier zu.«

Und jetzt das.

Paula und ich waren mittlerweile am Gehege der Wölfe angekommen, wo ein Tierpfleger die Fütterung vorbereitete. »Und du hast wirklich bei dir zu Hause mit Jörg geschlafen?«, fragte ich. »In eurem Ehebett? Meine Güte, Paula. Das ist ein absolutes No Go. Dann doch lieber eine Abstellkammer an der A7.«

»Nein, wir haben es nicht in meinem Ehebett getrieben«, sagte Paula und pustete sich eine Haarsträhne aus dem Gesicht. »Das war der letzte Rest von Anstand, den ich wahren konnte. Wir hatten nur dort Sex, wo ich garantiert nicht mit Frank schlafen würde.« Mit einem tiefen Seufzer fügte sie hinzu: »Im Flur. Auf dem Küchenfußboden. Unter der Dusche. Auf der Tischtennisplatte ...«

»Das klingt nicht so, als ob es leise zuging«, sagte ich. »Hattest du keine Angst, dass dein Sohn aufwachen könnte?«

»Vincent hat beim Nachbarjungen übernachtet«, sagte Paula. »Ich war allein zu Hause, weil Frank aus der Bereitschaft für einen Kollegen einspringen musste. Ich hatte mir ein Glas Wein eingeschenkt und Jörg eine SMS geschrieben. Da war seine Frau schon schlafen gegangen. Wir haben uns bestimmt hundert SMS geschickt. Kurz nach Mitternacht hat sich Jörg aufs Rad gesetzt und ist zu mir gefahren. Und dann war alles zu spät. Wir haben es kaum geschafft, die Haustür zu schließen.«

Unten im Gehege fielen die Wölfe über die blutigen Fleischstücke her. »So?«, fragte ich.

»Mmmhjam«, sagte Paula.

»Da! Wau-wau«, sagte Knöpfchen begeistert.

»Die armen Wölfe sind völlig ausgehungert«, sagte ich zu Knöpfchen. Und zu Paula: »Und nun?«

»Listen löschen, Listen löschen, Listen löschen«, sagte Paula. »Die SMS waren eindeutig nicht jugendfrei.«

Am anderen Ende des Wolfsgeheges stand Arwid und fotografierte mit seinem Smartphone in unsere Richtung. Im Vordergrund stand seine Frau. Aber aus diesem Blickwinkel würde ich auch mit aufs Foto kommen. Was für ein frecher Hund. Ich gab mir Mühe, möglichst fotogen zu gucken.

»Ich habe heute höchstens zwei Stunden geschlafen«, sagte Paula. »Als Jörg ging, war es schon längst wieder hell. Und jetzt habe ich einen zerschrammten Rücken und fühle mich high.«

Wir betrachteten das große Fressen, das im Wolfsgehege vor sich ging. Animalisch. Gierig. Hemmungslos.

»Nun haben wir uns so viel Mühe gegeben, eure erste Nacht nach allen Regeln der Kunst zu inszenieren – und dann fallt ihr im Flur übereinander her«, sagte ich. »An der Garderobe neben den Dreckschuhen – dagegen ist jede Besenkammer noch der Burner.«

Paula grinste. »Stimmt, es war überhaupt nicht romantisch. Es war schmutzig und dreckig. Aber geil. Und Boot fahren wir ja trotzdem noch.«

Arwid zwinkerte mit den Augen und lächelte mir zu, als wir mit unserem Bollerwagen an ihm und seiner Frau vorbeizogen. Ich lächelte königlich zurück. Luca und Vincent blieben fasziniert am Rattentunnel stehen und stellten für einen Moment die Diskussion ein, ob es wichtiger war, die

Lego-Star-Wars-Edition oder die Indiana-Jones-Sammlung zu besitzen.

»Ratten können miteinander kommunizieren«, sagte Luca sachverständig. Vincent guckte ihn ratlos an. »Sie reden miteinander«, erklärte Luca. »Sie warnen sich gegenseitig vor einer drohenden Gefahr. Aber gegen meinen Papa haben sie keine Chance.«

Wir zogen weiter zu den Wildschweinen. Noch mehr Wau-Waus, wie Knöpfchen erfreut feststellte. Paula zwinkerte mir übertrieben zu und fragte: »Was machen denn deine Fortschritte bei unserem hübschen Fleischer?«

»Ich bin mir gar nicht sicher, ob ich so rasante Fortschritte will«, sagte ich. »Ich finde ihn zwar ausgesprochen anziehend, aber kenne ihn ja kaum. Und ich habe immer noch ein bisschen Angst davor, mich bei so einem kleinen Abenteuer versehentlich zu verlieben.«

»Da musst du natürlich cool bleiben«, sagte Paula. »Der Sex mit Jörg gestern Nacht war überirdisch. Eine Offenbarung. Aber mein Verstand sagt mir: Er ist auch nur ein normaler Mann. Ich will ihn lieben, aber nicht mit ihm leben. Ich möchte mit diesem Mann nur schöne Momente erleben. Keinen Kampf um den Geschirrspüler, keinen Kleinkrieg um die Wäsche. Alle Männer haaren im Badezimmer. Wenn ich mit Jörg zehn Jahre verheiratet wäre, wären wir vermutlich auch schon beim kaninchenartigen Sex angekommen: Rein, raus, fertig. So ist das Leben.«

Wir wanderten im Freigehege zu einer Lichtung im Wald, wo gleich eine Vogelflugschau beginnen sollte. Der Platz lag auf einer Anhöhe, unten im Tal befand sich ein sehr großer Teich. Arwid kam ebenfalls mit seiner Familie angeschlendert und setzte sich auf eine Bank in meinem Rücken.

»Dein Plan mit Jörg erinnert mich an *Salz auf unserer Haut*«, sagte ich flüsternd zu Paula. »Was für eine wunderbare Geschichte. Eine Pariserin, ein Fischer und eine lebenslange Affäre. Ich glaube allerdings, das funktionierte nur deshalb, weil sie aus derart unterschiedlichen Lebenswelten kamen. Ihr beide wohnt nur ein paar Straßen auseinander und guckt mit euren Ehepartnern auf Flachbildfernsehern sonntagabends den Tatort. Kann das wirklich gut gehen? Ich meine: Wenn ihr auffliegt, brennt die Hütte. Der Kollateralschaden wäre wirklich enorm.«

Die Falknerin schloss ihr Mikrofon an und begrüßte die Zuschauer. Ein imposanter Uhu flog zum Auftakt gemächlich über die Lichtung zu einem großen Teich hinunter und landete schließlich wieder auf dem behandschuhten Arm der Frau. Eigentlich, so erfuhren wir, war die Eule nachtaktiv. Aber da dieses Exemplar gelernt hatte, dass es auf diesem Weg sehr einfach Beute machen konnte, war sie zur Tageule geworden. Die Falknerin belohnte den Uhu mit einem Stück Kaninchenfleisch.

»Mensch, Arwid, was hast du denn bloß wieder in den Rucksack für Maxi gepackt?«, sagte eine Frauenstimme hinter mir. »Die Strickjacke passt Maximilian schon seit zwei Jahren nicht mehr, den Joghurt mag er nicht, Milchschnitten soll er nicht essen, und warum haben wir gar nichts zu trinken dabei?«

Arwid atmete hörbar aus und sagte: »Liebling, ich besorge uns am Kiosk eine Fanta.«

»Nein, Wasser«, antwortete Liebling spitz.

Die Falknerin schickte einen Weißkopfseeadler mit einer Fügelspannweite von zwei Metern dreißig auf die Reise. »Mit geringer Höhe fliegt der Adler über die Wasseroberfläche, um sich darunter befindliche Fische aus dem Wasser zu greifen. Dabei macht er sich nur die Füße nass«, erklärte die Falknerin. Wir guckten gebannt hinunter zum Wasser. Der Teich, erzählte die Falknerin, sei über fünfzehn Meter tief und würde sich hinter der Biegung in einer Grotte fortsetzen. Der Adler ziehe Barsche, Rotaugen und Forellen aus dem Wasser. Nur von den Zitronenhaien hielte er sich fern. Die seien übrigens besonders gut in der Höhle zu beobachten – wenn man mit Taschenlampen ins Wasser leuchtete, würde man ihre Augen blitzen sehen.

Ich schaute zu Arwid, der mit einer Flasche Mineralwasser und zwei Portionen Pommes zurückkehrte.

»Wanderfalken können bis zu dreihundert Stundenkilometer schnell fliegen. Auffällig ist, dass sie die Plätze der Flugschauen gut zu nutzen wissen, indem sie weit rausziehen, auf Höhe kommen und dann mit voller Geschwindigkeit erneut anjagen«, erklärte die Falknerin. Arwid warf die beiden Schalen mit Pommes von sich, als der Falke mit wenigen Zentimetern Abstand über seinen Kopf hinwegdonnerte, und rannte im Zickzack über die Lichtung. Die Zuschauer lachten. Die Falknerin auch. »Da bekommt man als Besucher ein Gefühl davon, wie erfolgreich diese Tiere als Jäger sein müssen. Denn wer mit dieser Geschwindigkeit überraschend um die Ecke kommt, der lässt seiner Beute keine Chance«, sagte die Falknerin.

»Wie kann man sich bloß so tollpatschig anstellen?«, zischte Arwids Frau, als es ihm gelungen war, sich vor dem umherbretternden Kampfvogel in Sicherheit zu bringen. »Wenigstens hat dein Auftritt als Stoffel auch was Gutes. Ich möchte nicht, dass Maxi ständig von dir Pommes bekommt.«

»Dein Wasser«, sagte Arwid. Glücklich klang anders. Ich hätte mich gern zu ihm umgedreht und ihn mit einem Lächeln getröstet. Er tat mir plötzlich richtig leid.

Paula guckte mich von der Seite an und sagte leise: »Genau das habe ich vorhin gemeint. Der hat es zu Hause bei diesem Besen auch nicht immer einfach.«

22

Victor Sokolow rief am Nachmittag an, als es gerade überhaupt nicht passte. Die Telefonnummer auf dem Display meines Handys sagte mir gar nichts. Kein Wunder – als ich ihn in München mit aller Leidenschaft liebte und hasste, gab es noch gelbe Telefonzellen, für die man Groschen benötigte. Telefone hatten einen festen Platz, und wenn besetzt war, war besetzt. Das hatte mich ja so wahnsinnig gemacht – dass er ständig für Tage in der Versenkung verschwand und ich nie wusste, was er gerade machte. Er tauchte auf, wann immer es ihm gerade gefiel.

»Anjela, bist du es wirklich?«, sagte Victor mit seiner rauen Stimme. »Ich hätte mich niemals getraut, mich noch einmal bei dir zu melden. Wie geht es dir?«

Ich hatte das Gefühl, als ob mir ein Elefant in den Bauch treten würde. »Gut«, sagte ich, »warte kurz.«

»Wie soll das gehen?«, fragte Jan-Rudi im Hintergrund.

»Mama, du hast die Zitronenhaie doch auch gesehen!«, sagte Luca, als ich in der Rumpelschublade nach dem Ladekabel für mein olles Handy suchte. »Jo, hab ich«, sagte ich und schloss hinter mir die Küchentür.

Da hatte es Wölfe, Elche und Bären im Tierpark gegeben, doch Luca und Vincent sprachen auf der Rückfahrt ausschließlich über die Zitronenhaie. Für fünfzig Cent plus zehn Euro Pfand hatten wir uns Taschenlampen ausleihen können, um in der finsteren Höhle in den Tümpel zu leuchten. Paula hatte ihr Pfand nicht zurückerhalten, weil Vincents Taschenlampe in den Teich gefallen war, als er das Glitzern in den Augen der Raubfische sah.

Ich lief die Treppe hoch und stöpselte das Kabel im Badezimmer in die Steckdose. Wahrscheinlich war ich eines Tages die letzte Vertreterin der aussterbenden Spezies der Festplatztelefonierer.

»Bist du noch da?«, keuchte ich ins Telefon.

»Ich hätte es wissen müssen«, sagte Victor und seufzte leicht. »Wie viele Kinder hast du?«

»Zwei«, sagte ich.

»Und einen Mann und ein Haus und einen Hund?«, fragte Victor.

»Keinen Hund«, sagte ich.

Wir schwiegen einen Moment lang ins Telefon. Es wäre einfacher gewesen, wenn ich meinen Status auf Facebook gepostet hätte. Aber außer einem unscharfen Portraitfoto, dem Wohnort und meinem Geburtstag fand sich dort nichts. Mir war Facebook nicht geheuer.

»Und du?«, fragte ich. »Hast du Familie?«

Victor lachte leise und sagte: »Falken bauen keine Nester.«

Stimmt. Das hatte die Tante im Tierpark auch erzählt. Falken legten ihre Brut in Mulden an Felswänden ab. Oder sie nutzten die Nester anderer Vogelarten.

»Schade«, sagte Victor. »In nächster Zeit muss ich nach Hamburg. Ich habe mich so sehr über deine E-Mail gefreut und darauf, dich vielleicht zu treffen. Und jetzt bist du verheiratet und hast eine Familie.«

»Was hast du erwartet?«, fragte ich. »Wir könnten ja trotzdem mal essen gehen.«

»Das wäre nicht ungefährlich«, sagte Victor.

»Das wäre komplett ungefährlich!«, sagte ich entrüstet. Was bildete er sich ein? Zugegeben, ich war mal verrückt nach ihm gewesen. Aber ich hatte es schließlich geschafft, ihn aus meinem Leben zu entfernen.

»Für dich wäre es ungefährlich, aber für mich nicht«, sagte Victor. »Als du mich damals einfach verlassen hast, hat mich das fast umgebracht«, fügte er theatralisch hinzu.

»Du übertreibst. Außerdem ist es lange, lange her«, sagte ich.

»Ernsthaft, für keine Frau habe ich so viel angestellt wie für dich. Du hast meine Briefe nicht beantwortet. Du hast dir eine neue Telefonnummer zugelegt. Ich habe dir ein Jahr lang Blumen geschickt, und du hast dich nicht mehr bei mir gemeldet«, sagte Victor. »Und selbst nach dieser unendlich langen Zeit ist es ein merkwürdiges Gefühl, deine Stimme zu hören. Es macht mich ganz nervös.«

Es war eine verdammt schmerzhafte Trennung gewesen. Isy und ich hatten nächtelang neben meinem Anrufbeantworter gesessen und versucht zu analysieren, wie glaubhaft seine Versprechungen waren, sich für mich zu ändern. »Der Mann ist zu schön. Er ist ein Schuft. Und keinen Schuss Pulver wert«, hatte Isy gesagt. Sie hatte sich mit einer Schere neben dem klingelnden Drehscheibentelefon aufgebaut und damit gedroht, die Schnur zu kappen, wenn ich ranginge. Rufnummernerkennung hatte es noch nicht gegeben – ich war wegen Victor für Wochen telefonisch nicht erreichbar gewesen.

Victor und ich schwiegen wieder für eine Weile, bis er sagte: »Ich weiß nicht, ob das mit dem Essen so eine gute Idee ist. Ich könnte dir nicht versprechen, dass ich nicht versuchen würde, mit dir Wolpertinger jagen zu gehen. Dabei verstoßen verheiratete Frauen mit Kindern wirklich gegen meine Prinzipien.«

Ich lächelte ins Telefon. Damals hatte ich ein Praktikum bei der Münchner Abendzeitung gemacht und war mit Victor als Fotograf zu einem Termin gefahren. Victor wunderte sich über die Hysterie, die in Norddeutschland wegen eines mysteriösen Seehundesterbens ausgebrochen war. »Na, hör mal«, hatte ich empört zu ihm gesagt, »hier bei euch in Bayern wäre auch der Teufel los, wenn die Wolpertinger aussterben würden.« Victor hatte mich nur kurz von der Seite angesehen und am Englischen Garten fast einen von ihnen überfahren. Nach Feierabend lud er mich in einen Biergarten am Flaucher ein, weil er behauptete, dass die größte Kolonie Wolpertinger in den Isarauen beheimatet sei. Hinter jedem Strauch saß so ein possierliches Tierchen und hoppelte immer dann fort, wenn ich hinsah. Schließlich zeigte Victor mir im Schankraum ein ausgestopftes Exemplar: eine Mischung aus Hase, Eule, Ente, Reh und Meerschweinchen – ein urbayrisches Fabeltier. »Der Wolpertinger ist sehr scheu und ernährt sich ausschließlich von preußischen Weichschädeln«, hatte Victor gesagt und mich dort das erste Mal geküsst.

»Ganz so naiv wie früher bin ich nicht mehr«, sagte ich. »Und in Hamburg fänden wir keinen einzigen Wolpertinger, ich schwöre es dir. So etwas kennen die Norddeutschen nicht.«

»Dann würde ich eben Seehunde mit dir jagen«, sagte

Victor. »Oder Meerjungfrauen. Irgendetwas würde mir schon einfallen.«

»Aber du weißt doch gar nicht, wie ich heute aussehe. Vielleicht trage ich mittlerweile Konfektionsgröße 52, habe tiefe Falten und eine fisselige Dauerwelle auf dem Kopf«, sagte ich lächelnd und schraubte die Prinzessin-Lillifee-Zahncreme zu, die noch auf dem Waschbecken stand. Ich hatte mir heute Morgen damit die Zähne putzen müssen, weil die mit Menthol alle war. Ekelhaft.

Victor lachte. »Als ich deine E-Mail bekommen habe, habe ich dich erst einmal gegoogelt. Ich bin mir hundertprozentig sicher, dass du noch immer genau mein Typ wärst. So etwas ändert sich nicht. Wir sind beide etwas älter geworden, mehr nicht.«

»Oh«, sagte ich und versuchte, mich an die Bilder zu erinnern, die von mir im Netz kursierten. Neben dem unscharfen Profilbild auf Facebook gab es noch ein Foto, von der Eröffnung eines Elektromarktes, bei der ich eine Waschmaschine gewonnen hatte. Ich hatte die Augen halb zu und ein Doppelkinn. Die Fotos von einer Lack-und-Leder-Motto-Party, auf denen mich die Gastgeberin namentlich markiert hatte, waren gelöscht worden. Ich hatte damit gedroht, ihr Haus anzuzünden. Gab es sonst noch etwas?

Im Flur begann die hochtalentierte Opernsängerin damit, »Oh Tannenbaum, oh Tannenbaum, wie grün sind deine Blätter« zu singen.

»Mama?«, rief Knöpfchen vor der Badezimmertür. »Mamaaaa! Kacka!!«

»Deine Tochter ist ja noch ganz klein«, sagte Victor.

»Mama?«, brüllte Luca aus dem Erdgeschoss. »Mama? Wo ist eine Schere?«

»Und du wirst anscheinend gebraucht«, sagte Victor.

»Ja«, sagte ich und schaute gedankenverloren auf drei leere Klopapierrollen, die aufgereiht vorm Spiegel standen. Warum war noch niemand auf die Idee gekommen, rollenloses Klopapier zu erfinden? Und wie konnte ich verhindern, dass Victor das Telefonat gleich beendete?

»Mamaaa, Kacka!!!!«, schrie Knöpfchen.

»Häschen in der Grube saß und schlief«, sang die hochtalentierte Opernsängerin. Sie klang ein bisschen besoffen. »Armes Häschen, bist du krank, dass du nicht mehr hüpfen kannst …« Wahrscheinlich waren die Batterien fast leer.

»Mamaaaaa?«, brüllte Luca. »Ich finde einfach keine Schere! Und ich muss noch Hausaufgaben machen.«

Mein Handy piepte. Eine neue SMS. Jetzt nicht.

»Wenn du nach Hamburg kommst, könnte ich dir Zitronenhaie zeigen, die in einem sehr tiefen Teich in einer Höhle schwimmen«, sagte ich. »Mit etwas Glück kannst du ihre glitzernden Augen sehen. Dafür musst du nur mit einer Taschenlampe ins rabenschwarze Wasser leuchten.«

»Das klingt aber sehr gefährlich«, sagte Victor.

»Ach was«, sagte ich. »Du darfst deine Taschenlampe nur nicht ins Wasser fallen lassen. Dann erschrecken sie sich und beißen zu.«

23

Ich wäre so gern an meinen Computer mit der notdürftig geflickten Tastatur gegangen und hätte Victor Sokolow gegoogelt. Und ich war auch sehr neugierig, welche Fotos er von mir hatte finden können. Aber nein: An diesem Abend hatte sich alles gegen mich verschworen.

Luca war siedendheiß eingefallen, dass er am kommenden Tag eine Arbeit über die sechzehn Bundesländer schreiben musste. Vorm Abendessen war er noch der Ansicht, bei der Landeshauptstadt von Nordrhein-Westfalen handele es sich um Mecklenburg-Vorpommern. Nach dem Abendessen ordnete er Mainz Sachsen-Anhalt zu, immerhin ein tendenzieller Fortschritt. Und als er schließlich nur noch an der Hauptstadt von Thüringen scheiterte, waren wir beide mit den Nerven völlig am Ende. Ich hatte eingesehen, dass es keinen Sinn mehr machen würde, ihn nach dieser Ochsentour auch noch die Bastelhausaufgaben machen zu lassen.

Jan-Rudi hatte sich mit einem Bist-du-doch-selbstschuld-was-macht-ihr-denn-den-ganzen-Tag-im-Tierpark-Gesicht vor den Fernseher gesetzt und lachte sich über *7 Zwerge – Männer allein im Wald* kaputt. Nach über zwölf gemeinsamen Jahren war mir der Humor meines Ehemannes noch immer ein Rätsel. Da saß er tagsüber im

Büro und entwickelte Algorithmen zur Erfassung komplexer Datenstrukturen, und jetzt brüllte er vor Vergnügen, weil ein Zwerg sagte: »Wir spielen Schach. Jeder bekommt ein Brett und haut es dem anderen gegen den Kopf. Dabei sagt man: Schach!«

Unbegreiflich.

Ich schnitt am Esstisch weiter seufzend sechzehn Bundesländer mit der Schere aus, die ich anschließend auf eine leere Karte mit dem Umriss der Bundesrepublik Deutschland kleben musste. Was in den Köpfen einiger Lehrer vor sich ging, konnte ich ebenso wenig nachvollziehen. In der Stellenbeschreibung für akademisch gebildete Vollzeitmütter waren solche Blödsinnsaufgaben jedenfalls noch nicht mal am Rande erwähnt worden.

Meine Doppelhausnachbarin Dagmar klingelte an der Tür, als ich gerade versuchte, »Saarbrücken« und »Saarland« auf dieses pupskleine Bundesland zu kleben. »Bremen« hätte von der Größe her besser gepasst. Im Hintergrund gab der komische Zwerg den nächsten Schenkelklopfer zum Besten. Jan-Rudi wischte sich die Tränen aus den Augen.

Es war offensichtlich, dass Dagmar überhaupt nicht zum Lachen zu Mute war. Sie sah ohnehin immer etwas verhuscht aus, aber in diesem Moment wirkte sie wie das reine Elend. Sie hatte mir vorhin eine SMS geschrieben mit der zaghaften Frage, ob ich kurz Zeit für sie hätte.

Während Jan-Rudi sich auf dem Sofa weiter scheckig lachte, nahm ich Dagmar mit nach oben ins Arbeitszimmer.

»Könntest du für eine Weile die Kaninchen füttern?«, fragte Dagmar und schaute mich aus roten Augen an. »Ich habe dir auch eine Liste gemacht.« Sie zog einen langen Zettel aus ihrer Handtasche.

»Was ist denn los?«, fragte ich und nahm sie in den Arm.

»Es ist alles so eklig«, sagte Dagmar und begann zu weinen.

Wir hatten bisher ein freundliches, aber kein freundschaftliches Verhältnis gepflegt. Dagmar arbeitete halbtags als Sekretärin, und immer, wenn ich sie sah, machte sie sich nützlich. Sie räumte, putzte, wischte, sammelte, ordnete, glättete. Ich hatte sie noch nie dabei beobachten können, wie sie auf einem Liegestuhl saß und den lieben Gott einen guten Mann sein ließ. Sie war immer aktiv. Vielleicht sogar hyperaktiv. Und absolut selbstlos. Wir setzten uns zusammen auf das kleine Sofa im Arbeitszimmer.

Dagmar erzählte, dass sie mit dem Auto eine Panne gehabt hatte. Während sie auf den ADAC wartete, hatte sie – typisch Dagmar – das Handschuhfach aufgeräumt. Dabei war ihr eine happige Quittung eines Ladens mit dem Namen »Agnm« in die Hände gefallen. Ich ahnte Böses.

»Wenn Michi einfach so fremdgegangen wäre, hätte es mich nicht weiter gekümmert«, sagte Dagmar. »Sex spielt bei uns schon lange keine Rolle mehr. Und ich komme auch ohne ganz gut klar.«

Use it or lose it, dachte ich und schwieg.

»Aber es macht mich so wütend, dass er für seinen Trieb unser ganzes Geld aus dem Fenster wirft«, sagte Dagmar. »Mein Geld, um genau zu sein.«

Ohne viel Geld – astronomisch viel Geld – musste sich ein Ausleben von Michis Fantasien tatsächlich sehr schwierig gestalten, dachte ich, sagte aber nichts. Sie tat mir unendlich leid.

Vor allem aus Langeweile – der ADAC brauchte an dem Tag ewig – hatte Dagmar den Namen »Agnm« mit ihrem

Handy gegoogelt und war bei dem Club »Alles geht, nichts muss« in Bramfeld gelandet. Ein Swinger-Club.

Ich schloss peinlich berührt meine Augen. Oh Kacke.

Michi, so erzählte Dagmar, verdiente ein Schweinegeld, wenn er Arbeit hatte. Aber zwischendurch gab es auch immer wieder längere Phasen von Arbeitslosigkeit, während derer er sich finanziell trotzdem nicht einschränkte.

»Er hat jede Menge Kreditkarten, mit Tausenden von Euro an Schulden. Momentan könnte er seine Miesen reduzieren, aber er tut es nicht«, sagte Dagmar. »Und Michi ist schlau: Er hat dafür gesorgt, dass ich jeden Kartenvertrag ebenfalls unterschrieben habe, obwohl ich die Dinger gar nicht benutze. In das Haus habe ich damals meine ganze Erbschaft gesteckt. Wenn ich es verkaufe, kann ich mit dem Erlös für die Drecksschulden von Michi aufkommen.«

»Scheiße«, sagte ich, weil mir nichts Besseres einfiel.

»Wir hatten zuletzt ein Waffenstillstandsabkommen«, sagte Dagmar. »Er hat aufgehört, gemeine Sachen zu mir zu sagen, und ich habe ihn in Ruhe gelassen. Aber jetzt kann ich nicht mehr.«

Ich erinnerte mich an die vielen Beleidigungen, die dieser Fettsack Dagmar schon an den Kopf geworfen hatte. »Regelmäßiges Versagen ist auch eine Form von Zuverlässigkeit«, hatte er sie einmal angeraunzt, weil sie vergessen hatte, den Mülleimer an die Straße zu schieben. »Hör mal, deine Frau ist doch nicht deine Haussklavin«, hatte ich damals zu ihm gesagt. »Wohl wahr«, hatte Michi geantwortet. »Unfähige Sklaven wurden verkauft oder erschossen. Bei Daggi bin ich mir noch unschlüssig.«

Ich streichelte Dagmar hilflos über den Rücken und

fragte: »Und jetzt? Hast du Michi die Quittung schon unter die Nase gehalten?«

Dagmar setzte sich kerzengerade auf und sagte: »Michi hätte alles abgestritten und mich vermutlich nur aufs Übelste beschimpft, wenn ich ihn danach gefragt hätte. Nein, ich musste ihn schon auf frischer Tat ertappen.«

Ich schaute sie entsetzt an. »Du musstest was?«

»Im Moment arbeitet er ja unter der Woche in der Nähe von Köln und ist nur am Wochenende zu Hause«, sagte Dagmar. »Aber jeden Samstag, wenn ich ins Bett gegangen bin, ist er noch einmal weggefahren. Und gestern habe ich etwas gewartet und mich dann von einem Taxi zu diesem Club bringen lassen.«

Ich schnappte nach Luft.

»Genau genommen in die Nähe des Clubs«, sagte Dagmar. »Die letzten fünfhundert Meter bin ich zu Fuß gegangen.«

Hilfe, dachte ich.

»Ich hatte mich vorher auf der Homepage gründlich über die Örtlichkeiten informiert«, sagte Dagmar.

»Nein, das glaube ich nicht«, sagte ich. »Du bist doch nicht etwa in diesen Swinger-Club marschiert?«

»Doch, genau das bin ich«, sagte Dagmar. »Frauen zahlen keinen Eintritt. Sie werden sogar in normaler Straßenkleidung in den Laden gelassen und dürfen sich unverbindlich umschauen. Nur Männer werden gleich ordentlich zur Kasse gebeten.«

Ich schaute sie an und konnte mich nicht entscheiden, welches Gefühl gegenüber Dagmar in mir überwog: Respekt oder die nackte Angst.

»Ich hatte vorher natürlich darauf geachtet, dass in der

Nacht keine Dark-Room-Party stattfand. Es hat gar nicht so lange gedauert, bis ich ihn fand. Michi hat mich überhaupt nicht bemerkt«, sagte Dagmar und legte ihr Handy auf einen kleinen Beistelltisch vor uns. »Er hat überhaupt nicht mitgekriegt, wie ich ihn gefilmt habe.«

Ich kreischte hysterisch, als hätte man mir eine riesige, behaarte Spinne vor die Nase gesetzt. Es gab Dinge, die wollte ich nicht wissen. Ich wollte sie mir auch nicht vorstellen. Und ganz bestimmt wollte ich sie nicht ansehen. Ich flehte Dagmar an, das Vogelspinnen-Handy wieder in ihre Handtasche zu stecken.

»Die Bilder aus dem Club werde ich nie wieder aus meinem Kopf bekommen. Jetzt brauche ich Zeit, um darüber nachzudenken, wie ich Michi loswerde, ohne dass er mich und die Jungs finanziell ruiniert«, sagte Dagmar kalt.

Ich sah sie stumm an. Oh Gott, welche Abgründe. Dagmar klang so, als ob sie die Möglichkeit, Michi mit einer Betonplatte um den Hals in der Alster zu versenken, nicht ausschließen würde.

»Ich kümmere mich um Uschi und Alfred«, sagte ich.

24

Unter der Postkarte mit Klein-Arthur und seiner Empfehlung »Lebe wild und gefährlich« hing jetzt der Zettel von Dagmar mit den genauen Anweisungen für die Kaninchenpflege. Ich hatte nicht geahnt, dass ich dafür den kleinen Ökotrophologie-Schein für Tierpfleger ablegen musste. Morgens und abends wurde Uschi und Alfred ein Mischkostteller gereicht: eine Karotte, ein Kohlblatt (nicht mehr, sonst Blähungen), ein halber Apfel (nicht mehr, sonst Karies) und ein paar Blätter Salat. Außerdem täglich frisches Heu sowie etwas Wasser. Maximal fünf bis sechs Leckerlis (sonst Übergewicht und Diabetes), dafür aber jede Menge Zweige von der Weide oder dem Johannisbeerstrauch.

»Damit bist du mindestens von 8 bis 9 Uhr sowie von 19 bis 20 Uhr beschäftigt. Bei einer Lebenserwartung eines Kaninchens von maximal zwölf Jahren bei guter Haltung macht das dreizehn Milliarden Stunden für Hasenpflege, falls Dagmar nicht wiederkommt«, hatte Jan-Rudi gespottet.

Ich hatte ihm nicht erzählt, warum Dagmar tatsächlich mit den Kindern verschwunden war, sondern war bei der offiziellen Version geblieben: Ihre Schwester sei krank und brauche Hilfe. Diese Lüge kam mir ein bisschen wie ein Betrug an Jan-Rudi vor. Ich konnte mir einerseits wirklich nicht vorstellen, dass mein Mann die Bunga-Bunga-Spiele auf Kosten der armen Dagmar gutheißen würde. Andererseits wusste man nie, welche kruden Gedanken durch Männerköpfe spukten. Ich würde jedenfalls keine Schuld tragen wollen, wenn der lüsterne Fettsack Michi gewarnt worden wäre, dass sein baldiges Ende nahte.

Ich saß mit Knöpfchen vorm Kaninchenstall und fotografierte die Hasen und den Mischkostteller. Sicher war sicher: Jan-Rudi würde demnächst zusammen mit Oma Holstein für drei Tage die Hasen-Verantwortung tragen, während ich in meiner Funktion als Alibi mit Paula nach Norwegen schipperte. Was für eine bescheuerte Aktion.

»Du musst es als Vorsorgemaßnahme begreifen«, hatte Paula gesagt, als ich noch einmal mein Schicksal als Single-Reisende bejammerte: Sie mit Jörg und einer Flasche Veuve Clicquot im King-Size-Bett der Eignerkabine und ich zwischen 2500 betrunkenen Skandinaviern im Bordrestaurant. »Anjela, wie häufig warst du bisher ohne deine Familie unterwegs?«, hatte Paula listig gefragt. »Du musst Jan-Rudi schon mal daran gewöhnen, dass er nicht immer weiß, wo du gerade steckst und was du gerade machst. Du musst unkalkulierbarer werden. Mit dieser Taktik kannst du ja nicht erst anfangen, wenn es mit Arwid oder Victor oder wem auch immer in die heiße Phase geht.«

Paula selbst betrieb Prophylaxe im großen Stil. Sie war unter anderem einem Fitnessstudio beigetreten, in das sie ging oder auch nicht und das auch der Erklärung diente, ihre gesamte Kollektion an Unterwäsche ausgetauscht zu haben. »Ich will doch nicht die Einzige sein, die im hautfarbenen BH und ausgeleierten H&M-Schlüpfern in der Umkleide steht«, hatte sie geantwortet, als sich Frank wohlwollend über die neuen bordeauxroten Dessous äußerte.

Ich beobachtete Knöpfchen, die wahllos Blätter und Grashalme ins Kempinski schmiss, um Uschi und Alfred zu ködern. Während die beiden sonst meist schweigend nebeneinander beim Frühstück hockten und von ihrem Mischkostteller mümmelten, zickten sie sich heute gewaltig an. Vielleicht hatte Alfred in der Nacht zuvor geschnarcht. Oder Uschi bekam einfach einen Lagerkoller. Auch bei Hasis schien es solche und solche Tage zu geben.

In der Küche erzählte Patrick gerade seiner Zuhörerschaft, dass laut einer ungarischen Studie Frauen ein Geheimnis maximal eine halbe Stunde für sich behalten könnten, als mein Handy piepte. Eine SMS von Isy, Handy privat. Mein Herz machte einen kleinen Hüpfer. Arwid! Kam jetzt endlich die Einladung zum Kaffeetrinken?

Ich öffnete die SMS und las: *Guten Morgen! Ich freue mich auf die nächsten Augenblicke mit Ihnen. Ich hoffe, Sie können mit dem Link etwas anfangen. Liebe Grüße und einen wunderschönen Tag, A. S.* Darunter hatte er eine kryptische Internetadresse kopiert.

Ich schüttelte ratlos den Kopf. Also, ein bisschen kompliziert war der Mann ja schon. Der Link sah nicht so aus, als ob er auf die Homepage eines schönen Gartenlokals führen würde – ich würde an den Computer gehen müssen, um herauszufinden, was sich dahinter verbarg. Na gut, mein schöner Fleischer konnte ja nicht wissen, dass ich eine der letzten Hamburgerinnen war, die ein altersschwaches Handy besaßen, mit dem man nur telefonieren und SMS versenden konnte. An diesem Zustand sollte ich dringend etwas ändern.

Knöpfchen musste ich notgedrungen für einen Moment vor den Fernseher setzen.

»Da, Hasis!«, rief sie erfreut und strahlte. Beim Drachen Tabaluga unterhielten sich zwei Hasen über das Schicksal und die Liebe. Himmel, wer erfand bloß die Dialoge fürs öffentlich-rechtliche Kinderfernsehen? Ich hüpfte die Treppe zum Arbeitszimmer hinauf und fuhr den Computer hoch.

Der Link, den Arwid mir geschickt hatte, führte auf eine Seite, auf der – neben einem Foto vom Meer – nur ein Text stand. Er lautete:

Wenn ich mein Leben noch einmal leben könnte, im nächsten Leben würde ich versuchen, mehr Fehler zu machen. Ich würde nicht so perfekt sein wollen, ich würde mich mehr entspannen. Ich wäre ein bisschen verrückter, als ich es gewesen bin, ich würde viel weniger Dinge so ernst nehmen, ich würde nicht so gesund leben, ich würde mehr riskieren, würde mehr reisen, Sonnenuntergänge betrachten, mehr bergsteigen, mehr in Flüssen schwimmen.

Meine Güte, Arwid! Wie gefühlvoll war das denn? Ich las entzückt weiter:

Ich war einer dieser klugen Menschen, die jede Minute ihres Lebens fruchtbar verbrachten; freilich hatte ich auch Momente der Freude, aber wenn ich noch einmal anfangen könnte, würde ich versuchen, nur mehr gute Augenblicke zu haben. Falls du es noch nicht weißt, aus diesen besteht nämlich das Leben. Nur aus Augenblicken; vergiss nicht den jetzigen. Wenn ich noch einmal leben könnte, würde ich von Frühlingsbeginn an bis in den Spätherbst hinein barfuß gehen. Und ich würde mehr mit Kindern spielen, wenn ich das Leben noch vor mir hätte. Aber sehen Sie … ich bin 85 Jahre alt und weiß, dass ich bald sterben werde.

Ich las das Ganze noch einmal. Was für ein schöner Text! Als Autor war ein preisgekrönter argentinischer Schriftsteller angegeben, von dem ich allerdings noch nie etwas gelesen hatte.

So, so, Arwid freute sich auf die Augenblicke mit mir. Und wollte unvernünftig sein. Risiken eingehen. Sonnenuntergänge betrachten … Ich atmete tief aus. Oh, oh, oh. Irgendwie nahm der Flirt bei aller Harmlosigkeit jetzt doch an Fahrt auf. Ich versuchte, mir Arwids Gesichtszüge vorzustellen, aber sein Bild verschwamm immer wieder in meinem Kopf. Wie schade, dass ich kein Foto von ihm hatte.

Ich überlegte, was ich Arwid antworten konnte. Wer den Mund spitzt, muss auch spucken, hatte Isy gesagt. Schließlich schrieb ich: *Oh ja, damit kann ich sehr viel anfangen. Ich finde, ein Sonnenuntergang in Wittenbergen wäre ein guter Anfang. Kennen Sie den Leuchtturm? Liebe Grüße, A. Wi.*

Ha! Unter dem Stapel »Schreiben, die man irgendwann mal abheften muss, auch wenn man sie nie wieder braucht« fand ich die 2 und das X der Tastatur wieder, die ich schon verzweifelt gesucht hatte. Ich horchte kurz durchs Treppenhaus ins Wohnzimmer hinunter. »Keiner nimmt meine Häschensorgen ernst«, sagte eine Kinderstimme aus dem Fernseher. Alles gut. Es war mir gerade gelungen, die Plastikteilchen wieder aufzuklemmen, als mein Handy erneut piepte.

Arwid schrieb: *Am nächsten Montag geht die Sonne um 21.22 Uhr unter. Haben Sie ab 21.00 Uhr Zeit? Liebe Grüße, A. S.*

Ich schrie »Aaaaarrrgh«, und stampfte mit den Füßen auf. Da konnte man doch sehen, wozu Altruismus und Opferbereitschaft führten. Am nächsten Montag um 21.22 Uhr schipperte ich mit ganz vielen besoffenen Wikingern und einer entfesselten Freundin über die Ostsee. Ich überschlug die nächste Woche. An dem Mittwoch wäre ich erst am Nachmittag wieder zu Hause, an den Donnerstagen im Mai war Arwid nicht in Hamburg, Freitag wäre es komisch, wenn ich schon wieder unterwegs wäre, das Wochenende war irgendwie tabu.

Ich googelte hektisch die Sonnenaufgangszeiten von Hamburg und schrieb: *Leider habe ich erst am übernächsten Montag wieder Zeit. Sonnenuntergang um 21.32 Uhr. 21 Uhr wäre prima. LG, A. Wi.*

Während ich nervös auf Arwids Antwort wartete, klickte ich mich zu meinen E-Mails. Ups! Neben jeder Menge Müll eine Freundschaftsanfrage von Gunnar Syster, eine Nachricht von Andreas Ritter und eine von Victor.

Gunnar Syster, mein Ex-Chef mit dem Namen wie eine Geschlechtskrankheit, arbeitete schon länger nicht mehr im Einkaufszentrum, sondern hatte sich als PR-Berater selbstständig gemacht. Wollte ich mit ihm befreundet sein? Nein.

Andreas Ritter, der umtriebige Verkaufstrainer, lud mich zu seinem Vortrag »Wer selbst nicht brennt, kann andere nicht anzünden« ins Hotel Atlantik ein und fragte, ob ich mit ihm danach einen Drink nehmen würde. Vielleicht.

Victor hatte mir ein Foto von einem Zitronenhai geschickt, der sein Maul furchteinflößend weit aufriss und mich aus großen Augen tückisch ansah. Dazu hatte er geschrieben: »Diese Biester sind fies und gefährlich. Aber ich freue mich trotzdem, mit dir in die dunkle Höhle zu gehen.«

Ich auch, dachte ich, und schaltete den Computer aus.

Ich schnappte mir mein olles Handy und hüpfte die Treppe hinunter. Gut gelaunt räumte ich Jan-Rudis Espressotassen in den Geschirrspüler, fingerte die Cellophanverpackungen und die Milchtüten aus dem Eimer für Restmüll und fegte die Schnipsel zusammen, die achtlos neben die Altpapiertüte gepfeffert worden waren. Man könnte es in Reime kleiden. Lichterketten veranstalten. Oder einfach aufhören, sich darüber aufzuregen.

»Du bist ja gar kein Zauberer. Du bist ein Hasenschelm«, sagte der Hase im Fernseher. Ich dachte an die Heilpraktikerin, die mir noch immer Strahlungen schickte. Vielleicht sollte ich Susanne Müller anrufen und sie bitten, mich bis auf Weiteres von der Besendungsliste zu streichen. Mit spitzen Fingern sammelte ich Jan-Rudis unter den Sofakissen verteilte Socken ein. Ach was. Ein bisschen ging noch.

25

Die Reederei warb auf ihrer Homepage mit blumigen Wortspielen für die beiden Fährschiffe, die täglich zwischen Kiel und Oslo pendelten: »Genießen Sie zwei Tage und zwei Nächte lang die fantastischen Augenblicke und die magischen Momente auf der M/S Color Fantasy und der M/S Color Magic. An Bord verwöhnen wir Sie nach allen Regeln der Kunst und überraschen Sie stets aufs Neue …«

Paula und Jörg hatten sich nicht lumpen lassen und aufs Beste für mein Wohlergehen als Dummy gesorgt. In der Tat: Die Minikreuzfahrt hatte wirklich magische Momente, und die Rückfahrt war wie ein einziger, unvergesslicher Augenblick.

»Ich habe alles im Griff«, hatte Jan-Rudi knapp zu mir gesagt, als Paula mich am Morgen zu Hause abholte. Knöpfchen hatte da gerade wutschnaubend den blauen Ikea-Becher mit Kakao vom Tisch gefegt, weil sie ihre Milch momentan nur aus dem roten Ikea-Becher trank. Luca war in Tränen aufgelöst, weil er seinen Turnbeutel nicht finden konnte und seine Mamaaaa-Rufe über drei Stockwerke keine Beachtung fanden. Ich hatte ein Foto vom Mischkostteller für die Kaninchen an die Pinnwand geheftet und meinen Koffer geschnappt.

»Endlich bekomme ich die Chance, euch mal zu vermissen«, hatte ich zum Abschied in die kollektive Brüllerei gerufen und inständig gehofft, dass Oma Holstein rechtzeitig anreisen würde, bevor es hier Tote gab.

Paula und ich fuhren über die Dörfer nach Kiel, vorbei an sattgrünen Wiesen und leuchtend gelben Rapsfeldern. Sie war die Strecke einige Tage zuvor schon einmal zur Probe gefahren – da allerdings über die Autobahn – und prompt in einen Stau geraten. Eine wildgewordene Kuh war über die A7 galoppiert und hatte den Verkehr lahmgelegt. »Ich habe fast drei Stunden gebraucht. Im Ernstfall hätte ich dem Kutter hinterherschwimmen müssen«, sagte Paula und fügte hinzu: »Der Teufel ist ein Eichhörnchen. Man kann gar nicht so doof denken, wie blöd es manchmal schiefgehen kann.«

Ich blickte schweigend über die gelben Felder und dachte mit einem gewissen Bauchgrimmen an Arwid, der mir unser Date bestätigt hatte: Wittenbergen, Leuchtturm, nächsten Montag, 21 Uhr. Es war noch eine gefühlte Ewigkeit bis dahin, Ausgang ungewiss. Er freute sich auf die Augenblicke mit mir … Ich war sehr gespannt, welche das sein könnten. Aber wahrscheinlich würde mein Auto auf dem Weg an die Elbe verrecken. Oder es würde an dem Abend in Strömen gießen. Oder mir würde vorher ein Meteorit auf den Kopf fallen. Paula überholte zwei Rennradfahrer, die beide neongelbe Trikots trugen und von einer schwarzen Wolke aus Rapskäfern verfolgt wurden. Der Teufel war definitiv ein Eichhörnchen.

Die mächtige Norwegenfähre überragte alle anderen Schiffe im Kieler Hafen. Blauer Rumpf, weißes Deck, länger als zwei Fußballfelder. Zusammen mit dem Sonnenschein und den Schäfchenwolken am Himmel bildete sie eine Traumkulisse. Ich konnte mir ein schmutziges Grinsen nicht verkneifen, als ich Jörg und Paula beim Wiedersehen zusah. Zum einen war Jörg für mich untrennbar mit Schokokussmatsche verbunden, zum anderen fehlten bei dieser Inszenierung nur noch ein Weichzeichner und ein Streichquartett. Paulas Geliebter stand bereits am Norwegenkai, als wir mit unseren Koffern aus dem Parkhaus kamen – er im hellen Sommeranzug, taubenblauen Hemd, ohne Krawatte. Casual Monday für den Manager, der Paula – mördersexy, Kostüm mit Bleistiftrock, Pfennigabsätze – zunächst mit einem dezenten Küsschen und dann mich mit einem leicht verlegenen Lächeln begrüßte. Los, geht spielen, dachte ich ein bisschen neidisch und sagte nur: »MS Magic ahoi! Dann bis übermorgen.«

So wie Paula und Jörg eng umschlungen zum Check-in schlenderten, konnte man aus hundert Metern Entfernung sehen, dass sie verheiratet waren, aber nicht miteinander. Ein paar Schritte gehen. Küssen. Ein paar Schritte gehen. Wieder küssen. Konnte Liebe schön sein! Ich bummelte langsam hinter den beiden her und begriff zunächst gar nicht, warum sich Paula kurz hinterm Eingang plötzlich zu mir umdrehte und hektisch mit den Armen rotierte. Oh Panne – an den Bordfotografen hatten wir überhaupt nicht gedacht. Ich drängelte mich an ein paar Norwegern vorbei, schlüpfte mit Paula zusammen unter den Rettungsring mit der Aufschrift »Willkommen an Bord der M/S Color Magic« und griente in die Kamera. Immer dieses Eichhörnchen! Dabei hatte ich bei unserem Kick-off-Magic-Meeting noch die Frage gestellt, ob wir uns nicht wenigstens einmal irgendwo an Deck treffen sollten, um ein paar Erinnerungsfotos zu machen. Paula hatte abgewinkt und gesagt: »Such dir einen süßen Skandinavier aus und lass dich ab und zu mal knipsen. Dank Photoshop bin ich schneller auf den Fotos, als du ›buh‹ sagen kannst.«

Ich nahm die Türöffnerkarte für meine Kabine entgegen, wanderte über die schnurgeraden, ewig langen Gänge zu meiner Color Class mit Meerblick, stellte den Koffer ab und ließ mich aufs Doppelbett plumpsen. Herrlich!

Ein Königreich, nur für mich. Ich freute mich vor allem auf die beiden Nächte, die ich allein verbringen durfte. Nicht nachts auf allen vieren unter das Kinderbettchen krabbeln und nach Tante Rosa suchen müssen. Nicht nachts aufrecht neben Jan-Rudi sitzen, auf dieses pustende, pfeifende, röhrende Etwas unter der Decke starren und denken: Morgen bringe ich es um. Laut einer englischen Studie (hatte Patrick während der Autofahrt behauptet) lag jede Frau wegen der Sägerei im Schnitt 1,5 Stunden wach. Machte 576 Stunden, machte mehr als drei Wochen Schlaflosigkeit im Jahr. Hochgerechnet auf meine Ehe machte das – ach, völlig wumpe.

Als das Schiffshorn dröhnte, nahm ich einen leichten Baumwollpullover aus dem Koffer und ging nach draußen an Deck. Das Schiff legte vom Pier ab, und in mir machte sich ein kribbliges Gefühl breit. Ich strich mir die Haare aus dem Gesicht. Fühlte sich so Freiheit an? Jetzt bräuchte ich gleich einen Hubschrauber, der mich von Bord holte.

Die Fähre schipperte aus der Förde und passierte einen grün-weißen Leuchtturm, der auf einer kleinen Insel stand. Wirklich malerisch. Fraglich, ob Paula mitbekommen würde, dass wir gerade am Marine-Ehrenmal in Laboe vorbeifuhren: ein fast siebzig Meter hoher Turm, Gedenkstätte für alle toten Seefahrer, Wahrzeichen der Förde. Zweifelhaft, ob ihr der rot-weiße Leuchtturm mit der Lotsenstation in der Kieler Bucht auffiel. Man musste im Leben halt Prioritäten setzen.

Paula hätte ganz schön schnell schwimmen müssen, um diesen Pott einzuholen, dachte ich, als ich auf die Heckwelle blickte und auf das Ufer, das am Horizont verschwamm. Mit wohligem Gruseln erinnerte ich mich an die Bilder eines Films, bei dem eine Frau von Bord stürzte. Erste Einstellung: Frau strampelnd im Wasser, Schiff riesig groß. Zweite Einstellung: Frau schwimmt, Schiff winzig klein. Was für ein furchtbarer Gedanke.

»Ssso sssöner Sssonnensssein«, sagte ein Stimme neben mir.

Ich schaute zur Seite und auf einen Wikinger, der so aussah wie Herr Krummholz-Fries, mein Kundenbetreuer von der Hamburger Sparkasse.

»Das stimmt«, sagte ich.

»In Oslo ist nicht ssso sssönes Wetter«, sagte der Wikinger. Er war mittelgroß, trug einen ockerfarbenen Anorak, hatte ganz helle Augenbrauen und einen leichten Silberblick.

»Wie sssade«, sagte ich.

»Hast du Lust auf eine Tasse Kaffee?«, fragte der Wikinger.

Ich schüttelte den Kopf und wünschte ihm eine gute Reise. Ganz gewiss würde ich keinen Kaffee mit einem Mann trinken, der mich an Heidi, das schielende Opossum, erinnerte und glaubte, er könne mich mit dem Wortschatz einer Kaulquappe abschleppen.

Aber die Idee an sich war nicht schlecht.

Ich schlenderte zu einem der Cafés, bestellte mir ein Kännchen Kaffee und Apfelkuchen und schaute aufs Meer. Ob es oben in der Eignerkabine immer noch leidenschaftlich zuging? Paula hatte mir während der Autofahrt haarklein berichtet, welche Abmachungen sie mit Jörg getroffen hatte: keine Knutschflecken, keine Kratzspuren, keine gemeinsamen Fotos, keine Liebesschwüre, kein Schmuggeln von verliebten Zettelchen ins Gepäck. Mich hatte das ein bisschen an Herrn Lange, den Hausmeister von Lucas Grundschule, erinnert. Rasen nicht betreten! Ball spielen verboten! Hier keine Fahrräder abstellen! Schuhe abklopfen! Aber die beiden waren sich einig gewesen, dass es nur die Erinnerungen im Kopf sein sollten, die sie mit nach Hause nehmen wollten.

»Kuschelmuschel, was möchtest du trinken?«, fragte ein Mann am Nebentisch.

»Ach, Bubble-Bäuchlein, ich kann mich noch nicht entscheiden«, antwortete Kuschelmuschel.

Ich guckte die beiden fasziniert an. Das Paar war bestimmt Mitte fünfzig und saß sehr verschmust beieinander. Machte Liebe im zweiten Durchgang so erfinderisch? In aller Regel stammten die Kosenamen doch wahlweise aus dem Bereich der Nager oder der Pelztiere – so man denn welche benutzte.

»Nein, Bettina, wir reden nicht aneinander vorbei. Du verstehst mich einfach nicht. Wir sind hier nicht bei ›Wünsch dir was‹. Wir sind hier bei ›So isses‹«, sagte ein Mann links neben mir. Bettina hatte die Unterlippe vorgeschoben wie eine Zweijährige kurz vorm Tobsuchtsanfall. Anscheinend hatte man – oder frau – übersehen, dass man für die drei besten Restaurants an Bord schon vor der Abreise reservieren musste. Ob ich Friedensstifterin spielen und den beiden meinen Platz im Cosmopolitan schenken sollte? Paula hatte einen Tisch für mich und mein Wohlergehen vorbestellt, und ich hatte nicht die geringste Lust, als alleinreisender Dummy ein Fünf-Gänge-Menü zu mir zu nehmen.

»Guten Tag, ich heiße Frederik«, sagte ein dunkelblonder Mann, den ich vorhin schon einmal aus den Augenwinkeln wahrgenommen hatte. Er sah süß, aber noch recht jung aus und schien in dem vollbesetzten Café nach einem Platz zu suchen. Vielmehr nach einem geeigneten Platz. Am Tisch von Bettina mit der dicken Lippe und ihrem patzigen Herrn Gemahl wäre auch noch ein Stuhl frei gewesen. Frederik fragte höflich, ob er sich zu mir setzen durfte, bestellte einen Latte macchiato und Käsekuchen, lächelte mich an und sagte: »Also, ich bin einunddreißig Jahre alt, wohne seit meinem Studium in Kiel, mag das Meer lieber als die Berge und arbeite momentan als Ingenieur in der Nähe von Oslo. Ich bin viel im Ausland unterwegs, vielleicht deshalb nicht verheiratet und habe nach meinem Wissensstand keine Kinder.«

Ich sah ihn amüsiert an. Was sollte das denn werden?

Frederik grinste mich entwaffnend an. »Sie sehen so aus, als ob Sie sich nicht einfach von einem Fremden ansprechen lassen würden. Jetzt kennen Sie mich schon ein bisschen. Können wir uns duzen?«

Ich musste lachen und sagte: »Ich heiße Anjela.«

Frederik war eindeutig attraktiv, ausgesprochen unterhaltsam und bestens über das Programm an Bord informiert, weil er seit einem Jahr zwischen Deutschland und Norwegen pendelte. »Die Show kann man sich mal ansehen«, sagte er, »aber ich würde mir an deiner Stelle gut überlegen, ob du dich in die erste Reihe setzt. Bevor du dich versiehst, schultert dich ein Leichtmatrose, trägt dich auf die Bühne, und du musst mit ihm Rumba, Samba oder Cha-Cha-Cha vorführen. Für sehr hübsche, alleinreisende Frauen haben die Tänzer einen Blick. Oder hast du ein Faible für Leichtmatrosen?«

Ich schaute Frederik mit einem belustigten Lächeln an. Der Junge flirtete mich offensichtlich frontal an. Wie niedlich. Aber sein Hinweis war für die Planung meines Abends durchaus wichtig. Die Vorstellung, unvorhergesehen im Rampenlicht zu stehen, löste bei mir Fluchtreflexe aus. Mir fiel sofort eine Zirkusnummer ein, die Jan-Rudi mal aufgeführt hatte: Zwei Clowns hatten ihn in die Manege gelotst, ihm merkwürdige Hosenträger umgebunden und ihn auf ein Pferd gesetzt. Während der Zosse im Kreis lief, wurde Jan-Rudi unter Tusch und Trommelwirbel immer wieder vom Gaul gezerrt und in den Manegenhimmel gehoben. Alle hatten einen Heidenspaß. Nur ich dachte, ich müsste vor Fremdschämen sterben.

Bei Rumba, Samba oder Cha-Cha-Cha würde ich mich zur Hoppel-Heide machen. Nein, dann besser kein Showabend.

»Das beste Essen gibt es eindeutig im Gourmetrestaurant, aber dafür braucht man leider eine Reservierung«, sagte Frederik. »Wenn ich darf, würde ich dich zum Italiener einladen.«

»Kennen wir uns schon so gut?«, sagte ich, strich mir die Haare aus dem Gesicht und griente ihn an. Ich fühlte mich ein bisschen wie Mrs Robinson.

»Wir kennen uns immer besser«, sagte Frederik. »Ich

weiß, dass du deinen Kaffee schwarz trinkst, Apfelkuchen magst und verheiratet bist. Aus Gründen, die ich noch herausfinden werde, lässt dein Mann dich allein nach Norwegen fahren, was verantwortungslos ist, denn er muss damit rechnen, dass du ständig angebaggert wirst. Ich würde dir anbieten, dich auf dem Weg nach Oslo zu beschützen.«

»Wie zuvorkommend von dir«, sagte ich. »Baggerunfälle sollen auf hoher See häufiger passieren. Da wimmelt es ja von Baustellen.«

»Warte noch eine Stunde, dann sind die meisten Skandinavier angeschossen. Spätestens um 20 Uhr sind hier alle sturzbetrunken. Dann wird's für dich gefährlich«, sagte Frederik und klang so ernst wie der Polizeikasper von der Verkehrserziehung.

»Fangen die Wikinger dann an, zickige Frauen über Bord zu werfen?«, fragte ich.

»Immer, wenn eine Möwe vorbeifliegt«, sagte Frederik. »Und dabei singen sie: Wir saufen den Met, bis keiner mehr steht, unser Häuptling heißt Rote Locke. Wir verbrauchen viel Fraun und tun Leute beklaun und haun uns reichlich auf die Glocke ...«

»Du singst ja richtig gut«, sagte ich.

»Danke«, sagte Frederik. »Möchtest du noch mehr von Torfrock hören?«

»Nein«, erwiderte ich und winkte nach der Kellnerin. »Im Moment nicht. Und vergiss den Italiener. Wir treffen uns um 19 Uhr vorm Cosmopolitan. Ich lade dich ein.«

26

Während ich mich in bester Laune unter die Dusche stellte, mir die von der salzigen Luft und dem Wind verklebten Haare wusch und mich fürs Abendessen umzog, dachte ich darüber nach, was ich Frederik erzählen konnte. Ich kratzte mir den Kopf. Ich konnte ja schlecht zugeben, dass ich mich nur zu Tarnungszwecken an Bord befand. Wenn Isy Lust auf einen unverbindlichen Flirt hatte, dachte sie sich die abenteuerlichsten Geschichten aus. Einmal hatte sie behauptet, sie sei Pastorin. Eine ganz schlechte Idee, denn wie sich später herausstellte, arbeitete ihr Gegenüber als Redakteur bei Bibel-TV. Die Piratentochter scheiterte schon am Vaterunser.

Frederik wartete bereits vorm Restaurant, als ich auf Highheels die Treppe hinabstöckelte. Am Nachmittag hatte er Jeans, T-Shirt und Lederjacke getragen, jetzt erschien er in dunklem Hemd, dunkler Hose und passendem Sakko und sah ausgesprochen elegant aus. Ich hatte mich zu einem schlichten, aber wirkungsvollen Auftritt im schwarzen Etui-Kleid entschieden. »Was für eine Ehre, dass ich dich heute Abend vor den Nordmännern beschützen darf«, sagte Frederik zur Begrüßung. »Das wird ein schweres Stück Arbeit, aber ich tue, was ich kann.«

»Ich bin gerade noch einmal auf dem Sonnendeck spazieren gegangen. Aber von Roter Locke und seinen betrunkenen Kumpanen habe ich nichts gesehen. Ich glaube, du übertreibst. Das hier ist alles halb so wild«, sagte ich.

»Wie leichtsinnig von dir«, sagte Frederik und hob warnend den Zeigefinger. »Die gefährlichen Wikinger lauern hinter jeder Ecke. Und bei Frauen in schwarzen Kleidern fahren sie ganz schweres Baggergerät auf. Wenn die Kurven zu scharf sind, versagen bei ihnen regelmäßig die Bremsen.«

Ich schaute ihn leicht tadelnd an. So jung und schon so dreist. Er guckte unschuldig zurück und grinste. Frech. Aber irgendwie reizend.

Wir ließen uns vom Kellner zu meinem reservierten Tisch führen und bestellten zu dem Fünf-Gänge-Menü Wasser und eine Flasche überteuerten Chablis. Frederik erzählte von seinem Job in einem Kraftwerk, vom Leben aus dem Koffer und einem früheren Werkschef, den er »Kojak, the Brain« getauft hatte – weil er ein glatzköpfiger Dummkopf war.

»Wild ist der Westen, schwer ist der Beruf«, sagte Frederik mit gespielter Qual. »In Norwegen läuft gerade alles ruhig ab. Vielleicht liegt es daran, dass dieses Projekt von einer sehr toughen Frau geleitet wird. Davor habe ich ein halbes Jahr in den USA gearbeitet, und das war die Hölle. Am schlimmsten waren die ewigen, nutzlosen Besprechungen. Dann saßen die Ritter der Schwafelrunde zusammen und verbrannten meine Zeit: der Abteilungsleiter der Herzen, der Ameisentätowierer, der Allroundlaie, der Leitwolf. Und ganz vorn stand Kojak, the Brain, und fuchtelte mit dem Laserpointer herum, als wäre er ein Jedi-Ritter. Sein Geist war so scharf, dass er sich damit sein nicht vorhandenes Brusthaar rasieren konnte. Aber unterm Strich war es mir egal, denn ich werde nach Tagessatz bezahlt.«

Ich ließ mir das Essen auf der Zunge zergehen und griente dabei in mich hinein. Das Imponiergehabe, das Männer um ihren Job betrieben, musste fest auf dem Y-Chromosom verankert sein. Ich = Held, alle anderen = doof. Na gut, solange ich Frederik zuhören durfte, musste ich nichts von mir erzählen.

»Sprichst du denn mittlerweile auch norwegisch?«, fragte ich, als der Kellner schließlich den Espresso servierte.

»Klar«, sagte Frederik. »Fließend.«

Wir schauten beide zum Nebentisch, an dem ein norwegisches Ehepaar polternd Platz genommen hatte. Der bullige Mann sah aus wie Meister Propper, seine Frau erinnerte mit ihrer Riesenbrille an Puck, die Stubenfliege.

»Magen min rumler. Forhåpentligvis har de skikkelige porsjoner i denne butikken«, knurrte Meister Propper.

Puck, die Stubenfliege, zischte: »Herregud, du kan ikke bare spise hamburgere.«

Ich sah Frederik auffordernd an. Na?!

»Er hat gesagt, dass es eine großartige Idee von ihr war, hier den 20. Hochzeitstag zu feiern, und dass er sie liebt und begehrt wie am ersten Tag. Und sie hat geantwortet, dass es die beste Entscheidung ihres Lebens war, ihn zu heiraten und sie noch keinen einzigen Tag mit ihm bereut hat«, sagte Frederik leise.

Ich pfiff anerkennend.

Meister Propper klappte die Menükarte zu und sagte zur Stubenfliege: »Jeg tar en stor øl og biff med stekt løg og pommes frites. Du kan få salaten min.«

Puck machte ein verkniffenes Gesicht und sagte kopfschüttelnd: »Herregud …«

Frederik sah mich mit hochgezogenen Augenbrauen an und flüsterte: »Das möchte ich jetzt lieber nicht übersetzen.«

»Warum nicht?«, fragte ich.

»Sie haben sich gerade über ihre letzte Nacht unterhalten«, sagte Frederik und zwinkerte mir zu.

Ich schaute auf Puck & Propper, verprustete etwas Weißwein und bekam einen Lachanfall.

»Ernsthaft«, sagte Frederik und grinste übers ganze Gesicht. »Das sind ganz wilde Wikinger.«

Er goss uns noch etwas Chablis nach, stellte die Flasche zurück in den Kühler und sagte: »Also gut, ich verrate es dir. Er hat gestern im Hotelzimmer so getan, als wäre er der fremde Nordmann. Und sie hat es voller Leidenschaft geschehen lassen. Anschließend hat sie ihn mit ihrer hornhautfarbenen Strumpfhose an die Heizung gefesselt.«

»Oh ja, und dann hat sie das Thermostat auf fünf gedreht«, sagte ich und wischte mir die Tränen aus dem Gesicht.

Puck und Propper schauten irritiert zu uns herüber.

In meiner Handtasche piepte mein Handy. Bestimmt eine Wasserstandsmeldung von Jan-Rudi. Später.

»Du hast eine SMS bekommen«, sagte Frederik.

»Ja«, sagte ich. Und weil er mich mit einem fragenden Blick fixierte, fügte ich hinzu: »Ich hatte vergessen, das Handy auszuschalten. Das muss ich jetzt gleich nachholen, damit mir Interpol nicht so schnell auf die Schliche kommt.«

»Hast du eine Bank überfallen?«, fragte Frederik.

Ich drehte mein Weinglas in den Händen und lächelte ihn freundlich an.

»Oder hast du einem Mann den Verstand geraubt?«, fragte Frederik, trank einen Schluck Weißwein und schaute mir tief in die Augen. »Sag nichts. Ich werde es erraten. Du hast einem Mann das Herz gebrochen und wirst jetzt wegen Körperverletzung gesucht. Oder du bist eine Brandstifterin, weil der arme Kerl in Flammen steht und du versäumt hast, ihn zu löschen.«

Was für ein Gesülze!

»Alles falsch«, sagte ich. »Ich bin weder Bonnie noch Clyde. Vor einigen Tagen habe ich meine sieben kleinen Kinder vor den Fernseher gesetzt, sie mit Milchschnitten, Fruchtzwergen, Nimm 2 und Müller Milch versorgt und die Haustür hinter mir abgeschlossen. Als mein Mann, ein Fernfahrer, von der Bosporustour nach Hause gekommen ist, fiel ihm auf, dass etwas nicht stimmte. Und seitdem bin ich auf der Flucht.«

Frederik sah mich voller Verständnis an. »Dann sollten wir jetzt ganz schnell hinaus aufs Deck gehen und dein Handy in die Ostsee werfen. Interpol wird denken, die Wikinger hätten dich im Kattegat von Bord geschubst. Dann hast du deine Ruhe.«

Eigentlich wäre das ein würdevolles Ende für mein olles Handy, dachte ich, als Frederik seine Kreditkarte zückte, obwohl ich ihn doch hatte einladen wollen. Ich blickte kurz auf die SMS. *Die gute Nachricht: Alle leben noch. Die schlechte: Unsere Familie hat enormen Zuwachs bekommen. Oma Holstein wollte sofort nach Hause. LG, JR.*

Hä? Die SMS von Jan-Rudi schwankte wie immer zwischen kurios und kryptisch. Übernachtete die halbe Klasse heute bei Luca, und Oma hatte vor dem Gewusele der vielen Kinder Reißaus genommen? Ich tippte schnell: *Sorry, verstehe den Kontext nicht. Akku gleich alle* und drückte auf Senden.

Frederik und ich schlenderten hinaus aufs Promenadendeck. Der Wind hatte auf der offenen See erheblich zugenommen. Schade um meine schöne Frisur! Wie ging noch dieser Werbespot? Hamburg, 8.30 Uhr, wieder mal Regen. Perfekter Halt fürs Haar. 3-Wetter-Taft …

Bescheuert, woran Frauen manchmal denken mussten. Frederik wich nicht von meiner Seite. Ich versuchte, ihn möglichst unauffällig zu betrachten. Keine Ahnung, woran er gerade dachte. Sicher nicht daran, wie meine Haare jetzt aussahen. Auf was für ein Spiel hatte ich mich bloß eingelassen? Ich merkte den Wein, den Seegang und ein Kribbeln, das immer stärker wurde.

»Siehst du die Lichter da vorn?«, fragte Frederik und zog mich am Arm an die Reling. Ich blickte auf das pechschwarze, wogende Wasser. Was sollte da sein? Frederik stellte sich hinter mich, nahm meinen Kopf ganz sachte in seine Hände und drehte ihn ein bisschen nach rechts. Da! Jetzt konnte ich sie auch sehen.

»Ich vermute, die Lichter da vorn gehören zum Schwesterschiff, der M/S Color Fantasy. Wenn die beiden Fähren sich auf der Ostsee begegnen, bringt das Glück«, sagte Frederik leise.

»Aha«, sagte ich. Das Kribbeln wurde noch stärker. Wenn ich mich jetzt nur noch einen Zentimeter nach hinten bewegen würde, wäre das … Wie hieß es noch? Konkludentes Handeln. Ein Verhalten, das auf einen bestimmten Willen schließen lässt und eine ausdrückliche Willenserklärung ersetzt. Ich hielt die Luft an, stellte mich sehr gerade hin und schloss für einen Moment die Augen. Meine Güte, was wäre denn so schlimm daran, diesen attraktiven Mann ein Mal zu küssen? Deshalb drohte ja nicht gleich das Fegefeuer.

Die Lichtpunkte kamen sehr schnell näher.

»Wir haben Glück«, sagte Frederik. »Sogar sehr viel Glück.« Aus der Dunkelheit stampfte die M/S Color Fantasy an uns vorbei und grüßte uns mit dröhnendem Nebelhorn. Die M/S Color Magic antwortete ohrenbetäubend. Ich spürte Frederiks Lippen in meinen zerzausten Haaren, einen Vibrationsalarm für SMS in meiner Handtasche und ließ mich ganz langsam rückwärts in seine Arme gleiten.

27

Frederik küsste mich ein Mal. Zwei Mal. Drei Mal. Ich hätte auch keine Einwände gegen ein viertes Mal gehabt, denn er küsste ausgesprochen gut. Doch dann sah er mich an, lächelte breit, nahm meine Hand und sagte: »Und jetzt gehen wir ins Casino und sprengen die Bank.«

Mit Isy spielte ich manchmal das Spiel: Was wäre die Person, wenn sie ein Land wäre? Frederik, dachte ich, als wir über die langen Decks liefen, wäre Tonga. Tuvalu. Westsamoa. Oder irgendein anderer verspielter Inselstaat im Südpazifik, über dem ständig die Sonne schien. Ich seufzte ein bisschen. Jan-Rudi assoziierte ich manchmal mit Kirgisien. Oder mit der ehemaligen DDR in der Nähe von Bitterfeld.

»In Deckung!«, rief Frederik mir zu, als uns auf dem Weg zum Spielcasino ein Kegelclub begegnete. »Rote Locke und sein fieses Pack!« Er zog mich hinter ein Rettungsboot, legte seinen Zeigefinger auf meinen Mund und sagte leise: »Psst, jetzt musst du dich mucksmäuschenstill verhalten. Sonst kommen die finsteren Spießgesellen und packen dich. Und mit mehr als zehn Mann möchte ich mich lieber nicht gleichzeitig anlegen. Ich würde es wahrscheinlich schaffen, sie fertigzumachen, aber deine Sicherheit geht vor.«

Ich verdrehte die Augen. Was für ein Angeber!

Wir liefen weiter zu den Liften, und er legte seinen Arm schützend um mich, als ein Drei-Zentner-Riese zu uns in den gläsernen Panoramaaufzug stieg. »Soll ich diesen Wilden gleich über Bord zu den Fischen werfen?«, flüsterte Frederik und machte auf dicke Arme. »Ein Zeichen von dir, und ich tue es.«

Ich lächelte. Dieser verrückte Kerl besaß einen unglaublich verpeilten Charme. Tuvalu oder Westsamoa.

»Solange ich bei dir bin, wird dir nichts geschehen. Du brauchst keine Angst zu haben«, sagte Frederik und hielt mir die Tür zum Casino auf.

Ich schaute ihm direkt in die Augen: graublau, sehr dunkle Wimpern, provokanter Blick. »Da bin ich mir nicht so sicher«, sagte ich. »Überhaupt nicht.«

Frederik lachte, bestellte uns an der Bar zwei Cuba libre und wanderte mit mir zu den einarmigen Banditen. »Ich mach dich alle«, sagte er drohend zu dem Automaten, der blinkte, flackerte, rotierte und schließlich erstarb, ohne einen einzigen Taler auszuspucken.

»Was gibt es Schlimmeres, als von einem toten Stück Technik verhöhnt zu werden?«, fragte Frederik und deutete vor der Slot Machine einen Fausthieb an. »Komm, wir erzwingen unser Glück am Roulettetisch. Wenn es da auch nicht klappt, kann ich wenigstens den Croupier an seiner Fliege über den Tisch ziehen. Auf welche Zahl soll ich setzen?«

Ich dachte kurz nach und kratzte mich am Kopf. Meine Lieblingszahlen waren die Geburtstage meiner Kinder. Wer die kannte, konnte mein Onlinekonto, die Wegfahrsperre meines Autos, mein Handy, mein Fahrradschloss und, in

Kombination mit einem ebenso einfallsreichen Passwort, weitere komplexe Teile meines Lebens knacken. Schade, vierstellige Zahlen waren beim Roulette nicht vorgesehen. »Nimm die Sieben«, sagte ich.

Frederik und ich schauten gebannt auf die Kugel. Sie rannte, rannte und rannte, wurde langsamer, strauchelte und plumpste schließlich auf die Sechs. Frederik raufte sich die Haare, fasste sich ans Herz, starb einen Operettentod und zog mich nach seiner Auferstehung weiter zu dem Tisch, an dem Black Jack gespielt wurde.

»Kennst du die Regeln?«, fragte Frederik.

Ich schüttelte den Kopf. Black Jack hätte mir Günther Jauch auch als Whiskeymarke verkaufen können. Mit Jan-Rudi war ich jedenfalls noch nie im Casino gewesen. Ich könnte es ihm ja einmal vorschlagen. Vermutlich würde er mir anhand einer Gaußschen Kurve die Eintrittswahrscheinlichkeit p für einen Spielgewinn vorrechnen und anregen, das Geld ohne Umweg über die Spielbank zu verbrennen.

»Das Prinzip ist ganz einfach«, sagte Frederik. »Jeder Spieler bekommt zuerst eine offene Karte. Dann kannst du weitere verlangen, um exakt oder so nahe wie möglich auf einundzwanzig Augen zu kommen. Das beste Blatt, das alles sticht, ist ein Siebener-Drilling. Aber wenn du mehr als einundzwanzig Augen hast, bist du tot. Alles klar?«

Er setzte fünfzig Euro. Die erste Karte, die Frederik bekam, war eine Sieben. Der Croupier verteilte den nächsten Satz. »Wenn das keine Chance ist, ist es zumindest eine verdammt große Möglichkeit«, flüsterte Frederik mir zu und grinste, als er die zweite Sieben auf den Tisch legte. Unter seinen Mitspielern gab es die ersten Toten.

»Du riechst sehr gut«, raunte Frederik mir zu. »Wetten,

dass ich dich küssen kann, ohne deine Lippen zu berühren?«

Ich sah ihn irritiert an und zog fragend die Augenbrauen hoch. Er küsste mich leicht und sagte: »Ups, diese Wette habe ich verloren.«

Frederik orderte eine weitere Karte und legte die dritte Sieben auf den Tisch.

»Triple Seven«, sagte der Croupier, ohne eine Miene zu verziehen. »Black Jack pays 3 to 2.«

»Siehst du, Black Jack kann ich auch«, sagte Frederik triumphierend, während er sich seine Jetons in die Hosentasche stopfte. »Das Wichtigste ist: Immer die Nerven behalten. Und jetzt entführe ich dich auf den höchsten Punkt dieses Dampfers, und dort trinken wir Champagner.«

Meine Güte, wie sollte dieser Abend bloß enden? Das wurde jetzt alles brandgefährlich. Ich fühlte das Kribbeln bis in die Haarspitzen. Mir fiel die spießige Helen Lovejoy von den Simpsons ein, die ständig sagte: »Kann denn nicht ein einziges Mal jemand an die Kinder denken?« Ich verscheuchte den Gedanken wie ein lästiges Insekt. Hieß ich Mutter Vernünftig? Wie auch immer sich der Abend entwickeln würde – so, wie es war, wäre es gut. Ich fühlte mich gerade sehr sexy, sehr begehrt, ein bisschen betrunken und ziemlich verrucht.

Die Seifenblase zerplatzte eine Minute später. Warum hatte ich mein beknacktes Telefon nicht in die Ostsee geworfen? Weshalb war ich diesem dusseligen Reflex gefolgt? Und warum war ausgerechnet in diesem Moment auf den kaputten Akku kein Verlass?

Während Frederik seinen Gewinn eintauschte, warf ich einen kurzen Blick auf die SMS in meinem Handy, die

Jan-Rudi mir geschickt hatte. Ich merkte, wie alle Farbe aus meinem Gesicht wich. Das durfte nicht wahr sein. Ich griff mir an den Kopf und jaulte leise auf. Jetzt war ich bestimmt über siebenhundert Kilometer von meiner Familie entfernt, knutschte mit einem flamboyanten Mann herum und wurde mit einem Satz von der Begonien-Vergangenheit eingeholt. Ganz ohne Interpol. Ganz ohne Hubschrauber. Ohne Tote und Verletzte. Einfach so.

Als ich mit Frederik die Observation Lounge betrat, durchflutete mich ein Ozean des Bedauerns. Die Bar auf dem fünfzehnten Deck der Fähre hatte Panoramafenster – es schien, als würde man direkt über dem Wasser schweben. Dazu Smooth Jazz. Was für eine herrliche Kulisse, um unvernünftige Entscheidungen zu treffen. Wenn dies hier keine Chance gewesen war, hatte es sich zumindest um eine grandiose Möglichkeit gehandelt. So ein Jammer.

Ich wartete, bis Frederik an der Bar Champagner bestellte, holte einen Stift aus meiner Handtasche und schrieb eilig auf eine Serviette: »Danke für diesen wunderbaren Abend. Du hast mich großartig vor Roter Locke und seinen Spießgesellen beschützt. Leider musste ich gehen. Ich habe keine Angst. Ich habe Läuse. Alles Gute, Angela.«

Wahrscheinlich würde er mir kein Wort glauben. Daran konnte ich nichts ändern. Aber das Kribbeln wurde auf einen Schlag unerträglich.

Ich lief aus der Bar und zog mir auf der Treppe meine Highheels aus, um schneller rennen zu können. Mit Läusen auf dem Kopf versank ich so schnell in einer Woge der Scham, dass es sich anfühlte, als würde ich fliegen. Von einer Sekunde auf die andere war ich stocknüchtern.

Ich schaute auf die Uhr – kurz vor Mitternacht. Um 24 Uhr schlossen an Bord sämtliche Geschäfte. Gab es auf diesem Kutter eigentlich eine Apotheke? Während ich zu der Shoppingmeile lief, schoss mir ein Gedanke durch den Kopf: Was würde ein norwegischer, pflichtbewusster Schiffsapotheker machen, wenn er davon Kenntnis erhielt, dass einer der Passagiere die Läusepest an Bord geschleppt hatte? Wahrscheinlich würde er unauffällig den roten Alarm-Knopf drücken, zwei Männer von der Security kämen in Schutzkleidung und ich würde auf der Seuchenstation von den Mitreisenden isoliert werden.

Ich stürzte in den Taxfree-Market und lief in die Lebensmittelabteilung, um nach hochprozentigem Essig zu suchen. Die Angestellten des Shops begannen gerade damit, die Absperrgitter vor den Eingangsbereich zu zerren. Ich blickte mich panisch in dem Laden um. Verkaufte man in diesem fucking Shop denn nur schweineteure Delikatessen?

Bewaffnet mit zwei Flaschen kehrte ich schließlich in meine Meerblickkabine zurück, zog mich aus, stopfte mein schwarzes Kleid und die Dessous in die Duty-Free-Plastiktüte und verschloss das kontaminierte Zeug mit einem Knoten. Ich kratzte mich noch einmal ausführlich und kämmte meine Haare in der Dusche durch. Den ganzen Tag über hatte es schon so gekribbelt. Hoffentlich gab es im Hafen eine Apotheke, in der ich unerkannt Goldgeist Forte und einen Nissenkamm kaufen konnte. Den vierstündigen Ausflug in die Innenstadt von Oslo musste ich abhaken – ich wollte auf keinen Fall das Risiko eingehen, Frederik noch einmal in die Arme zu laufen. Was würde er sonst zu mir sagen? Vielleicht: Ach, da geht ja die

Frau von dem Fernfahrer, die mich mit den Kopfläusen angesteckt hat. Ich schüttelte mich. War mir jemals im Leben etwas Peinlicheres passiert? Ich konnte mich nicht erinnern.

Ratlos betrachtete ich die beiden Flaschen, die ich kurz vor Ladenschluss aus den Regalen gezogen hatte: eine Flasche mit hochprozentigem Wodka und eine Flasche mit edlem Balsamico-Essig, dessen Fruchtsäure aber nur bei sechs Prozent lag. Essig, hatte ich bei Lucas erstem Läusebefall zu Kindergartenzeiten gelernt, tötete die Viecher zwar nicht ab, machte sie aber rammdösig, schlapp und verringerte ihre Beißwut. Mit einem tiefen Seufzer schmierte ich mir den sirupartigen Aceto Balsamico Tradizionale de Modena, Extra Vecchio, in meine Haare, tröpfelte etwas Wodka auf die Matsche, band mir ein Handtuch um und hielt mir anschließend einen Fön an den Kopf. Betäuben, ersäufen, einsperren, erhitzen. Irgendeine dieser Maßnahmen sollte ja wohl geeignet sein, das große Krabbeln auf meiner Kopfhaut zu beenden.

Ich goss mir ein kleines Glas Wodka ein und las noch einmal grimmig die SMS, die Jan-Rudi mir geschickt hatte.

Wir haben alle Läuse. Lucas Mitbewohner kann man schon mit bloßen Augen sehen. Du kannst dir nicht vorstellen, was hier los ist.

Ich trank einen Schluck Wodka und kratzte mich durchs Handtuch. Oh doch, ich konnte mir sehr genau vorstellen, dass zu Hause der Teufel los war. Knöpfchen führte sich schon unter normalen Umständen beim Haarewaschen so auf, als würde man sie teeren und federn. Kein Wunder, dass Oma Holstein mit fliegenden Fahnen vor dem verlausten Pack geflohen war.

Wenn das Epizentrum des Läuseausbruchs bei Luca lag, war die Wahrscheinlichkeit hoch, dass auch Vincent von dieser Pest betroffen war. Mein Nacken juckte. Möglicherweise ahnten Paula und ihr Lover noch gar nicht, welchem Aphrodisiakum sie ihre kribbligen Momente zu verdanken hatten. Die beiden waren sich ja einig gewesen, dass es nur die Erinnerungen im Kopf sein sollten, die sie mit nach Hause nehmen wollten. Da merkte man doch, wie wichtig Präpositionen waren. Auf den Köpfen der beiden konnte sich trotz der Epizentralentfernung ebenfalls ein reges Treiben entwickelt haben.

Ich trank noch einen Schluck Wodka und hielt mir weiterhin den heißen Fön an den Kopf. Falls der Alkohol und die Hitze nichts gegen die Population unter dem Handtuch ausrichten konnten, sorgten sie wenigstens für das Vergessen. Ich fühlte mich schlapp und betäubt.

Ich dachte noch einmal an Frederik. Er war so süß gewesen. Hübsch. Lustig. Charmant. Unterhaltsam. Unverbindlich. Und er küsste richtig gut. Die Möglichkeit, dass dieser harmlose Flirt kein erotisches Ende genommen hätte, war signifikant gering. Eintrittswahrscheinlichkeit p = kleiner als ein Laushüpfer. Und hatte ich deshalb ein schlechtes Gewissen? Ich staunte ein wenig über mich selbst. Kein bisschen.

Frederik hatte eindeutig Jagd auf mich gemacht. Und warum denn auch nicht? Es gab überhaupt keinen Grund zu der ständigen Selbstverzwergung. Wenn mich eine Aura der Unsichtbarkeit umfing, hatte ich sie selbst heraufbeschworen. Und dann lag es auch an mir, sie wieder abzulegen. Es war ein verdammt schönes Gefühl, begehrt zu werden. Was wäre so schlimm daran, wenn mehr passiert wäre? Deshalb fielen einem ja nicht sofort alle Haare aus. Ich guckte böse auf den Fön. Eher wegen dem da.

Der brummende Fön erstarb in meiner rechten Hand. Vermutlich Überhitzung. Ich stöpselte das Kabel von meinem ollen Handy in die Steckdose und schrieb an Jan-Rudi eine SMS. *Kannst du morgen früh im Internet nachgucken, wie »Kopfläuse« und »Nissenkamm« auf Norwegisch heißen?*

Dann ließ ich mich erschöpft auf das große Bett fallen. Ein Königreich. Für mich ganz allein. Leider. Oder doch nicht. Auf meinem Kopf tummelte sich sicher ein ganzer Hofstaat.

28

Dank des Balsamico-Wodka-Gemisches auf und in meinem Kopf hatte ich die Einfahrt in den Oslo-Fjord am Morgen verpasst. Während die M/S Color Magic anlegte und Frederik zusammen mit den anderen 2500 Passagieren das Schiff verließ, stand ich noch unter der Dusche, um mir den braunen, zuckrigen, verkrusteten Helm vom Kopf zu waschen. Meine armen Haare! Erst als die Reisebusse vom Schiffsanleger weggefahren waren und ich mir sicher sein konnte, dass das Check-Out abgeschlossen war, schlich ich von Bord.

In einer Nebenstraße fand ich eine Pharmacy und stammelte etwas von »Lus« und »Nitkamm«. Die Apothekerin wich einen Schritt vor mir zurück und händigte mir mit langen Armen einen feingezinkten Kamm und eine Flasche aus, auf der in kleiner Schrift norwegische Warnhinweise und ein orangefarbener Totenkopf aufgedruckt waren. Sorgfältig kämmen, dann das Pestizid ins trockene Haar massieren, acht Stunden einwirken lassen, schließlich gründlich auswaschen. Und nach neun Tagen das Programm wiederholen, weil dann die Brut geschlüpft sei, erklärte mir die Apothekerin in einem Englisch-Deutsch-Norwegisch-Mix.

Bäh.

In einem Shop an Deck kaufte ich mir ein Kopftuch, um darunter später meine öligen Haare verbergen und wenigstens auf dem Schiff spazieren gehen zu können. Gesellschaftsfähig war ich auf der Rückfahrt nicht – Kenner der Szene würden mich an dem penetranten Gestank nach Teer erkennen, der mich nach der Behandlung wie eine Giftwolke umwaberte. Ich roch wie ein Asphaltkipplaster auf der Autobahnbaustelle.

Welche Einstellung verträgt Bettwäsche? Und dürfen Tante Rosa & Co auch in die Waschmaschine?, schrieb Jan-Rudi in einer SMS, gerade als ich versuchte, das Kopftuch über meine stinkenden Schmierhaare zu binden, ohne damit auszusehen wie Queen Mum. Oh Gott! Mein Mann war in Hamburg dabei, unseren Haushalt zu schrotten.

B 60 für die Bettwäsche, für die Laken B 90. Handtücher B 60, aber bitte nach Farben trennen. Kein Mischen von Gelb und Blau! Tante Rosa & Co. dürfen KEINESFALLS in die Waschmaschine! Schatz, möchtest du nicht mit der Wäsche warten, bis ich wieder da bin?, schrieb ich zurück. Nachdem Jan-Rudi einmal mein liebstes Seidennachthemd und einen Kaschmirpullover in Putzlumpen verwandelt hatte, hatte ich ihm mit einem Waschverbot belegt. Mit Sondergenehmigung galt für ihn ein eingeschränktes F 30 – damit wurden die Klamotten zwar nicht richtig sauber, dafür aber auch nicht richtig ruiniert.

Jan-Rudi schrieb zurück: *Bin doch kein Depp. Gehe die Situation systematisch, anwendungsbezogen und lösungsorientiert an. Vertrau mir, Hasi!*

Schon klar. Wahrscheinlich hatte mein Schlaumi heute Morgen erst einmal ein paar Excel-Tabellen erstellt und dann mit der ganzheitlichen Problemanalyse begonnen. Ich seufzte und schrieb zurück: *Leben die Kinder noch? Und denkst du bei allem Viehzeug auch an die Hasen?*

Ich sah aus meinem Kabinenfenster und beobachtete, wie die M/S Color Magic langsam wieder ablegte und sich vom Pier entfernte. Gut, einen Tag ohne Futter würden Alfred und Uschi schon verkraften. Viele Tiere waren glücklicherweise weit robuster, als man es mitunter vermutete. Patrick und Jan-Rudi erzählten sich gern die Geschichte aus ihrer Bundeswehrzeit, als ihr Vorgesetzter sie gebeten hatte, einen Monat auf seine beiden Katzen aufzupassen. Die Katzen waren daran gewohnt, tagelang allein klarzukommen – deshalb brauchten sie nur einmal in der Woche Futter, das sie sich für sieben Tage selbst einteilten. Planvolle Tiere, die rechnen konnten. Pi mal Pfote, wie mein Mathematiker es nannte.

Die M/S Color Magic ließ das Schiffshorn dröhnen. Unten am Kai stand eine dichte Menschentraube und winkte. Viel hatte ich nun wirklich nicht von Oslo gesehen. Tschüss, Norwegen. Tschüss, Frederik ... Leichter Nieselregen setzte ein. Ich spürte noch einmal ein großes Bedauern. *Ein Käfig voller Narren* wartete schon auf mich.

Mein Handy piepte. Jan-Rudi. Sein Vorgesetzter aus der Bundeswehrzeit hatte damals erst nach drei Wochen angerufen, um ihn und Patrick zu bitten, das Katzenklo gelegentlich mal auszukippen. Die beiden hatten sich angeguckt und nur leise gemurmelt: »Oh Scheiße. Die Miezis ...«

Jan-Rudi schrieb: *Deine Tochter sitzt vorm Fernseher, trägt eine antilauslotiongetränkte Wollmütze und futtert die Kekse, die ich ihr zur Belohnung versprechen musste. Dein Sohn betrachtet*

Läuse unter seinem Mikroskop. Sie haben sechs Beine, zwei Fühler, einen dicken Bauch und große Augen. Kaninchen haben vitaminreiche Kost erhalten, um die sie viele Hamburger Schulkinder beneiden würden. Waschmaschine läuft. Alles gut.

Einen gewissen Pragmatismus konnte ich Jan-Rudi nicht absprechen. Nach meiner Rückkehr erwartete er bestimmt, als Held der Arbeit gefeiert zu werden. Wegen der Flucht von Oma Holstein hatte er heute zu Hause bei den Kindern bleiben müssen. Aber seine Methodik war nicht übel: Luca sinnvoll beschäftigen. Knöpfchen fixieren, sedieren und immobilisieren, vermutlich unter der Zuhilfenahme von Bibi Blocksberg, Folge eins bis zweiundzwanzig. Auf dem Sofa würden die Schokokekskrümel und die Tropfen aus dem Entlausungsmittel in der Zwischenzeit eine lebenslängliche Symbiose eingehen. Wahrscheinlich saß Jan-Rudi jetzt im Wohnzimmer und las in aller Ruhe die Zeitung. Wieso gelang mir das so selten?

Mit einem robusteren Gemüt stampfte man eindeutig bequemer durchs Leben. Selbst die Katzen hatten damals den männlichen Mangel an Empathie überlebt. Als Jan-Rudi und Patrick die Wohnung seines Vorgesetzten stürmten, hockten die beiden Rechenkünstler beleidigt in der Küche – vor umgekippten Cornflakes, aufgekratzten Haferflockentüten, offenen Schubladen, zerbrochenem Geschirr und einem laufenden Wasserhahn. Die Verwüstung war erheblich, aber Jan-Rudi und Patrick hatten sich nur abgeklatscht. Was für schlaue Miezis!

Es begann stärker zu regnen, als die M/S Color Magic den Oslo-Fjord hinausfuhr. Zu beiden Seiten erhoben sich grünbewachsene Felshänge in den grauen Himmel. Rote, gelbe und weiße Holzhäuschen mit Stegen ins Wasser standen an der Uferkante. Gegen mein Kabinenfenster prasselten jetzt dicke Tropfen, mischten sich mit der Gischt und zogen Schlieren. Ich band mir vorm Spiegel ein Piratentuch, zog mir eine Jacke an und ging an Deck, um wenigstens ein bisschen von der zerklüfteten Landschaft sehen zu können, die sich hinter der Regenwand abzeichnete.

Wunderbar. An der frischen Luft fiel mein Gestank fast nicht mehr auf. Auf dem Sonnendeck suchte ich nach einem leidlich trockenen Platz, nahm zwei Wolldecken von einem Stapel, setzte mich auf eine Liege und schaute aufs stahlgraue Wasser. Ich dachte an Frederik, an Arwid, an Victor und daran, dass ich gerade Männer anzog wie ein Fliegenstrip die Fliegen. Wer hätte das gedacht? Der Strahlenzauber schien irgendwie zu funktionieren – nur an der Feinjustierung musste noch gearbeitet werden.

Jan-Rudi schickte eine weitere SMS. *Die Kopfkissen sehen jetzt komisch aus. So pappig. Die Bettwäsche hat mir den letzten Spülgang mit dem Desinfektionsmittel leider übel genommen. Hing dein Herz dran?*

Ich stöhnte auf. Jetzt hatte er die wunderschöne Bettwäsche mit den Mohnblumen geschreddert. Ich wies ihn an, die Kissen in den Trockner zu tun, verkniff mir die Frage, warum er sie überhaupt gewaschen hatte, und bat ihn, kein Domestos mehr auf die Wäsche zu kippen. Wahrscheinlich verbarg sich hinter so viel Unvermögen eiskalte Berechnung. Also eine Art Männer-Mathematik: Je größer der gelebte Unvermögensfaktor, desto kleiner das Risiko, nochmals mit dieser Doofpflicht betraut zu werden. Aber da würde ich ihm künftig einen Strich durch die Rechnung machen. Wenn ich darüber nachdachte, war es eine durchaus sinnvolle Investition, für Jan-Rudis Umschulung zur Waschfrau Klementine einen gewissen Preis zu zahlen.

Ich schloss die Augen und versuchte, mir noch einmal Frederiks Gesicht vorzustellen. Seine Konturen verschwammen immer wieder vor meinem inneren Auge. Ich dachte daran, wie er mich geküsst hatte. Wie er mich zum Lachen gebracht hatte. Und was nach einem weiteren Glas Champagner alles hätte passieren können. Treue war wohl doch einfach ein Mangel an Gelegenheiten.

Ich zückte mein Handy, um mir noch einmal die SMS durchzulesen, die Arwid mir bisher geschickt hatte. Piep – Akku alle. Na, dann eben nicht.

Frederik hatte mir gestern von den erlesenen Fischvariationen im Buffet-Restaurant vorgeschwärmt. Ich würde später das machen, was ich zu Hause streng verboten hatte: mir eine Zeitung schnappen, einen riesigen Teller mit leckeren Häppchen vor mich stellen und dann lesend die Delikatessen ohne Sättigungsbeilage in mich hineinschaufeln. Hummer, Scampi, Krebse, Dorade, Lachs, Seeteufel …

Noch sechs Tage bis zum Sonnenuntergang in Wittenbergen. Ich war sehr gespannt, welche Augenblicke mich am Montag erwarten würden. Würde Arwid und mir überhaupt etwas einfallen, worüber wir uns unterhalten konnten? Bislang waren unsere Gespräche ja eher fleischlastig verlaufen. Ob er versuchen würde, mich zu küssen? Ich zog mir die beiden Wolldecken bis zu den Ohren. Entweder wurde es ein ausgesprochen schöner Abend. Dann hätte ich ab Dienstag ein kleines Problem. Oder es wurde ein ganz scheußliches, peinliches Date. Dann müsste ich mir ab Donnerstag einen neuen Fleischer suchen. Ich seufzte in mich hinein. Einerseits waren Männer sehr einfach gestrickt. Andererseits waren sie unkalkulierbar. Mit dem Gedanken an die Kassler-Zwillinge mit ihrem breiten Angebot an fetter Hausmannskost schlief ich ein.

Als ich wieder aufwachte, hatte die Fähre das offene Meer erreicht. Es war fast windstill, nieselte leicht, und eine gewaltige Dünung hatte eingesetzt. Ich wanderte vorsichtig zurück zu meiner Kabine, um einen Blick in den Spiegel zu werfen und meine Reservierung für das Buffet-Restaurant zu holen. Die ewig langen, schnurgeraden Gänge hoben und senkten sich. Auf und nieder. Auf und nieder. Das konnte ja lustig werden.

Die heftigen Wellen ohne Wind waren gespenstisch. Jan-Rudi hatte mir einmal erklärt, dass es sich bei der Dünung um alten Seegang handelte – sozusagen um die Erinnerung des Wassers an ein Unwetter. Dünungswellen waren mit großer Geschwindigkeit unterwegs. Sie kamen häufig schon an, wenn vom Sturm noch gar nichts zu spüren war. Auf der offenen See waren sie relativ harmlos. Doch wenn sie flaches Küstengewässer erreichten, konnten sie sich zu gefährlichen Brechern auftürmen. Einerseits fand ich die Vorstellung faszinierend: dass eine Erinnerung an ein Ereignis vor dem Ereignis eintreffen konnte. Andererseits ließen sich die Gedanken an Monsterwellen und Kaventsmänner nicht abwimmeln. Die Sache wäre erst überstanden, wenn ich lebendig am Laboer Ehrenmal, Gedenkstätte für alle toten Seefahrer, vorbeifahren würde.

Ich verzichtete darauf, mich fürs Abendessen umzuziehen, zupfte mir lediglich das Piratentuch über den Ölhaaren zurecht und hangelte mich über die schwankenden Flure zum Buffet-Restaurant. An der Treppe stand eine norwegische Mutter und hielt ihre kleine Tochter in den

Armen, die sich ausführlich in eine Topfpflanze übergab. Ihr Bruder kotzte aus Solidarität gleich mit. Der Vater fing den Strahl mit seinen Händen auf und keuchte.

Ich huschte ins Restaurant, nahm zwei trockene Brötchen und eine Flasche Wasser vom Buffet und schleppte mich zurück in meine Kabine. Der Teufel war ein Eichhörnchen.

29

Als Paula und ich uns am nächsten Morgen am Ausgang der M/S Color Magic wiedertrafen, sah sie aus wie der kleine Wassermann von Otfried Preußler: bleich, grün, tiefe Augenringe, mit Spaghetti-Haaren, die ihr unter einer roten Mütze schlapp und kraftlos vom Kopf hingen. Von ihrem Geliebten verlor sich bereits jede Spur. Ich umarmte sie zur Begrüßung und sagte: »Du siehst aus, als ob du wenig geschlafen hättest. Steht jetzt eine leibhaftige Sex-Göttin vor mir?«

Paula schüttelte den Kopf und erwiderte: »Pah. Das glaubst du alles nicht.«

Während wir uns langsam mit der Menschenmenge von Bord bewegten, wühlte sie in ihrer Handtasche genervt nach ihren Zigaretten und zündete sich die erste an, als wir das Terminal verließen. »Ich weiß nicht mehr, was genau ich mir unter dieser Minikreuzfahrt vorgestellt hatte«, sagte Paula. »Ich weiß nur eines: So etwas nicht.«

Paula hatte unter der Dusche gestanden, als die SMS von Frank kam, dass bei ihnen zu Hause die Läuse los waren. Der Herr Pilot hatte die Nerven verloren und war mit Vincent aus seinem ungezieferverseuchten Heim in ein Hotel gezogen. Jörg hatte die ersten drei Zeilen auf dem Display ihres Smartphones gelesen und war ebenfalls sofort in nackte Panik verfallen. Er hatte die Bordapotheke leer gekauft, sämtliche Kleidungsstücke in die Reinigung gebracht und dann den größten Teil der Nacht mit seinem Telefon verbracht, um Entlausungsstrategien zu googeln. Von seinen Haaren tropfte Goldgeist Forte in Rinnsalen aufs King-Size-Bett – er hatte sich sicherheitshalber gleich zwei Flaschen auf den Kopf gekippt. »Jörg ist fast durchgedreht, als er zeitweise keinen Empfang hatte. Die Hölle auf Erden ist für ihn ein Platz ohne WLAN«, sagte Paula.

Die zweite Nacht zeichnete sich ebenfalls durch einen eklatanten Mangel an magischen Momenten aus. Paula und Jörg hatten bei dem Seegang einige Stunden simultan würgend in ihrem Deluxe-Badezimmer verbracht. In einem Stadium des Miteinanders, in dem es trotz aller Intimität noch keine Vertrautheit gab, war ja schon ein versehentlicher Pups eine Niederlage, da man am liebsten geleugnet hätte, überhaupt eine Verdauung zu haben. Kotzend nebeneinander über der Kloschüssel zu hängen war da wohl so etwas wie ein Turbogang in die tiefsten Senken der Realität.

»Und was war mit Sex?«, fragte ich vorsichtig, als wir beim Auto angekommen waren und Paula unser Gepäck verstaut hatte. »Ist überhaupt noch etwas passiert?«

»Zu Anfang war alles noch sehr prickelnd«, sagte Paula und fuhr aus dem Parkhaus in Richtung Autobahn. Sie pustete sich eine Haarsträhne aus dem Gesicht. »Aber verglichen mit der Gesamtbilanz des Ausflugs wird diese Schnittmenge zwischen Mann und Frau doch gnadenlos überbewertet.«

Ich grinste etwas schief. Arme Paula. Da hatte sie einen solchen Aufstand betrieben, um zwei Liebesnächte nach allen Regeln des Kamasutra zu inszenieren – und nun das.

Paula tippte am Autoradio herum und landete bei Patrick. »Läuse in Kombination mit Übelkeit sind für sich genommen schon der Inspirationstod in Sachen Sex«, sagte Paula. »Aber ein Mann, der in Boxershorts jammernd im Badezimmer kauert, wirkt einfach würdelos. Das ist dann kein toller Hengst. Das ist ein entzaubertes Weichei.«

Ich blickte eine Weile lang schweigend aus dem Fenster. Mir war es im Vergleich zu Paula noch ganz gut ergangen. In der letzten Nacht hatte ich in meinem großen Bett gelegen, lange die Brötchen betrachtet, zunächst vorsichtig daran gerochen und sie dann krümelweise aufgeknabbert. Auf dem Bildschirm meines Fernsehers fuhren dazu gigantische LKW mit monströsen Reifen durch eine Schlammwüste. Rein in die Matsche, raus aus der Matsche. Hügel hoch, Hügel runter. Ab und zu kippte mal einer um. Obwohl ich die Fernbedienung aufs Übelste beschimpft hatte, sendete mein Fernsehgerät nur Eurosport. Kika erschien mir dagegen als das reinste Kulturprogramm.

»Aber warum sind Frank und Vincent gleich in ein Hotel gezogen?«, fragte ich.

»Weil dem Herrn Pilot für den Läusenotfall keine Checkliste zur Verfügung stand«, sagte Paula und schnaubte. Frank hatte einmal Mayday, Mayday gefunkt, sich und Vincent die Haare entlaust und dann dem krabbelnden Feind kampflos das Haus überlassen. Sollte sich doch sein Aschenputtel mit der Schädlingsbekämpfung befassen, wenn sie wieder nach Hause kam. So eine faule Socke.

Mein Handy piepte. Eine SMS von Arwid. Wie lieb von ihm! Er machte sich eine Menge Gedanken um unser

Date. Und er schien eine recht genaue Vorstellung davon zu haben, wie es ablaufen sollte. Mal schauen, wie weit ich seiner Choreographie folgen würde. Patrick spielte im Radio »It's raining men« – als ob der Junge Gedanken lesen könnte.

Mit einem Anflug von schlechtem Gewissen erzählte ich Paula von Frederik. Vermutlich hatte ich auf der Minikreuzfahrt tatsächlich mehr Spaß gehabt als sie.

»Und du hast noch nicht einmal seine Handynummer?«, fragte Paula.

»Keine Handynummer, keinen Nachnamen. Der Typ ist nichts als eine flüchtige Erinnerung«, sagte ich. »Und da er mit Sicherheit ein paar Andenken von mir mitgenommen hat, ist das auch ganz gut so.«

»Aber es ist schon schade, dass dein Flirt so ein abruptes Ende nehmen musste«, sagte Paula. »Er war ja wirklich ein prima Kandidat für ein unverfängliches Win-Win-Geschäft.«

Ich nickte. »Bedeutungslos. Harmlos. Aber immerhin gut fürs Ego.«

Paula zeigte einem drängelnden Mercedes-Fahrer den Stinkefinger und sagte: »Viele Männer können sich gar nicht vorstellen, dass Frauen es in dieser Hinsicht womöglich genauso sportlich nehmen wie sie. Sie glauben immer noch diesen Quatsch, dass es für uns gleich Liebe sein müsste. Erinnerst du dich noch an Jens?«

Ich erinnerte mich vage. Jens war ein alter Schulfreund von Paula, den sie seit dreißig Jahren kannte – aschblond, ein bisschen pummelig. Ein Typ, der gern karierte Hemden und Pullover mit Strickmustern zu ockerfarbenen Hosen trug. Ein Netter. Das heißt, völlig frei von Sex-Appeal.

»Nach irgendeiner Party an der Elbe habe ich tatsächlich

mal mit Jens rumgeknutscht«, sagte Paula. »Und am Tag darauf rief er an und sagte mit Grabesstimme: ›Paula. Ich glaube, wir müssen uns unterhalten.‹«

Wir beide lachten Tränen. »Herrje«, japste Paula. »Ich war ein bisschen blau und rollig. Was gibt es in so einem Fall zu bereden?«

Im Radio erzählte Patrick von einer Umfrage des Bierbrauers Heineken. Zweiundfünfzig Prozent aller Männer würden auf eine Nacht mit einem Supermodel verzichten, wenn dafür ihr Lieblingsfußballteam im Finale der Champions-League siegt.

»Das glaube ich nicht!«, sagte Paula. »Ich wette, es waren noch wesentlich mehr. Aber die Jungs von Heineken konnten es nicht zulassen, neunundneunzig Prozent ihrer Kunden als Stoffel zu outen.«

»Ach«, sagte ich, »vielleicht sind sie gar nicht stoffelig, sondern pragmatisch. Sie machen eine Kosten-Nutzen-Rechnung auf. Ein Fußballspiel dauert neunzig Minuten. Plus Nachspielzeit. Plus vielleicht Verlängerung. Plus vielleicht Elfmeterschießen. Und wenn's blöd läuft, können sie zum Schluss immer noch den Schiedsrichter als Pfeife beleidigen. Der Spaß auf dem Platz dauert definitiv länger als der in der Kiste.«

Zu Hause erwartete mich bereits ein frischgekämmtes Empfangskomitee. Knöpfchen hatte ein Bild für mich gemalt, Luca sein Zimmer aufgeräumt und Jan-Rudi Spaghetti Bolognese für uns gekocht. Alle schienen sich aufrichtig zu freuen, dass ich wieder da war. Man musste ihnen wohl einfach mal die Chance geben, mich zu vermissen.

»Nö, sonst gab es keine besonderen Vorkommnisse«, sagte Jan-Rudi. Er hatte sich am Abend zuvor mit Patrick angesehen, wie der HSV unglücklich aus dem DFB-Pokal geflogen war. Zuerst hatte die Truppe kein Glück, und dann kam auch noch Pech hinzu. Um ihre geschundenen Männerseelen zu streicheln, hatten die beiden den Plan gefasst, sich mit einigen Kumpels an einem Wochenende zu einem Herrenausflug zu treffen: Essen, Trinken, Sport, Kultur. Kultur? Ich hob leicht die Augenbraue. Beim letzten Ausflug dieser Art hatten sie ein Biermuseum besucht. Ach ja, sagte Jan-Rudi, und dann müsse er in der nächsten Woche zu einem Kongress nach Frankfurt fliegen. Viele Vorträge, Termine, Besprechungen, wichtige Menschen – das alles würde sehr anstrengend werden.

Ich nickte mitfühlend. Schon klar. Jan-Rudi hatte es auch nicht immer einfach. Und nach diesen lausigen Tagen hatte er sich eine Auszeit redlich verdient. Ich sah ihn von der Seite an. Zu welcher Hälfte der Männer würde er gehören, wenn man ihm eine heiße Nacht oder ein gewonnenes Fußballspiel in der Champions League zur Auswahl stellte? Der Testosteronspiegel sank bei Männern nach der Familiengründung schlagartig, hatte ich neulich in der Zeitung gelesen.

HSV oder Sex – beides nur drei Buchstaben.

30

»Du solltest keine Aufgaben ablehnen«, sagte ich. »Du musst sie annehmen! Sie schöndenken! Und in die Zukunft gucken! Dort winken dir dann Ruhm, Anerkennung und Ehre!«

Luca sah mich verständnislos an.

Die Technik des Schönredens hatte ich mal bei einem teuren Motivationsseminar erlernt. Ich wandte sie erfolgreich an, wenn ein ausgesprochen sperriger Kandidat »Mitarbeiter des Monats« geworden war und sich gegen das Interview für unsere Hauspostille sträubte.

»›Erich Kästner starb 1974 in München.‹ Überleg noch mal, ob das wirklich der beste Anfang für deinen Aufsatz ist«, sagte ich zu Luca. »Und denk dabei an die Zukunft: Für einen guten Text bekommst du gute Noten. Deine Lehrerin wird dich loben. Du stehst im Mittelpunkt. Deine Klassenkameraden werden dich lieben.«

Luca stöhnte gequält auf. Es klingelte an der Tür.

»Schreib es zuerst in die Kladde«, sagte ich. »Und wenn Knöpfchen und ich vom Wochenmarkt wiederkommen, schau ich es mir an.«

Draußen stand Hella. Ich unterdrückte einen Seufzer und versuchte, ein freundliches Gesicht zu machen. Wenn ich nicht sofort zum Einkaufen kam, bliebe der Kühlschrank leer, die Küche kalt, die Familie hungrig, die Stimmung würde in den Keller fallen. Ich schaute auf meine Uhr. Noch eine halbe Stunde, bis die Stände schlossen. Ich konnte gern mit Hella einen Kaffee trinken, aber dazu musste sie mich jetzt begleiten.

Am Morgen hatte es heftig geregnet. Der Fußweg zum Markt war jetzt gesäumt von Schnecken: gelbe, schwarze, weiße, überfahrene, heile, kaputte, angeditschte – und jede einzelne wurde von Knöpfchen mit einem kieksenden Jubelschrei begrüßt. »Oh! Necke!« Hella zauberte eine kleine Plastiktüte von Douglas aus ihrer Handtasche und spielte mit Knöpfchen »Wer zuerst eine Schnecke findet, darf sie in die Tüte stecken«. Unser Schneckentempo steigerte sich messbar.

Den Vormittag hatte ich bis dahin ausgesprochen effektiv verbracht. Ich hatte Tante Rosa und ihr verlaustes Pack eingefroren, zwei Waschmaschinen durchlaufen lassen und Berge trockener Wäsche abgehängt, mit Knöpfchen »Kochen« und »Staubsaugen« gespielt und meine E-Mails gecheckt. Victor hatte geschrieben, dass er demnächst in Hamburg sei, mir einen Link zu YouTube mitgeschickt und gefragt: Kannst du dich noch daran erinnern?

Der Link führte zu dem verstaubten Videoclip »Ich liebe dich« von Clowns und Helden: »... wenn ich hochguck, seh ich den Telefonhörer und ich denk, ich nehm ihn ab und sag's dir einfach ...«

Immer, wenn das Lied damals im Radio gespielt wurde, hatte Victor mein Telefon zwei Mal klingeln lassen. Für ihn war Liebe auch eine Art Spiel gewesen. Und am meisten hatte sich der Falke ins Zeug gelegt, wenn ich ihn nicht mehr wollte. Ein ewiger Kreislauf: Er hatte mich durch seine Unzuverlässigkeit gekränkt, ich hatte Schluss gemacht, er hatte sich neue Gimmicks einfallen lassen, um mich wieder rumzukriegen, ich war schwach geworden. Victor war schön, charmant, gescheit – und keinen Schuss Pulver wert. Ob ich ihm wirklich die Zitronenhaie zeigen sollte? Als ich ihn verließ, hätte ich nicht gezögert, Victor solchen Biestern zum Fraß vorzuwerfen. Na gut, da stand ich mittlerweile drüber.

»Schenken wir dir«, sagte Hella und drückte mir die volle Douglastüte in die Hand.

»Da freue ich mich aber«, sagte ich.

»Ist der Chef heute nicht da?«, fragte eine Frau vor mir den Verkäufer von Arwids Fleischparadies.

Nein. Der attraktive Chef weilte heute nicht in Hamburg. Wo sich der Mann aufhielt, hätte ich der Dame zwar nicht sagen können, aber immerhin wusste ich, dass er die Stunden bis zum Sonnenuntergang am Montag zählte. Sich darüber Gedanken machte, ob ich lieber Rotwein oder Weißwein trank. Und ein klein wenig verschnupft war, weil ich ihm schrieb, dass ich in seiner Gegenwart vielleicht nur Wasser trinken sollte, um einen kühlen Kopf zu bewahren.

»Wie schade«, sagte die Frau. »Aber dann grüßen Sie ihn doch ganz herzlich von mir.« Sie schüttelte ihre pechschwarze Mähne nach hinten. »Mein Name ist Alexandra Sebastian. Sie machen den Eindruck, als ob Sie mich nicht kennen.«

Der Verkäufer schaute verwirrt drein, als er ihr die Fleischtüte reichte. Ich verdrehte die Augen. Hoffentlich drehte sich die blöde Gans jetzt nicht zu mir um.

»Was für ein Zufall!«, flötete Alexandra Sebastian, als sie mich sah, und deutete eine Umarmung an. »Mensch,

Angäla! Und deine Kleine ist ja schon so groß geworden. Arbeitest du denn wieder?«

Mit preußischer Disziplin, eiserner Höflichkeit und einer Tüte mit Schnecken in der Hand stellte ich die Schauspielerin Alexandra Sebastian und die Innenarchitektin Hella Leroux einander vor. Mir blieb nichts anderes übrig als zuzugeben, dass ich noch immer als akademisch ausgebildete Vollzeitmutter unterwegs war.

Und dabei lächeln. Lächeln! Es kommt nicht darauf an, was man macht, sondern wie man dabei guckt.

Alexandra tätschelte Knöpfchen den Kopf. Was hatte sie neulich auf Facebook geschrieben? Wenn sie mal zu viel Liebe übrig hätte, würde sie sich einen Hund anschaffen. Außerdem war sie ja der Meinung, abhängige Muttertiere sollten nach der Geburt ihrer Kinder erst einmal für ein paar Jahre in eine Hütte gesperrt werden, weil sie intellektuell so beschränkt waren, dass sie nicht über den Gartenzaun blicken konnten. Hoffentlich biss Knöpfchen ihr in die manikürte Hand.

»Und was machst du hier?«, fragte ich. Weil die Frage so bescheuert klang, fügte ich eilig hinzu: »Einkaufen, ist schon klar. Aber warum ausgerechnet auf diesem Wochenmarkt?«

Wenn sich Alexandra nicht auf den Brettern bewegte, die die Welt bedeuteten, dann doch wenigstens auf naturgewachsten Altbaudielen in verkehrsberuhigter Innenstadtlage. Oder auf dem Isemarkt in Eppendorf.

»Reiner Zufall«, flötete Alexandra. »Ich hatte heute überraschend drehfrei und habe spontan eine Interviewanfrage in meinen Terminkalender geschoben. Der Fotograf bestand darauf, mich an der Mellingburger Schleuse im Alstertal zu shooten. Nette Location.«

Ah, bei diesem Date war bestimmt das Top Level involved. Ich hatte Alexandra schon hundert Mal in der Zeitung gesehen. Homestorys von ihr in den Magazinen, die kostenlos an alle Hamburger Haushalte verteilt wurden. Ein briefmarkengroßes Foto in der Bunten. Eine Nennung ihres Namens in der Bild-Zeitung, die über eine VIP-Party berichtete – unter der Rubrik »Auch gesehen«, weil der Redakteur noch Platz füllen musste.

»Ich bin jetzt an die Elbe gezogen«, flötete Alexandra. »Als Hamburger ist man entweder der Elbe- oder der Alstertyp.«

Hella guckte etwas schmallippig. Anscheinend noch immer ein ungeklärtes Thema.

»An deiner Tüte klebt eine Schnecke«, stellte Alexandra fest.

»Die sammle ich«, sagte ich.

»Oh«, sagte Alexandra. »Wie interessant. Also ich bin nicht so der Sammlertyp. Ich sammle höchstens Korken. Die schenke ich dann meiner Nachbarin. Die bastelt daraus Nikoläuse.«

Alexandras Handy klingelte. Klingelton Brandenburgische Konzerte, F-Dur. »Du, man sieht sich«, flötete sie. »Wir sollten mal zusammen einen Vino trinken. Stups mich doch mal über Facebook an.«

»Unbedingt«, sagte ich. »Ich wünsch dir was.«

Als sie ging, ließ ich ermattet die Schneckentüte sinken.

»Du magst sie nicht«, stellte Hella fest, als wir Alexandra Sebastian hinterherschauten, die telefonierend und gestikulierend über den Marktplatz schritt, mit ihren Schneewittchenhaaren um sich warf und sich beim Gemüsehändler in die Schlange stellte.

»Ich wünsche ihr Lippenstift an die Zähne, einen Senfteller vom Würstchenstand an den Hintern, eine Nacktschnecke an den linken Absatz und Hundekacke an den rechten. Und dass Gemüse-Günther ihr jetzt ganz viele faule Tomaten einpackt«, sagte ich.

Ich konnte die Schnatternatter schon früher nicht leiden. Gelegentlich wurde sie vom Einkaufszentrum engagiert, um eine Modenschau oder eine Tombola zu moderieren. Bei diesen Gelegenheiten war es unvermeidlich gewesen, sich mit ihr zu unterhalten. Oder besser gesagt: Alexandras Geblubbere zu ertragen. Regisseur A baggert mich an, Kollege B hat Mundgeruch, Kollegin C ist völlig talentfrei. Hast du das letzte Buch von Bestsellerautorin D gelesen? Furchtbar! Schade um den Baum, der dafür sterben musste! Und seitdem sie so schrecklich viele Filme synchronisiert habe und wisse, wo die Füllwörter steckten, sehe sie selbst isländische Spielfilme nur noch im Original an. Überhaupt schaue sie nur noch Phoenix, arte oder genau genommen gar kein Fernsehen mehr.

»Die Künstlerin hat einige blinde Flecken in der Selbstwahrnehmung«, sagte ich. »Sie tut immer so, als sei sie aus der Höhle gekrochen und habe das Licht gesehen. Und dann muss sie mit Menschen wie mir sprechen, die nur die Dunkelheit kennen.«

Ich erpresste Knöpfchen mit der Einladung zu einem Eis, um noch kurz bei Aldi reingehen zu können. Vor uns schob ein älteres Ehepaar den Einkaufswagen an den Paletten vorbei. Der Mann packte ein. Die Frau stellte die Sachen zurück, murmelte »brauchen wir nicht« und packte andere Sachen ein.

Ich schielte kurz um die Ecke, um zu sehen, welcher

Mitarbeiter heute an der Kasse saß. Die blasse Brünette mit der Brille. Durch die Eingangstür kam ein schlaksiger junger Mann gerannt, winkte ihr strahlend zu und prallte frontal und ungebremst gegen einen Hubwagen mit Mineralwasser. Die blasse Brünette an der Kasse lief puterrot an. So oder so ähnlich begann das Elend immer.

»Und warum interessiert es dich, wer heute an der Kasse sitzt?«, fragte Hella.

»Weil ein Kollege von ihr eine eigene Form für Abwechslung am Arbeitsplatz gefunden hat«, sagte ich. »Er kommentiert jeden Einkauf. So nach dem Motto: einmal die Großpackung mit den Megaperls. Da röttelt die Waschmaschine. Drei Mal destilliertes Wasser. Au weia, gebügelt wird auch noch. Und dann die Fertig-Pizza: Dafür bleibt die Küche kalt. Macht zusammen zehn Euro und fünf Cent …«

Ich legte eine Packung Tampons zu der Milchtüte, der Schokolade und den Gummibärchen. »Die Stimmung an der Kasse des Entertainers ist immer großartig«, sagte ich. »Irgendetwas Verräterisches steckt in jedem Einkauf. Und der Kassierer denkt wohl: Man muss sich ein spannendes Leben aus den Zutaten kneten, die man zur Verfügung hat.«

Wir schlenderten zu einer Bäckerei, bestellten uns Kaffee und Eis und setzten uns in die Sonne. Knöpfchen knabberte an einem Keks und betrachtete immer wieder die Formen, die er angenommen hatte. Sie durchlief gerade das magische Alter und gab allen Dingen eine Bedeutung. Der Keks war jetzt ein Haus. Ein Hund. Sie schleuderte ihn von sich: ein Gespenst!

»Und wie kommst du mit deiner Kaffeemühle voran?«,

fragte ich Hella. »Hast du Patrick mittlerweile überzeugen können, dass man als Hamburger sowohl die Elbe als auch die Alster lieben kann?«

»Hat Jan-Rudi dir denn gar nichts erzählt?«, fragte Hella und suchte in ihrer Handtasche nach ihrer Sonnenbrille. »Patti hat sich in eine andere Frau verknallt.«

Ich verschluckte mich am Kaffee.

»Er ist hungrig auf ein anderes Leben«, sagte Hella.

»Ich fasse es nicht«, sagte ich. Der HSV hatte verloren, aber sonst keine Vorkommnisse, die mein Mann für besonders erwähnenswert hielt.

Jan-Rudi!

Hella wirkte außerordentlich kühl und gefasst. Die andere Frau kam aus Patricks näherem Umfeld – daher kamen sie ja meistens. »Er hat sich in eine Kollegin verguckt«, sagte Hella. »Ich kenne sie flüchtig aus dem Sender. Sie gehört zum Team der Morningshow.«

Ich pustete gedankenverloren in meinen Kaffee. Wenn Frauen ihre Männer betrogen, waren sie auf der Suche nach Anerkennung. Wenn Männer ihre Frauen betrogen, stand ihnen der Sinn einfach nach Abwechslung.

Am Nebentisch nahm der Mann mit dem winzigen Hund Platz, dem Knöpfchen und ich gelegentlich auf dem Markt begegneten. Der Mann breitete eine Zeitung vor sich aus, sein mutiertes Eichhörnchen verwickelte sich an den Stuhlbeinen. Irgendjemand musste ihm mal zuflüstern, dass die Leine für diesen Schrumpfhund viel zu lang war.

»Und wie ist die Geschichte aufgeflogen?«, fragte ich.

»Patti ist Krebs mit Aszendent Fisch. Launenhaft, geheimnisvoll, verträumt und besitzergreifend«, sagte Hella.

»Mein Träumerle kann sich nicht einfach verknallen. Er muss unbedingt gleich ein Drama daraus machen.«

Im ersten Akt war Patrick verschlossen, mürrisch und übellaunig durch die Wohnung getigert und hatte sich über die Fliege an der Wand aufgeregt. Im zweiten Akt ließ er beim Notar einen Termin wegen der Kaffeemühle platzen. Im dritten Akt riss er seinen Werkzeugkoffer auf, zerrte einen Zollstock heraus und erklärte Hella mit viel Pathos: Er sei jetzt achtundvierzig. Die durchschnittliche Lebenserwartung läge bei achtzig Jahren. Mit siebzig sei er vielleicht schon senil und bettlägerig oder würde in Krankenhauszimmern herumsitzen wegen Beschwerden an Herz, Lunge, Nieren oder Bronchien. Patti hatte mit dem Zollstock rumgefuchtelt wie Indiana Jones mit der Peitsche, um Hella zu demonstrieren, wie viel Zeit ihm noch bliebe, um nach den verlorenen Schätzen des Lebens zu suchen. Diesen Lebensrest wolle er jetzt, verdammt noch mal, mit ganz viel Adrenalin im Blut verbringen. Eher beiläufig hatte Hella ihn gefragt, ob sie die Frau kennen würde, die ihm den Kopf verdreht hätte. Anstatt große Augen zu machen und abzustreiten, dass es überhaupt eine andere Frau gab, hatte Patrick sofort gestanden, dass seine Kollegin Denise wie ein Blitzschlag über ihn gekommen sei. Crash, Bumm, Bang. Das ganz große Hormongewitter.

Knöpfchen schmiss kleine Keksbrocken nach dem Schrumpfhund, der schwanzwedelnd unter dem Tisch saß, und fragte mich leise, ob sie einmal »Ei« bei ihm machen dürfe. In der Sonne schmolz ihr Schokoladeneis. Ich schüttelte den Kopf. Bei kleinen Hunden verhielt es sich ja meistens wie bei kleinen Männern: profilierungsgeil und gemeingefährlich.

»Der Hund ist schon so alt, dass er kaum noch Zähne hat«, sagte der Mann zu mir und lächelte mich an. Und zu Knöpfchen: »Aber er ist ganz lieb. Komm, wir legen Waldi auf den Rücken, und ich zeige dir, wie er sich am liebsten streicheln lässt.«

Ich lächelte freundlich zurück. Ein sehr schöner Mann, ein sehr bescheuerter Hund. Und wie konnte man seinen Köter nur Waldi nennen?

»Patti hat dann bei Jan-Rudi angerufen und ihn gefragt, ob er bei ihm übernachten könne«, sagte Hella. »Erst einmal weglaufen, um bloß nicht mit mir reden zu müssen.«

Ich sah Hella erstaunt an. Davon, dass Patrick bei uns übernachtet hatte, hatte mein Mann mir auch nichts erzählt. Keine besonderen Vorkommnisse.

Hella telefonierte nach Patricks Geständnis erst einmal mit ihren engsten Freundinnen. Am Tag darauf suchte sie ihre Radionikerin und eine Astrologin auf. Typisch Hella. Bei ihr verschmolz das Irdische immer gleich mit dem Kosmischen.

Unterm Tisch quietschte Knöpfchen auf. Der Hund war an ihr hochgesprungen und versuchte, die Schokoladeneisreste in ihrem Gesicht abzuschlecken. »Ach Süße, das tut mir aber leid«, sagte der Mann. »Der Waldi liebt Schokoladeneis.« Er nahm eine Serviette und tupfte Knöpfchens Gesicht sauber. Schokoladeneis plus Hundesabber plus Schneckenschleim ergab Badewanne.

»Und was machst du nun?«, fragte ich.

»Ich muss cool bleiben. Und meinen Verstand benutzen. Es reicht ja, wenn einer von uns beiden durchknallt«, sagte Hella.

Ich betrachtete sie stumm von der Seite. Da war etwas dran.

Wie man sich doch in Menschen täuschen konnte, dachte ich, als Hella zurück ins Büro gefahren war und ich multitaskingbegabt Knöpfchen in die Badewanne setzte, »Quok-Quok-Quok« mit dem Quietsche-Entchen machte und nebenbei Lucas Erich-Kästner-Aufsatz korrigierte. Das hatte ich Patrick gar nicht zugetraut. Er sah zwar ziemlich gut aus, aber ich hatte ihn für vollständig domestiziert gehalten. Für mich war Patrick ein hochanständiger Kerl gewesen, der allein seine Frau liebte. Ein einziges Mal hatte ich bei ihm alle Zeichen sexueller Erregung beobachtet – Glanzauge, Tremor, Sex-Flush. Es war sein Geburtstag, und Jan-Rudi hatte ihm einen Toaster geschenkt, mit dem sich die HSV-Raute aufs Frühstücksbrot rösten ließ. Und jetzt hatte er etwas mit einer Kollegin, die nach Hellas Aussage dicker, hässlicher und faltiger war als sie selbst und nicht zu ihm passte. Aber wer wusste schon immer, was passte?

Solche Komplikationen hatte ich in den Planspielen mit meinem hanseatischen Brad Pitt noch gar nicht erwogen. Ich wollte am Montag ein bisschen mit Arwid flirten. Reden, lachen, in die Augen gucken. Spazieren gehen. Auf die Elbe schauen. Schmetterlinge fühlen. Mehr nicht. Irgendwie war es mir noch gar nicht in den Sinn gekommen, dass einige Männer einen biochemischen Zustand mit Liebe verwechseln konnten. Zwischen dem Hunger nach anderen Gefühlen und dem Hunger nach einem anderen Leben gab es schließlich einen gewaltigen Unterschied.

Aus dem Badezimmerfenster sah ich, wie Jan-Rudi und der lüsterne Fettsack Michi gleichzeitig nach Hause kamen, die Autos parkten und sich kurz unterhielten. Erstaunlich, Michi lebensfroh und in voller Leibesfülle zu sehen. Eigentlich hatte ich damit gerechnet, dass Dagmar ihm schon die albanische Mafia auf den Hals gehetzt hätte. Sollte die ihn doch zu Schweinefutter verarbeiten.

»Hella hat mich heute besucht«, sagte ich, als Jan-Rudi zu uns ins Badezimmer kam und mich mit einem flüchtigen Kuss begrüßte.

»Wie nett«, sagte Jan-Rudi und knuddelte Knöpfchen.

Ich schaute ihn fragend an. Subtile Botschaften perlten an meinem Mann ab wie Öl an einer nagelneuen Teflonpfanne.

»Du hast gar nicht erwähnt, dass bei Patrick und Hella gerade die Hütte brennt«, sagte ich. »Fällt das bei dir unter die Rubrik ›Keine besonderen Vorkommnisse‹?«

»Kann ich's denn ändern?«, fragte Jan-Rudi. »Das sind deren Probleme, nicht meine. Die beiden sind seit elf Jahren verheiratet. Da kann so etwas ja mal passieren. Wahrscheinlich gibt sich das wieder.«

Das hatte Hellas Astrologin auch so ähnlich gesehen. In Patricks Horoskop bildete der extrem langsam laufende Pluto im Krebs ein exaktes Quadrat zur Venus im Partnerhaus. Außerdem stand Uranus gerade im Mondknoten. Eine tückische Konstellation, die erklärte, dass Patrick geradezu schicksalhaft ins Verderben tappen musste. Sagte die Astrologin. Sagte Hella.

»Hormonsausen mit Mitte 40 sollte man sicher nicht überbewerten«, sagte ich. »Nur eines verstehe ich nicht:

Wenn man einigermaßen bei Trost ist, erledigt man so etwas diskret. Man tut, was man tun muss, aber man redet nicht darüber. Ich meine, das Ding ist ja kein Radiergummi. Es nutzt ja nicht ab.«

Jan-Rudi grinste mich amüsiert an, tätschelte mir den Po und sagte: »Da hast du völlig recht, Hasi. Keine Ahnung, welcher Teufel Patrick geritten hat. Was essen wir heute?«

Vielleicht war Hella auch ein wenig selbst schuld, dachte ich, während ich mich um das Abendessen kümmerte. Nachdem Patrick finstere Laune verbreitet hatte, war Hella in eine Buchhandlung gegangen und hatte zwei Psycho-Ratgeber erstanden. *Gefühle richtig deuten, Krisen bewältigen – wie wir Männer besser verstehen* und *So erkennen Sie Lügen*. Sie hatte nicht die Absicht gehabt, die Wälzer zu lesen. Die manipulative Kraft durch das demonstrative Aufstellen sollte reichen, einen Blick in Patricks Innenleben zu erhaschen. Vielleicht hätte sie ihn einfach mal für eine Weile in Ruhe lassen sollen.

»Klaus und Alisar werden übrigens mit mir nach Frankfurt fliegen«, sagte Jan-Rudi.

Seinen Kollegen Klaus kannte ich. Ein Mann mit Buchhalter-Charisma, der über seinem grauen Anzug stets einen winddichten, kurzen Anorak trug. Jan-Rudis Kollegin Alisar war ich bisher noch nicht begegnet.

»Alisar … Das klingt für mich nach einer Versuchung aus 1001 Nacht«, sagte ich. »Ich weiß nicht, ob ich es so beruhigend finde, wenn du abends an der Bar noch einen Absacker mit einer Frau trinkst, die Alisar heißt. Hättest du nicht Waltraut mitnehmen können?«

Jan-Rudi winkte ab. »Waltraut ist unsere Sekretärin.

Alisar ist eher der Kumpeltyp und eindeutig kompetent. Aber Waltraut hat uns heute Tickets reserviert. Wir fliegen übrigens doch schon Montagabend.«

Ich starrte auf meinen Nudelteller. So sah es bei *mir* aus, wenn das Irdische mit dem Kosmischen verschmolz. Ich atmete tief durch. An dem Abend war ich mit Arwid verabredet. Woher sollte ich einen Babysitter bekommen? Für Montag war in Hamburg mit einem heftigen Meteoritenhagel zu rechnen.

31

Der Himmel über der vielleicht schönsten Stadt Deutschlands war an diesem Montagmorgen tiefblau und wolkenlos, als beim Frühstück mein Handy piepte. Arwid schrieb: *Ich muss zugeben, ich bin schon etwas nervös. Aber ich freue mich sehr auf die Augenblicke mit Ihnen in elf Stunden und 59 Minuten.*

Ich schrieb »Ruhe bewahren« auf meine To-Do-Liste und schickte Arwid einen Smiley mit einem Ausrufezeichen. Keine Ahnung, wann heute der größte anzunehmende Thrill zu erwarten war. In dem Moment, wenn wir uns das erste Mal allein gegenüberstehen würden? Beim Spazierengehen? Und wie würden wir uns begrüßen? Mit Handschlag? Oder mit vorsichtigem Küsschen? Ich kaufte zwar schon seit Jahren bei Arwid ein, aber dennoch waren wir uns ja völlig fremd. Neulich im Tierpark war es das erste Mal gewesen, dass ich ihn ohne Schürze gesehen hatte. Hoffentlich würde ich vor Aufregung nicht wieder so viel Blödsinn reden. Geistreiche Bemerkungen fielen mir ja immer erst vierundzwanzig Stunden später ein. Auf jeden Fall musste ich dafür sorgen, dass die Geschichte im Laufe des Abends nicht aus dem Ruder lief.

Dass ich meine Verabredung mit Arwid trotz Jan-Rudis Dienstreise überhaupt einhalten konnte, verdankte ich

Hella. Sie war momentan ganz glücklich, wenn sie Patrick nicht sehen musste, und hatte sich sofort bereit erklärt, die Babysitterin zu spielen.

Nun hieß es für mich: Cool bleiben. Beherrscht. Vernünftig. Abenteuer waren meistens das Ergebnis schlechter Planung. Soweit konnte ich ganz zufrieden mit mir sein – den Ort hatte ich schon mal geschickt gewählt. Auch vom Zeitpunkt her befand ich mich auf der sicheren Seite, sodass es noch nicht einmal notwendig war, als Vorsichtsmaßnahme hässliche Unterwäsche anzuziehen. Gib Sex keine Chance. Oder war ich zu naiv? Konnten ein Mann und eine Frau, zwischen denen eine gewisse Anziehungskraft herrschte, wirklich Lust darauf haben, rein spirituell miteinander zu verkehren? Isy würde sich totlachen.

Ehe ich das Hamburger Abendblatt ungelesen zur Seite legte, überflog ich nur das Zitat des Tages. »Ein Augenblick der Geduld kann vor großem Unheil bewahren. Ein Augenblick der Ungeduld ein ganzes Leben zerstören.« Handelte es sich bei dieser chinesischen Weisheit um eine Botschaft?

Ich ging mit Knöpfchen ins Schlafzimmer, um die Kleiderfrage final zu klären, und stöpselte mein Handy in die Steckdose. Jan-Rudi würde am frühen Nachmittag noch einmal nach Hause kommen, seine Tasche packen und dann zum Flughafen fahren. Hella hatte ich um 18.30 Uhr zu mir bestellt. Ich ging meinen Kleiderschrank durch, um ein Outfit zu finden, dass möglichst ungestylt und dabei mördersexy wirkte. Bein oder Busen? Bein und Busen wirkte nuttig. Gut, Hauptsache, der Po wurde günstig in Szene gesetzt.

Als ich mich um Punkt 19 Uhr in mein Auto setzte, war

das Resultat mehrstündiger Beauty-Anstrengungen objektiv sowie subjektiv rappelscharf. Hella hatte kurz gestutzt, als sie mich gesehen hatte, und gefragt: »Ist es eine Kollegin oder ein Kollege, mit dem du dich so spontan verabredet hast?« Ich hatte zur Antwort etwas Unverständliches genuschelt. Gegenüber Jan-Rudi hatte ich den Umstand, dass ich am Abend unterwegs sein würde, einfach unterschlagen. Er hatte bereits aus Frankfurt angerufen und sich für den Abend abgemeldet.

Ich fuhr auf den Ring 3. Wahrscheinlich würde ich gleich einen Unfall bauen. Einen Rentner umfahren. Oder weißer Qualm stiege aus der Motorhaube. Mit zittrigen Händen stellte ich das Radio an. Einatmen. Ausatmen. Die Luft fließen lassen. Und schön auf den Verkehr achten.

Die erste Panne hatte ich erlebt, noch bevor ich das Haus verließ. Mein Handy war unauffindbar. Knöpfchen hatte damit im Schlafzimmer gespielt und es dabei vielleicht auf lautlos gestellt. Doch da man mit dem Teil ohnehin kaum noch telefonieren konnte, war der Verlust nicht so dramatisch. Für den äußersten Meteoritennotfall hatte ich mir Arwids Visitenkarte mit seiner Telefonnummer eingesteckt.

Meine Verwandlung in einen Supervamp hatte mich einiges an Nerven gekostet. Ich hatte mich für ein weißes, kurzes, figurbetontes Organzakleidchen entschieden, das am Saum mit Spitze abgesetzt war. Dazu trug ich eine schmale Lederjacke im Shabby-Chic und halbhohe Stiefel, um den Fummel zu erden. Wenn ich die Jacke auszog und die Schultern des Kleides ein bisschen verrutschten, blitzten wie zufällig die roten Träger meines BHs auf. Rote Dessous, hatte ich erst neulich von der Unterwäscheexpertin Paula erfahren, waren unter weißer Wäsche nicht zu sehen. Für Haare und Make-up hatte ich Stunden gebraucht, bis alles so leicht und unabsichtlich wirkte, wie ich es mir vorgestellt hatte. Für Mütter, dachte ich, wäre jeder Stresstest aus dem japanischen Managementtraining babyleichtes Pillepalle. Das sollte ein Konzernchef eines nikkeigeführten Unternehmens mal nachmachen: mit Fön, Lockenstab und drei Bürsten hantieren, ein Kleinkind daran hindern, eine Wand weiter großflächig mit Penatencreme einzuschmieren, im Wimmelbuch nach der vergrätzten Frau zu suchen, selbst sauer zu gucken und dabei nicht ins Schwitzen zu geraten.

Wenn die nächste Ampel grün blieb, würde es heute ein wunderschöner, unvergesslicher Abend werden. Ich gab ein bisschen mehr Gas. Geschafft.

Ich hatte gerade die Elbchaussee erreicht, als im Radio Lady Gaga gespielt wurde. Ich sang lauthals mit: »I want your love, I don't wanna be friiieeeends.«

Was für ein Zufall. Ich lächelte in mich hinein. Es war wirklich Zeit, dass in das harmlose Geplänkel etwas mehr Feuer kam – und die Zeichen standen offenbar richtig, richtig günstig.

Als ich in die schmale, kurvige Waldstraße abbog, die hinunter zum Leuchtturm führte, dankte ich dem Himmel für meine Weitsicht, mindestens eine Stunde zu früh losgefahren zu sein. Was war denn hier los? Menschenmassen, die an die Elbe zogen. Hauen und Stechen um die Parkplätze. Gefühlte 10 000 Motorradfahrer. Ein Happening irgendwo zwischen Hafengeburtstag und AC/DC-Konzert? Ich seufzte tief, stellte meinen Wagen auf dem Bürgersteig im absoluten Halteverbot ab und ging hinunter zum Strand. Wie sollte man denn hier friedlich Steine über das Wasser hüpfen lassen? Ich konnte ja froh sein, wenn wir uns in dem Rummel überhaupt fanden.

»Gib es zu, du bist nur wegen mir hier«, sagte eine Stimme hinter mir.

Ich drehte mich um und erblickte einen dunkelhaarigen, sehr eleganten Mann, den ich zunächst nicht einordnen konnte. Der kleine Bruder von George Clooney?

»Und ich war schon fast ein bisschen gekränkt, weil du überhaupt nicht auf meine Einladung reagiert hast. Aber Angie, lass dich anschauen. Du siehst fantastisch aus«, sagte der Mann.

In meinem Gehirn ratterte es. Ich kannte ihn. Aber zum Teufel, ich wusste nicht mehr, woher.

»Wie hätte ich denn wissen können, dass ich dich hier treffe?«, fragte ich vorsichtig.

»Weil ich vorhin ein Foto vom Elbstrand auf Facebook gepostet habe«, sagte er. Facebook – das half meiner Erinnerung auf die Sprünge. Vor mir stand Andreas Ritter, der Coach, der die schweineteuren Seminare veranstaltete. Er küsste mich zur Begrüßung leicht auf die Wange.

»Ins Hotel Atlantik zu meinem Vortrag bist du ja nicht gekommen. Dabei war er ein großartiger Erfolg. Aber jetzt sag schon, dass du wegen mir hier hergekommen bist und nicht wegen der Queen Mary.«

Die Queen Mary! Kein Wunder, dass an der Elbe der Hund von der Kette war. Wenn dieses Kreuzfahrtschiff nach Hamburg kam, drehten die kühlen Hanseaten regelmäßig durch. Für mein Date mit Arwid hätte ich mir kaum einen bescheuerteren Ort aussuchen können.

»Ich wusste gar nicht, dass die Queen Mary heute in den Hafen einläuft«, sagte ich wahrheitsgemäß. »Weißt du, wann sie hier vorbeikommen soll?«

Andreas blickte auf seine kleinwagenteure Patek-Philippe-Armbanduhr und sagte: »In einer halben Stunde. Das ist ein unglaublich perfektes Timing für einen perfekten Abend. Ein lauer Frühlingstag, ein wunderbarer Ort, eine sehr schöne Frau. Vielleicht ein bisschen viele Menschen. Ich freue mich riesig, dich hier getroffen zu haben. Wollen wir es Fügung nennen? Ich sage dir, das Glück ist heute auf unserer Seite.«

Ich sah ihn an und war sprachlos. Andreas war ein Schnacker vor dem Herrn. Laut. Und so von Selbstbewusstsein aufgepumpt, dass man Angst haben konnte, dass er gleich abhebt und davonfliegt. Vor Ewigkeiten hatte er mich mal von einer Party abgeschleppt, war in seinem Mercedes Coupé mit 200 Sachen über die Landstraßen von einer Kleinstadt in die nächste gebrettert und hatte eine Vollbremsung bei einem Rosenverkäufer gemacht, dem er seinen gesamten Baccara-Vorrat für mich abkaufte. Dann waren wir weiter mit 200 Sachen zu seiner Maisonette-Wohnung gerast und hatten einen One-Night-Stand – an den ich mich beim besten Willen nicht mehr erinnern konnte.

»Ich bin bereits hier verabredet«, sagte ich und entdeckte plötzlich Alexandra Sebastian in der Menschenmenge. Verdammt, was machte Schnatternatter denn hier? Ach ja, wohnen. Sie war ja der Elbetyp. Ich nickte ihr kühl zu. Mit Schnatternatter wollte ich auf keinen Fall auch nur ein einziges Wort wechseln. Vermutlich dachte sie, ich wäre hier, um am Strand Schnecken zu sammeln.

Andreas lachte und sagte: »Du bist bereits verabredet? Ich sage immer: Wer sich sofort entmutigen lässt, hat gleich verloren. Wenn ein Kunde von mir einwendet, dass er bereits einen Partner hat, überzeuge ich ihn, mein Angebot trotzdem zu prüfen – es könnte sich ja um die Chance seines Lebens handeln.« Andreas schaute mich provozierend an und fügte mit einem Haifischlächeln hinzu: »Und wenn man sich mit mir beschäftigt, gibt es zwei Möglichkeiten. Entweder bekommt man die Bestätigung, einen momentan akzeptablen Partner zu haben. Oder man erhält ein Angebot für einen noch besseren Partner in der Zukunft.«

Ich sah ihn an. Was für ein schöner, perfekt angezogener, aufgepusteter Angeber. Dann blickte ich kurz zu Schnatternatter und sagte zu Andreas: »Meine Verabredung kommt erst gegen 21 Uhr. Komm, wir gehen zusammen auf die Brücke.«

Der geschwätzige Bruder von George Clooney lächelte triumphierend. Ich dachte an meinen hanseatischen Brad Pitt und lächelte freundlich zurück. Wenn das so weiterging, hatte ich hier bald meine Ocean's Eleven zusammen.

Die nächste halbe Stunde verbrachte Andreas damit, das Produkt Andreas zu verkaufen. Ich beobachtete mit der Faszination eines Insektenforschers, wie er es anstellte, auf Bella Figura zu machen – ein Mann der großen Gesten und der sprechenden Hände. So redete einer, der sich nimmt, was er will. Der alles erreicht, was er sich vorgenommen hat. Dieser Verkäufer wollte nicht unverbindlich beraten. Er wollte zum Abschluss kommen.

Am Horizont tauchte schemenhaft die Queen Mary auf. Die Luft flimmerte. Wie schade. Da hatte ich mich mit dem romantischen Arwid auf einer Großveranstaltung verabredet, und dann würden wir noch nicht einmal den Grund für die Massenzusammenkunft gemeinsam erleben. Stattdessen wollte dieser Schaumschläger mich glauben lassen, er könne Lachse mit der Hand fangen. Schon verstanden – er setzte beim Fahrradfahren bestimmt keinen Helm auf.

»Ich treffe mich nachher übrigens mit einem sehr netten, sehr einfühlsamen Mann«, sagte ich in Andreas' Selbstdarstellungstheater hinein. Er überhörte meinen Einwand. Seine Geschäfte gingen so blendend, dass er sich mittlerweile einen Aston Martin V 12 Zagato zugelegt hatte. Jetzt fühlte er sich wie James Bond. Aber wenn er glaubte, Octopussy oder Pussy Galore wäre ihm heute Abend schon zugelaufen, hatte er sich geschnitten.

Die Queen Mary kam immer näher. Wenn sie gleich an uns vorbeifuhr, wäre das gewiss ein ganz besonderer Augenblick. Ich schaute zum Leuchtturm – vielleicht tauchte Arwid ja doch schon etwas früher hier auf. Meine Kinnlade kippte nach unten. Ausgerechnet auf der Treppe hatte Schnatternatter eine Decke ausgebreitet, einen Picknickkorb aufgestellt und telefonierte.

»Gut möglich, dass ich das nächste Mal mit diesem Schiff nach Amerika reisen werde«, sagte Andreas, als die Königin der Meere majestätisch an uns vorbeizog. Die Menschen am Strand jubelten und winkten. Andreas legte den Arm um mich, zog mich an sich und raunte mir ins Ohr: »Angie, stell dir mal vor, wir beide an Bord der Queen Mary, und dann die Einfahrt in den Hafen von New York, an der Freiheitsstatue vorbei ... Leider habe ich einen randvollen Terminkalender, sonst würde ich uns auf der Stelle eine Passage buchen.«

Ich lächelte ihn milde an und pflückte seinen Arm von meiner Schulter. Andreas Ritter pflegte offenbar Allmachtsfantasien. Eher würde ich allein mit der Kontiki über den Atlantik paddeln, als mit jemandem ein Schiff zu besteigen, der sich für eine Kreuzung aus James Bond und dem Seewolf hielt. Ich sah auf meine Uhr. Langsam musste ich ihn loswerden. Eine riesige Welle überspülte den Strand. Die Queen Mary zeigte ihr knackiges Hinterteil und fuhr der Kransilhouette des Hamburger Hafens entgegen. Ich lotste den lärmenden Großkotz zum Ende der Brücke.

Die ersten Kreuzfahrerfans bewegten sich zurück zum Parkplatz. Die ganz große Massenveranstaltung schien sich aufzulösen. Am Strand brannten jetzt vereinzelte Feuer. Auf Einweggrills dampften Würstchen. Ein Typ mit langen Haaren packte eine Gitarre aus. Vielleicht wurde es doch noch ein Abend, an dem man Steine hüpfen lassen konnte.

»Man muss eine Siegermentalität entwickeln«, sagte Andreas. »Wer war der erste Mann auf dem Mond? Richtig, Neil Armstrong. Und wer der zweite? Siehst du – für den zweiten interessiert sich kein Mensch.«

Ich sah Andreas an, dachte: Flieg ab! und sagte: »Ich muss mich jetzt leider von dir verabschieden.«

Andreas baute sich grinsend vor mir auf. »Das wäre ja auch wie ein Sechser im Lotto gewesen, wenn du jetzt gesagt hättest: Auf Andreas Ritter hab ich den ganzen Tag gewartet. Aber kannst du deiner Verabredung nicht mitteilen, dir sei etwas dazwischengekommen? Ich bin leider nur noch bis morgen in Hamburg. Wir könnten Champagner trinken gehen, vielleicht im Louis C. Jacob, das ist ganz edel und wäre dem Anlass angemessen. Und wer weiß, vielleicht kennst du dann am Ende dieses Abends Spiel 77 und die Zusatzzahl.«

Ich schaute voller Mitleid auf die arme Kreatur. Eine Mischung aus James Bond, Seewolf und Lottofee – ganz schwer zu therapieren.

»Sorry, ich muss dich jetzt wirklich deinem Schicksal überlassen«, sagte ich und reichte Andreas zum Abschied kühl die Hand.

Wenn die Prinzessin gleichgültig ist, bleibt der Frosch ungeküsst.

Ich ließ den Blubberheini stehen und suchte mir am Strand einen Platz, von dem aus ich den Leuchtturm im Blick hatte und Augenkontakt zu Schnatternatter vermeiden konnte. Dann zog ich mir die Lippen nach und setzte mich im Sand auf meine Lederjacke. Was für ein unglaublich herrlicher Abend. Es war noch immer warm und fast windstill. Der Junge mit der Gitarre spielte Beatles-Lieder. Fast ein bisschen zu kitschig für das, was ich mir vorgenommen hatte.

Worüber konnte ich mich gleich mit Arwid unterhalten? Ein Blick auf die Uhr ließ mein Herz schneller schlagen. Ich hatte jetzt ein bisschen Angst vor dem Moment, an dem er um die Ecke biegen würde. Wenn ich befangen war, besaß ich ein Talent dafür, dumme Dinge zu sagen. Lieber den Mund halten und als Trottel erscheinen als den Mund aufzumachen und, wie Andreas, jeden Zweifel zu beseitigen. Am schönsten wäre es, einfach die sommerliche Stimmung zu genießen und gemeinsam schweigen zu können.

Die Sonne ging leuchtend rot unter. Ohne auf die Uhr zu sehen, wusste ich, dass es jetzt 21.32 Uhr war. Eigentlich waren wir schon um 21 Uhr verabredet gewesen. Wahrscheinlich war Arwid irgendwo auf der Elbchaussee im Stau hängengeblieben. Oder er fand keinen Parkplatz. Oder er war nicht der Typ, der sich auch mal ins absolute Halteverbot stellte.

Ein gigantisches Containerschiff fuhr flussabwärts. Der Junge mit der Gitarre sang weiter seine Beatles-Lieder. Sie handelten fast alle von der Liebe. Von der Sehnsucht nach Liebe. Dem Finden der Liebe. Dem Verlust der Liebe. Und von der Einsamkeit.

»All the lonely people – where do they all come from?«

Es war eine sternenklare, laue Nacht geworden, als ich mir von einem fremden Mann sein Handy auslieh und Arwids Nummer wählte. Besetzt.

Ich versuchte es noch einmal. Noch immer besetzt. Wenn Arwid telefonierte, konnte ihm wenigstens nichts Schlimmes zugestoßen sein. Aber wo blieb der Mann?

Ich sah auf die Uhr. Schon nach 22 Uhr. Ich hatte Hella versprochen, spätestens um Mitternacht wieder zu Hause zu sein. Dass bei mir nicht ein einziges Mal etwas komplikationslos klappen konnte! Ich versuchte noch einmal, bei Arwid durchzukommen, und gab mich schließlich geschlagen. Da hatte er sich so auf die Augenblicke mit mir gefreut, die Stunden gezählt und mich dann einfach versetzt. Ich war ratlos und tief enttäuscht. Ein Meteorit musste Arwid beim Telefonieren auf den Kopf gefallen sein – anders konnte ich mir es nicht erklären.

32

Als ich neben dem Typen von der Abschleppfirma im Auto saß, ahnte ich noch nicht, dass ich nur wenige Stunden später vor einem gigantischen Scherbenhaufen stehen würde. Wir hatten die Fenster heruntergekurbelt, ich war im Sitz versunken und hatte meine Füße auf das Handschuhfach gestellt. Mein nicht mehr ganz weißes Organzakleidchen flatterte im warmen Fahrtwind. In den Händen hielt ich einen Becher mit schwarzem Kaffee. Ich betrachtete den Kerl neben mir, der auf die Straße guckte und gleichzeitig meine Beine musterte. Sollte er doch.

Ein sehr cooler Typ. Dunkle Haare, Drei-Tage-Bart, dunkelbraune Augen. Ein Drachentattoo auf dem Handrücken. Er hatte mich kurz fragend angesehen und dann das Radio auf volle Lautstärke gedreht. Ich schloss für einen Moment die Augen, und die Hamburger Rockgruppe Kettcar sang:

»Wollte ich leben und sterben wie ein Toastbrot im Regen? Wie ein betrunkener Hund im Zorn ohne Grund? Die Erinnerungssplitter liegen herum.«

Was für ein kryptischer Text – doch er traf genau meine Stimmung, während wir den Elbstrand hinter uns ließen. Was für eine rätselhafte Nacht.

Nachdem Arwid unerreichbar blieb, war ich schließlich

zu meinem Wagen gegangen. Ich roch sofort, dass etwas nicht stimmte. Bitte, dachte ich, lass es hier in der Nähe einen Schrottplatz geben, auf dem man nachts Öl verbrannte. Natürlich nicht. Die rote Kontrolllampe auf dem Armaturenbrett zeigte mir den Stinkefinger, bevor ich auch nur einen Meter gefahren war. Also war ich wieder zurück an den Strand getrottet, hatte mir ein weiteres Mal ein Handy ausgeliehen und den ADAC und Hella angerufen. Der gelbe Engel, der dreißig Minuten später einschwebte, hatte mich betrübt angesehen: Hier half keine himmlische Kraft mehr.

Im Moment liefen mir die Männer rudelweise zu. Gleich drei Kerle waren eine Stunde später aufgetaucht. Zwei von ihnen hatten die Ölverschmutzung unter meinem Auto beseitigt, der Dritte nahm mich an den Haken.

»Witziger Wagen«, hatte der Abschlepper gesagt. »Hat richtig Stil. Fuhr Inspektor Columbo nicht das gleiche Modell?«

Ja. Das Auto von Columbo war genauso alt. Genauso verbeult. Vermutlich hatte es etwas weniger Kekskrümel auf den Sitzen. Columbos Auto machte auch immer komische Geräusche. Aber ihm war nie das Motoröl um die Ohren geflogen.

»Vielleicht ist es ja doch nur eine Kleinigkeit«, hatte der Abschlepper gesagt und mir einen Schokobonbon angeboten. »Für die Nerven.« Als ich zugeben musste, dass sich die Werkstatt meines Vertrauens am anderen Ende von Hamburg befand, kniff er seine dunklen Augen zusammen. »Das ist eindeutig gegen meine Vorschriften«, sagte er. »Dann bin ich ja die ganze Nacht nur mit dir beschäftigt.«

»Meinst du nicht, es gäbe Schlimmeres?«, fragte ich.

Der Abschlepper grinste. Glücklicherweise war er nicht der Typ, der sich um Vorschriften scherte.

Kettcar sang: »An den Landungsbrücken raus, dieses Bild verdient Applaus. Und noch 200 Meter und jetzt geht der Fallschirm auf, na dann herzlich willkommen Zuhaus.«

»Muss man das verstehen?«, fragte ich mit einem Nicken in Richtung Radio und sah den Abschlepper über meinen Kaffeebecher hinweg an.

Er lächelte etwas schief und sagte: »Für Frauen muss immer alles eine Bedeutung haben. Der Text ist völlig sinnfrei. Aber trotzdem genial.«

Er bog auf die A7, wir hörten Bosse, Tim Bendzko und Jupiter Jones in voller Lautstärke, und ab und zu reichte er mir schweigend die Bonbontüte herüber. Von mir aus konnte er jetzt gleich weiter geradeaus bis in die Dünen nach Dänemark fahren. Schöne Bilder aus der Morgendämmerung für ein Roadmovie: Brave Frau Antje brennt mit coolem Abschlepper bis nach Skagen durch. Am Haken schaukelte meine Columbo-Schrottkiste.

Die Sonne war gerade wieder aufgegangen, als wir vor der Werkstatt meines freundlichen Schraubers standen und er mein Auto ablud. Der Abschlepper bot an, mich nach Hause zu fahren – jetzt kam es ihm auf ein paar Minuten auch nicht mehr an.

»Was für ein ausgesprochen netter Service vom ADAC«, sagte ich, nachdem er in meiner Straße gehalten und mir die Tür der Fahrerkabine geöffnet hatte.

»Nur für ausgewählte, sehr charmante Mitglieder«, sagte der Abschlepper. »Normalerweise esse ich meine Bonbons allein.«

Ich hatte einige Mühe, die Botschaften richtig zu deuten, die ich nach drei Stunden Schlaf vorfand. Hella hatte auf dem Sofa übernachtet und war bereits weggefahren, bevor ich mich aus dem Bett gequält hatte, um Luca zur Schule zu schicken. Auf dem Küchentisch lag ein Zettel.

Liebe Angela,
ich weiß ja nicht, was du gestern Abend wirklich gemacht hast. Ich möchte dich aber vorwarnen: Jan-Rudi hat noch einmal angerufen und war sehr stinkig, weil du nicht zu Hause warst. Außerdem sollst du bitte bei deiner Freundin Isy anrufen. Sie war betrunken und ebenfalls stocksauer. Ich wünsche dir trotzdem einen schönen Tag,
Hella

Hä? Wieso war Isy sauer auf mich? Und was sollte ich jetzt Jan-Rudi erzählen? Dass ich Isy kurzfristig wegen einer Liebeskummerattacke trösten musste? Ich war eindeutig zu müde, um Antworten auf solche Fragen zu finden. Wenigstens brauchte ich wegen des gestrigen Abends überhaupt kein schlechtes Gewissen zu haben. Da hatte ich mich Ewigkeiten auf den Abend allein mit Arwid gefreut und dann die Nacht mit halb Hamburg verbracht. Es war gar nicht so einfach, seine Fesseln zu sprengen.

Ich wählte meine eigene Handynummer und bekam zu hören: »The person you have called is temporarily not available ...« Klar, Akku alle. Ich fluchte leise vor mich hin, suchte das Schlafzimmer nach meinem ollen Handy ab und fand unter dem Bett die Plastikhammondorgel mit der lallenden Opernsängerin wieder. Es war ein physikalisches

Gesetz: Materie konnte nicht einfach verschwinden. Irgendwo musste mein Handy sein – aber wo?

Wahrscheinlich hatte Arwid hundert Mal versucht, mich anzurufen. Ob er eine Panne gehabt hatte? Krank geworden war? In Untersuchungshaft saß? Hoffentlich war ihm nichts Ernsthaftes zugestoßen. Ich suchte in meiner Handtasche nach seiner Visitenkarte, machte mir einen Espresso und holte tief Luft. Ich war ja nun eindeutig dem magischen Alter entwachsen. Ich würde jetzt nicht den ganzen Tag orakeln, warum er mich versetzt hatte. Ich wollte Klarheit.

Als ich das Telefon wieder in die Hand nahm, fiel mir das kleine blinkende Symbol auf. Eine Nachricht auf dem Anrufbeantworter. Am Dienstag, um 2.31 Uhr, hatte das Band Schritte aufgenommen. Und Gelächter. Dann ein Rumpeln. Wieder Gelächter. Was war das? Eine Frauenstimme zählte etwas. Sie nuschelte wie Udo Lindenberg. 415, 416, 417. Klirren, wieder ein Rumpeln. 408, 409, 410. Schließlich sagte die Frauenstimme: »Scheisssse, ich fünd das nich. Is wech.« Eine Männerstimme antwortete: »Weisssu was? Isssau egal. Dann schläfsssu eben bei mir.«

Ich setzte mich stocksteif auf. Die Männerstimme gehörte eindeutig Jan-Rudi. Er war um 2.31 Uhr MEZ sternhagelvoll und stand kurz vor dem Verlust der Muttersprache. Nüchtern klang die Frau eindeutig auch nicht. Dann gab es wieder Gekicher, Poltern. Als zu hören war, wie eine Tür aufsprang, brach die Aufnahme ab.

»Es liegen keine weiteren Nachrichten vor.« Ich hörte mir die Aufnahme noch einmal an. Und noch einmal.

Schon blöd, wenn man sein Handy nicht ordentlich im Griff hatte. Jan-Rudi musste vergessen haben, die Tastensperre einzuschalten, und sein Telefon war offenbar auf Wahlwiederholung gegangen. Im Vollrausch hatte Kollegin Alisar ihr Hotelzimmer nicht mehr wiedergefunden: Is wech. War einfach verschwunden. Gegen alle Regeln der Physik. Hex, hex.

So ein Vollidiot. Auf mich sauer sein, weil ich am Abend aus meinem Käfig ausgebüxt war, und selbst der Versuchung aus 1001 Nacht einen Platz in seinem Bett anbieten. Na warte.

Ich wählte giftig Jan-Rudis Telefonnummer und bekam nach fünfmaligem Läuten zu hören: »The person you have called is temporarily not available.«

Ich sah auf die Uhr – fast neun. Entweder lag er noch mit Alisar in zerwühlten Laken. Oder er saß mit zerknittertem Gesicht in einem Vortrag. Oder er …

Ich spürte ein flaues Gefühl in der Magengegend. Was hatte mein Ehemann gelallt? Dann schläfst du eben bei mir. In dem Zustand, in dem sich Jan-Rudi befunden hatte, war er bei Bettberührung hundertprozentig in einen komatösen Tiefschlaf gefallen. Aber mittlerweile waren die beiden bestimmt wieder aufgewacht. Und falls es sich bei Alisar nicht um Lady Horror handelte, würde ich meine Hand für Jan-Rudi nicht ins Feuer legen. Wenn ihm eine Gelegenheit so hautnah und mit Restalkohol serviert wurde, käme er wohl kaum auf die Idee, von moralischen Bauchschmerzen geplagt zu werden.

Ich dachte kurz an Frederik. Das war knapp gut gegangen. Doch bei ihm hätte es sich definitiv um ein unverbindliches, ungefährliches Abenteuer gehandelt. Um den perfekten Seitensprung. Bei Alisar war es etwas völlig anderes. Frauen, die aus dem näheren Umfeld stammten, blieben einem erhalten wie ein hartnäckiger Fleck. Was hatte ich neulich zu Jan-Rudi gesagt? Das Ding ist ja kein Radiergummi. Wie passend. Etwas in meinem Bauch zog sich zusammen.

Was Jan-Rudi konnte, konnte ich schon lange. Ich nahm Arwids Visitenkarte und wählte entschlossen seine Nummer. Dieses Mal ging es noch schneller: »The person you have called is temporarily not available.« Dies war nicht mein Tag.

Aus dem Kinderzimmer drang das Jaulen eines Martinshorns. Tatütata, Tatütata, Tatütata. Knöpfchen war aufgestanden und saß mit voller Windel vor einer Polizeistation, die Isy ihr geschickt hatte. Mit Peterwagen, Hubschrauber, Garage, Alarmknopf und ganz vielen Batterien. Das Ding produzierte eine Geräuschkulisse, die glauben ließ, gleich käme Jan Fedder aus dem Großstadtrevier um die Ecke.

»Damit deine Tochter auch mit geschlechtsneutralem Spielzeug versorgt ist«, hatte Isy dazugeschrieben. Ich hatte mich noch nicht bei ihr für das Mutterohreninferno bedankt.

Ich lief ins Arbeitszimmer, suchte in meinem alten Kalender nach der Telefonnummer von Isy und sprach ihr auf die entsetzlich gut gelaunte Mailbox. Dann verpasste ich Knöpfchen mit unterirdischer Laune eine neue Windel. Meine Tochter bestand darauf, ihr Tinkerbellkostüm von der Faschingsparty anzuziehen – lila Tüll mit Schmetterlingsflügeln. Luca war es in dem Alter völlig schnuppe gewesen, was er trug, es durfte nur nicht rosa sein. Diskussionen um eine geschlechtsneutrale Erziehung waren rein akademisch, dachte ich, als ich die fliederfarbene Fee an den Frühstückstisch setzte. Vorzugsweise geführt von kinderlosen Akademikerinnen.

Nach dem Frühstück rief ich Hella an. »The person you have called ...« – jep, das kannte ich bereits. War ich an diesem Vormittag denn die Einzige, die verfügbar war? Immer noch kein Rückruf von meinem Mann. Er war offenbar schwer beschäftigt, mit wem oder was auch immer. Ich nahm nochmals Arwids Visitenkarte und tippte mit grimmiger Entschlossenheit die Handynummer ein. Es klingelte vier Mal. Dann meldete sich eine Frauenstimme am anderen Ende der Leitung und sagte: »Hallo, hier Alexandra Sebastian.«

33

»Oh nein!«, schrie Isy. »Oh nein!«

»Oh doch«, sagte ich.

»Oh Scheiße!«, schrie Isy und fing an, hysterisch zu kreischen.

Ich nickte ins Telefon. Manchmal musste man die Dinge bei ihrem Namen nennen. Bevor Isy anrief, hatte ich eine ausgesprochen schmerzhafte Metamorphose durchlaufen. Da, wo vorher ein Vamp gesessen hatte, stand jetzt ein Schaf. Mein Erkenntnisgewinn hatte mich dermaßen paralysiert, dass ich nur schlaff die Arme hatte hängen lassen, während Knöpfchen ausprobierte, wie weit sie mit einer Tube Zahnpasta kam. Sie reichte vom Bad bis zu Jan Fedder im Kinderzimmer.

»Au!«, kreischte Isy. »Das tut weh.«

»Ja«, sagte ich. »Es ist völlig verstrahlt.« Zum Henker mit dieser Heilpraktikerin!

Nachdem Alexandra Sebastian ans Telefon gegangen war, hatte ich »Entschuldigung, verwählt« gemurmelt und erschrocken aufgelegt. Dann starrte ich minutenlang den Hörer an. Wie konnte es sein, dass Schnatternatter an Arwids Handy ging? Hatte *sie* etwa die Nacht mit ihm verbracht? Sie kannte ihn ja auch. Aber wie war es ihr gelungen, mir die Beute vor der Nase wegzuschnappen?

Ich dachte nach. Am Elbstrand hatte es sich nicht vermeiden lassen, Alexandra aus den Augenwinkeln zu beobachten. Sie hatte ein Windlicht angezündet, eine Wolldecke auf den Boden gelegt, sich und den Picknickkorb darauf drapiert und eine Flasche Wein geöffnet. Fein die Korken sammeln, damit deine beschränkte Nachbarin daraus Nikoläuse basteln kann, hatte ich noch gedacht. Außerdem wunderte ich mich darüber, wie sehr sich Schnatternatter in Szene setzte. Ihr Job bestand sicherlich in erster Linie darin, gut auszusehen. Aber in ihrem knallroten, tief ausgeschnittenen Neckholderkleid hätte sie auch zur Oscarverleihung gehen können.

All the lonely people – where do they all come from?

Ich wusste es, noch bevor ich den Computer im Arbeitszimmer hochgefahren hatte. Mir gefror schlagartig das Blut in den Adern. Die Metamorphose setzte ein. Scharf… war gestern. Schaf war heute. Mäh. Das Klingeln des Telefons weckte mich aus der Schockstarre – Isy.

»Ein argentinischer Schriftsteller!« Isy heulte vor Lachen am anderen Ende der Leitung. Dann schnappte sie nach Luft. »Ich habe eine ganze Menge Kerle kennengelernt«, japste Isy. »Intelligente, gebildete, rhetorisch geschulte Männer. Aber es war bisher kein einziger dabei, der gefühlvolle, durchdachte, fehlerfreie SMS schreiben konnte.«

Ich schloss die Augen. Erde, tu dich auf. Isy hatte ja so recht. Die Liaison zwischen einem Hamburger Fleischermeister und einem preisgekrönten Literaten war geradezu grotesk. Handelsübliche, normalsterbliche Männer bekamen romantische Gefühle beim Anblick eines neuen Akkuschraubersets und sahen in einem Sonnenuntergang ein Zeichen dafür, dass ein guter Augenblick gekommen war, das erste alkoholische Kaltgetränk des Abends zu öffnen. Aber sie hatten bestimmt nichts mit argentinischen Schriftstellern am Hut. Warum war ich bloß nicht schon vorher misstrauisch geworden?

»Es ist alles so grauenhaft«, sagte ich. »Mein Ehemann betrügt mich mit seiner Kollegin, und ich tausche flirtige SMS mit einer Tussi, die ich so liebe und schätze wie einen Magen-Darm-Virus.«

Was für eine Katastrophe. Ich hatte mich durch die Einstellungen von Facebook gewühlt, um Alexandra Sebastian wieder meiner aktiven Freundesliste hinzuzufügen, und hatte mir ihre Kontaktdaten angeschaut. Danach fühlte ich mich wie ein Toastbrot im Regen.

Ich war tatsächlich nie auf die Idee gekommen, die Handynummer zu überprüfen. Statt ein einziges Mal den vernünftigen Menschenverstand einzuschalten, hatte ich mich mit dem Deuten gesandter Zeichen beschäftigt. Wie eine Seherin bei den alten Germanen, die Fischgedärm betrachtete, um nach der Zustimmung der Götter für eine beabsichtigte Handlung zu suchen. Ein Augurium – aus SMS. Völlig gaga.

»Ich fand es ja schon bemerkenswert, dass der Metzger mit dir geflirtet hat, während Jan-Rudi an deiner Stelle bei ihm auf dem Markt war«, sagte Isy. »Kundschaft zu bedienen und gleichzeitig Kurzmitteilungen zu verfassen wäre schon für eine Frau eine hohe Kunst. Dein Fleischermeister wäre der erste Mann auf diesem Planeten gewesen, der Multitaskingfähigkeit bewiesen hätte.«

»Ich bin so blöd«, sagte ich düster. Alexandra Sebastian musste ihre Handynummer auf der Visitenkarte von Arwid Storm notiert haben. »Rufen Sie mich bitte mal an? Ganz liebe Grüße, A. S.« Und dann war das Kärtchen versehentlich in meiner Fleischtüte gelandet – zusammen mit dem Zettel für die Sonderangebote der nächsten Woche.

»Na komm. Wenigstens hast du Alexandra den Abend verdorben«, sagte Isy fröhlich. »Die blöde Kuh hat den ganzen Rotwein allein ausgebechert.«

»Weißwein«, sagte ich matt und dachte an die vielen Kurznachrichten, die ich in den letzten Tagen erhalten und gesendet hatte. »Ich hatte Weißwein bestellt.«

All the lonely people – here do they all come from.

»Und was machst du jetzt mit dem Schlamassel?«, fragte Isy.

»Zuerst werde ich meine Handynummer stilllegen lassen. Dann kontrollieren, ob ich beim Örtlichen Telefonbuch der Rückwärtssuche widersprochen habe. Als Nächstes bei Hella anrufen und sie fragen, ob sie mein olles Handy irgendwo hat liegen sehen. Und schließlich werde ich mit meinem Auto drüberfahren und es grausam zermalmen«, sagte ich.

Ich atmete schwer aus. Verdammte Kiste, noch nicht einmal das würde an diesem gebrauchten Tag funktionieren. Mein Auto war ja auch im Eimer.

»Ich meinte eigentlich: Was machst du jetzt mit Jan-Rudi?«, fragte Isy. Tja, was würde ich mit meinem Ehemann anstellen? Ich würde ihn frostig anschweigen. Ihn eiskalt auflaufen lassen. Ihm irgendwann kalt lächelnd das Band vorspielen. Und ihn dann ins Fegefeuer schubsen.

»Häschen in der Grube, saß und schlief. Armes Häschen, bist du krank, dass du nicht mehr hüpfen kannst«, lallte die hochtalentierte, batterieschwache Opernsängerin mit der vergeigten Karriere aus dem Kinderzimmer. Knöpfchen quiekte vor Vergnügen. »Nochma!«

»Ich habe noch überhaupt keine Ahnung, was ich mit Jan-Rudi mache«, sagte ich müde und kraftlos. Ich hatte gerade das Gefühl, in einem Meteoritenschauer zu stehen, der alles um mich herum in ein Trümmerfeld verwandelte.

Knöpfchen wackelte mit mir zusammen in den Schuppen, um fünf Leckerlis für die Hasen aus dem Einmachglas zu holen. Uschi und Alfred saßen im Salon des Kempinski und mümmelten Salat, Wurzeln und mundgerecht geschnittene Apfelstückchen.

»Mama, guck mal«, sagte Knöpfchen. »Da! Ein Dogel!«

Ich verstand zunächst nicht, was sie meinte. Dann sah ich den großen Vogel mit den blauen Federn, der in den geöffneten Kaninchenstall gehüpft war. Der Eichelhäher sah mich aus seinen schwarzen Knopfaugen emotionslos an. Was plante das Ungeheuer jetzt schon wieder? Der tückische Kerl hüpfte in den Speisesaal, schnappte sich Alfred, der schutzlos vor seinem Mischkostteller saß, und hüpfte mit dem Kaninchen im Schnabel wieder nach draußen.

»Mamaaa!«, brüllte Knöpfchen und begann zu weinen. Ich streckte beide Arme vor, lief hinter dem Vogel her, doch der Eichelhäher breitete die Flügel aus und flog mit der Beute über die Thujahecke davon.

»Alfred, Alfred, du musst strampeln! Du musst dich wehren! Alfred, bleib hier!«, schrie ich.

»Mama?«, fragte Knöpfchen. Ich schreckte aus meinem Hasenalbtraum hoch. Himmel, jetzt war ich tatsächlich bäuchlings über dem Riesenwimmelbuch eingenickt.

Knöpfchen tippte mit dem Zeigefinger begeistert auf die vergrätzte Frau, verzog ihren kleinen Mund und guckte so sauer, als hätte sie in eine Zitrone gebissen. Ich schloss meine kleine Tochter in die Arme und drückte sie fest an mich.

»Eine Untersuchung hat ergeben, dass Männer viel schneller als Frauen sagen: ›Ich liebe dich‹«, erzählte Patrick in der Küche, während ich Spaghetti Bolognese kochte. Ob es Wissenschaftler von der Universität Connecticut oder der Universität Massachusetts waren, die dieses Highlight der Genderforschung ausgegraben hatten, ging im Gebrumme eines Möbelwagens unter, der vor unserer Doppelhaushälfte vorfuhr.

»Warum gehen Männer so leichtfertig mit Liebeserklärungen um?«, fragte Patrick und bat seine Zuhörer, ihn anzurufen.

Es klingelte.

»Weil sie bescheuert sind«, sagte ich zu Patrick und öffnete die Tür. Draußen stand Dagmar, die in der einen Hand einen Blumenstrauß hielt und in der anderen eine Malerrolle. Meine Nachbarin bat mich, für weitere zwei Wochen die Kaninchen zu füttern. Michi befände sich während der Zeit auf einer Dienstreise. Und diese vierzehn Tage brauche sie noch, bis sie den lüsternen Fettsack endgültig ausmustern konnte.

34

Meinen Entschluss, zu meinem ehemaligen Arbeitgeber ins Einkaufszentrum zu fahren, fasste ich nach dem Mittagessen aus dem Bauch heraus. Jan-Rudi hatte angerufen, als Dagmar mir gerade bei einem Glas Wasser die Bedeutung von Thermophorese und Temperaturgefälle erläuterte. Das Telefonat mit meinem Ehemann war knapp ausgefallen. Der Herr befand sich in Eile.

Ein Rentnerehepaar beschimpfte mich, weil Knöpfchen dem Busfahrer selbst das Geld für die Fahrt geben wollte und sie umständlich die Cent-Stücke aus ihrem Küken-Portemonnaie fummelte.

»Verzeihung«, sagte ich. »Ich konnte nicht ahnen, dass in Ihrem Alter bereits jede Sekunde zählt.«

Knöpfchen und ich suchten uns im Bus einen freien Platz. Lieber Gott, dachte ich, was mache ich denn jetzt schon wieder? Ich würde komplett unvorbereitet zu dem Gespräch erscheinen. Zwischen Spüle wischen, Geschirrspüler einräumen und dem Einpassen kleiner Puzzlefiguren in eine Holztafel war ich aufgesprungen, hatte im Einkaufszentrum angerufen und den neuen Chef der Abteilung für Öffentlichkeitsarbeit gefragt, ob ich ihn einmal besuchen dürfte. Er erkundigte sich, ob mir ein Termin vor oder nach seinem Urlaub passen würde. Genau der heutige

Nachmittag, antwortete ich, sei doch wunderbar für ein Treffen geeignet.

Also hatte ich mich sorgfältig zurechtgemacht, mein dunkelblaues Kostüm angezogen, Luca zum Nachbarjungen geschickt und war mit Knöpfchen zum Bus gestöckelt. Ich hatte weder Ideen noch Konzepte gesammelt. Ich war überhaupt nicht im Bilde, welche Aktionen in letzter Zeit durchgeführt worden waren. Womit konnte man Kundinnen ins Einkaufszentrum locken? Gunnar Syster, mein früherer Chef mit dem Namen wie eine Geschlechtskrankheit, hatte sich bei meinem ersten Vorstellungsgespräch breitbeinig hingesetzt, um sich geblickt wie der Sonnenkönig und mich aufgefordert: »Na, dann erklären Sie mir mal, wie Frauen ticken.«

Jetzt bloß keine Nervosität aufkommen lassen. Gab es überhaupt weibliche Strickmuster, die sich in den letzten Jahren erheblich verändert hatten?

Ich dachte an Isy. Sie saß gerade beim Zahnarzt. Weil der Doc aussah wie David Beckham, durfte er den gesamten IGel-Katalog an ihr abarbeiten und verdiente sich dumm und dusselig dabei.

Dagmar tauchte in diesem Moment eine Malerrolle in Zuckermehlwasser und bestrich damit sorgfältig die Gipskartonwände oben im Arbeitszimmer. Nachdem sie sich akribisch über die Wachstumsvoraussetzungen verschiedener Schimmelpilzarten in unterschiedlichen Milieus informiert hatte, schien ihr diese Methode optimal zur effektiven Sporenauskeimung geeignet zu sein.

Hella verteilte jetzt vielleicht gerade Moqui-Marbles von den Hopi-Indianern in der Wohnung, um die ehelichen Dissonanzen aufzulösen. Sie hatte mir gestern vor meinem

Ausflug an die Elbe davon erzählt. Die Quarzsteine beschützten die Besitzer vor dem Bösen, stärkten die Seele, bewahrten sie vor Blitzschlag und verliehen Willenskraft und seelische Stabilität. In dieser Hinsicht hatte Hella einfach eine Vollmeise.

War es wirklich sinnvoll, alle Frauen in einen Sack zu stecken? Und alle Männer in einen anderen?

Knöpfchen und ich stiegen am Einkaufszentrum aus. Vor uns ging das unfreundliche Rentnerehepaar. Sie trugen die gleichen beigefarbenen Windjacken. Beide beigefarbene Hosen. Dazu flache Treter mit Gummisohlen. Die gleiche fahle Kurzhaarfrisur. Die beiden lebten seit Jahrzehnten im selben Stall. So sah es aus, wenn zwei Identitäten zu einer verschmolzen. Auch nicht schön.

Ich brachte Knöpfchen ins Kinderparadies, füllte ein Besitzerkärtchen aus und sah zu, wie meine Tochter an der Hand einer Betreuerin in einem Spielschloss verschwand. Für diese Einrichtung hatte ich mich damals schwer ins Zeug gelegt. Die finale Entscheidung darüber, ob vom Einkaufszentrum eine Kinderbetreuung angeboten wurde, traf die Geschäftsführung, aber wir steuerten Ideen dazu bei. Frauenversteher Gunnar Syster konnte mit einem Kinderclub herzlich wenig anfangen. Er ereiferte sich lieber darüber, ob seine Kundinnen sich für eine Modenschau oder für eine Vorher-Nachher-Verwandlung interessieren würden. Ich hatte argumentiert, Frauen bräuchten erst einmal die notwendige Muße, um sich so etwas überhaupt angucken und danach shoppen gehen zu können.

»Mädchen, hast du eigentlich einen Schimmer, wie viel Kohle so eine Kinderaufbewahrungsanstalt verschlingt?«, hatte Gunnar Syster mich vor der Männerrunde angeraunzt.

»Viel zu viel, wenn man einen Knast daraus macht statt eines Clubs, in den die Kinder gern gehen«, hatte ich zurückgegiftet. Es war im Job nicht immer einfach gewesen.

Ich schlenderte langsam durch das Einkaufszentrum, schaute mir die Aktionsflächen an und beschloss, im Café oben auf der Galerie noch einen Espresso zu trinken, um mit dem Spirit des Hauses wieder vertraut zu werden. Langsam ging ich zu den Fahrstühlen und wühlte dabei in meiner Großraumhandtasche nach einem Lippenstift.

Zuerst sah ich Waldi. Der winzige Hund fegte wie ein entfesselter Kampfschlumpf an meinen Füßen vorbei. Im Schlepptau zerrte er sein Herrchen hinter sich her. Zwischen dem großen Schönen und dem kleinen Biest lagen sicherlich zehn Meter Entfernung. Ich machte erschrocken einen Schritt zur Seite. Der hechelnde Waldi sprang mit einem Satz durch eine Fahrstuhltür, die sich geöffnet hatte. Der Pfeil zeigte nach unten. Im nächsten Moment schloss sich die Tür, die Kabine rauschte in die Tiefe, das Herrchen schrie »Scheiße!«, schmiss sich gegen die Wand und trommelte auf sämtliche Knöpfe. Ich griff nach der Schere in meiner Handtasche und schnitt beherzt die viel zu lange Leine durch, die das Herrchen noch in den Händen hielt.

Der Mann und ich standen vor der geschlossenen Fahrstuhltür und sahen uns kurz an.

»Hoffentlich habe ich jetzt nicht den Köter gehimmelt«, presste der Mann hervor.

»Das wäre dann kein schöner Anblick«, sagte ich.

Er rannte durch das Treppenhaus ins Untergeschoss. Ich rief ihm hinterher, dass ich hier im Erdgeschoss auf den Lift warten würde. Falls sich die Kammer des Schreckens in der Zwischenzeit wieder öffnen sollte, fügte ich still für mich hinzu.

Ich sah auf die Fahrstuhlanzeige. Der Lift verharrte im zweiten Untergeschoss. Ich schickte ein Stoßgebet gen Himmel, dass der Schrumpfhund den kleinen Ausflug überlebt haben möge. Auf die Begegnung mit einer erdrosselten Handtaschentöle hätte ich von Herzen gern verzichtet.

Der Fahrstuhl setzte sich wieder in Bewegung.

»Sie sind eine Heldin«, sagte das Herrchen des beknackten Hundes, als sich die Türen öffneten. Er hielt Waldi auf dem Arm, die Leine baumelte noch knapp über dem Boden. Offenbar war der Bellwurst nichts passiert. Der Mann strahlte mich an. »Aber eines müssen Sie mir verraten: Wie hatten Sie so schnell eine Schere zur Hand?«

Weil ich so etwas aus den Pixibüchern über Petzi, Pelle, Pingo und Seebär gelernt hatte? Aus Pelles Schnabel konnte Petzi auch immer das ziehen, was er gerade dringend benötigte.

»Weil ich die weibliche Antwort auf Angus MacGyver bin«, sagte ich.

Das Herrchen des Schrumpfhundes lachte, gab mir die Hand und sagte: »Mein Name ist Christoph Frederking. Ich würde Sie jetzt sehr gern auf einen Kaffee einladen. Aber ich habe bedauerlicherweise gleich einen Termin. Darf ich Sie später anrufen?«

»Ich bin nicht nur für alle Notfälle gerüstet, sondern kann auch lästige Besprechungen wegzaubern«, sagte ich. »Vergessen Sie einfach Ihren Termin. Sie sind mit mir verabredet.«

Wir gingen ins Café auf der Galerie, bestellten Kaffee und Kuchen und verbrachten die nächste Stunde damit, uns sympathisch zu finden. Christoph Frederking hatte vor sechs Monaten den Job von Gunnar Syster übernommen. Er erzählte, dass Waldi eigentlich seinem Nachbarn gehörte, der sich nach einem Schlaganfall in einer Rehaklinik aufhielt.

»Nicht auszudenken, was passiert wäre, wenn ich diesen Hund umgebracht hätte. Der Mann hängt sehr an dem Tier. Und ich hätte dich fast gehenkt«, sagte Christoph Frederking zu Waldi und streichelte das Kläffhörnchen. Die vollständige Genesung seines Nachbarn sei aber noch keineswegs gesichert. Vielleicht müsse er den Hund demnächst in einem Hundekindergarten unterbringen.

Ich überging dieses heikle Thema. Über die Betreuungsmöglichkeiten für meine Kinder hatte ich mir bei dieser Hauruckaktion noch gar keinen Kopf gemacht. Meine Elternzeit endete ja erst in fast einem Jahr.

»Im Moment ist eigentlich keine Stelle frei«, sagte Christoph Frederking. »Aber ich hätte Sie sehr gern in meinem Team. Ihre praktische Art zu denken gefällt mir. Vielleicht kann ich etwas tricksen. Habe ich eigentlich Ihre Handynummer?«

Als wir uns voneinander verabschiedeten, versprach ich, ihm meine Kontaktdaten per SMS zu schicken. Dann ging ich in den Telefonladen, machte den arroganten Verkäufer zur Schnecke, flirtete ein wenig mit seinem kompetenten, hilfsbereiten Kollegen und verließ das Einkaufszentrum mit Knöpfchen, einem neuen iPhone und einer jungfräulichen Telefonnummer. Wir fuhren nach Hause. Ich nickte Klein-Arthur im Matrosenanzug zu, der immer noch von der Pinnwand verkündete: »Du fragst mich, was soll ich tun? Und ich sage: Lebe wild und gefährlich«. Ich schaute auf die Termine der Müllabfuhr. Heute war Grau dran.

»Häschen in der Grube, hüpft und springt, Häschen, bist du schon kuriert, das Häschen rennt und galoppiert«, lallte die graue Mülltonne, als sie an der Straße stand. Von Rechts wegen hätte ich die Batterien herausnehmen müssen, bevor ich dieses Schwachmateninstrument mit der Opernsängerin entsorgt hatte. Aber wollte ich für immer und ewig die Einzige sein, die sich an alle Regeln hielt?

35

»Nein«, sagte ich zu Paula. »In einer Ehe, die länger andauert als die Mindesthaltbarkeit einer Konservendose, darf man durchaus mal Geheimnisse haben. Einen kleinen Flirt braucht man nicht an die große Glocke zu hängen. Aber es gibt Spielregeln.«

Ich zupfte vorm Spiegel an dem Baseballkäppi über meinen Haaren herum, zog mir meine Lederjacke über, griff nach dem Autoschlüssel und ging zur Haustür.

»Regel 1: Sich verlieben ist verboten. Regel 2: Sich erwischen lassen ist erst recht verboten. Natürlich bedeutet ein Seitensprung nicht das Ende einer Ehe«, sagte ich. »Deshalb stelle ich ja nicht gleich meinen Lebensentwurf in Frage. Aber Stil ist auch nicht das Ende eines Besens. Ein bisschen weniger bescheuert hätte sich Jan-Rudi doch gern anstellen dürfen. Jetzt bläst er sich auch noch auf. So viel Borniertheit beleidigt den gesunden Menschenverstand.«

»J. R. ist ein Mann«, sagte Paula. »Die sind so.«

Ich hatte Paula gebeten, am Abend als Schlafbewacherin von Knöpfchen einzuspringen – sehr zur Freude von Luca und Vincent, die sich bereits im Kinderzimmer verbarrikadiert hatten. Jan-Rudi war noch immer in Frankfurt und fühlte sich im Recht, angefressen auf mich reagieren zu dürfen. Mein olles Handy war in seinem Koffer gelandet, und dort hatte es sich die Seele aus dem Leib gebimmelt. Als mein Mann kurz in sein Hotelzimmer schaute und es zufällig wieder einmal bimmelte, hatte er den Anruf von Isy, Handy privat angenommen. Alexandra Sebastian am anderen Ende der Leitung war eindeutig volltrunken gewesen und hatte ihn wüst beschimpft, weil er die Verabredung mit ihr nicht eingehalten und dafür keine plausible Erklärung anzubieten hatte. Jan-Rudi hatte kein Wort kapiert – und dann war der Akku alle. Weil mein Mann fürchtete, Isy sei akut durchgeknallt, hatte er bei uns zu Hause angerufen und dort zu seiner Überraschung mit Hella telefoniert. Dumm von mir, dass ich am nächsten Morgen behauptet hatte, ich hätte mich an dem Abend spontan mit Isy getroffen. Ertappt. Noch viel, viel dümmer war natürlich, dass Jan-Rudi die Geschichte vom verschwundenen Hotelzimmer auf unserem Anrufbeantworter dokumentiert hatte. Diesen Trumpf ließ ich vorausschauend im Ärmel. Für den Moment herrschte zwischen Jan-Rudi und mir Funkstille – auch eine Form der Kommunikation.

Ich setzte mich ins Auto und fuhr nach St. Pauli. Victor hielt sich mittlerweile für ein paar Tage in Hamburg auf. Doch bevor ich mich mit dem Falken beim Edelitaliener in Eimsbüttel traf, wollte ich mir inkognito ein Bild von ihm machen. Ich musste unbedingt wissen, welche Gefühle er noch bei mir auslösen konnte. Auf keinen Fall würde ich wie das Kaninchen vor der Schlange vor Victor sitzen und unvermittelt in seinem Hotelzimmer landen. Wenn ich mich schon auf ein kleines Abenteuer einließ, dann nur auf ein gut durchdachtes.

Paula war der Ansicht gewesen, dass Victor das Potenzial für einen perfekten Seitensprung mitbrachte – unverbindlich, ungefährlich, aber wild. Nach ihrer Theorie war es magenschonender, eine Fantasie einfach mal auszuleben, statt sie ein konfliktfreies Eigenleben führen zu lassen. Bei der Knallgasverbindung zwischen Jörg und ihr hatte es gewaltig »bumm« gemacht. Doch dann war es wie in der Chemie: Wenn Sauerstoff auf Wasserstoff traf, gab es nach einem Funkenflug zwar eine gewaltige Explosion, aber am Ende entstand doch nur gewöhnliches Wasser.

Ich hatte mir Victors Facebook-Profil und seine Homepage genau angesehen. Obwohl er jetzt bereits über fünfzig war, sah er noch dramatisch gut aus. Wie ein russischer Prinz, der nach Feierabend auf einem Wallach ohne Sattel durch die kasachische Steppe ritt. Er war prima im Geschäft, und er fotografierte fast ausschließlich Männerträume: bildschöne Frauen und unbezahlbare Autos an den sonnigsten Plätzen dieser Welt. Über Facebook hatte Victor mitgeteilt, dass er heute Abend zu einem Konzert ins Übel & Gefährlich gehen würde. Ich kannte den Club mit dem verheißungsvollen Namen. Mich würde er dort bestimmt nicht vermuten.

Während ich fuhr, tippte ich auf meinem Autoradio die verschiedenen Hamburger Radiosender durch.

»Nein«, sagte ich zu Patrick, »du heute nicht.« Irgendwie stand mir der Sinn gerade nach Musik aus den Achtzigern.

»Ich habe noch immer ein Faible für die venezianische Küche«, hatte Victor mit seiner rauen Stimme zu mir gesagt, als ich ihn anrief, um ihm meine neue Handynummer zu geben.

»So, so«, hatte ich geantwortet. »Vielleicht sollten wir

uns dann doch lieber in einer venezianischen Eisdiele treffen.« Ich wusste genau, worauf er anspielte.

Wir waren damals an einem Januarwochenende mit dem Zug nach Venedig gefahren. Die Stadt war menschenleer, durch die schmalen Gassen zog eine feuchte Kälte, die einem bis in die Knochen drang. Auf dem Markusplatz froren nur die Tauben. Das kleine Hotel, in dem wir abgestiegen waren, hatte kaum Gäste, klamme Bettwäsche und Eisblumen an den hohen Fenstern. Schicksalsergeben hatten wir fast die ganze Zeit im Bett verbracht. Nur zum Abendessen mussten wir uns aus der Umklammerung lösen und beobachteten in einem Restaurant am Canal Grande ein italienisches Paar, das sich melodramatisch stritt. Die Frau beschimpfte den Mann, zog ihn an den Haaren, trommelte gegen seine Brust, kippte ein Glas Rotwein auf sein weißes Hemd, kratzte und biss. Der Mann drückte schließlich ihre fuchtelnden Arme auf ihren Rücken, hob sie hoch, und die beiden sanken knutschend hinter einem Tisch zu Boden.

»Leidenschaft ist die ehrlichste Basis für eine Beziehung«, hatte Victor behauptet. Danach waren wir wieder ins Hotel gegangen und hatten damit fortgefahren, uns gegenseitig aufzufressen.

Vielleicht, dachte ich, als ich meinen Wagen am Heiligengeistfeld parkte, wäre Victor tatsächlich der ideale Lover, den man einmal im Jahr für die besonderen Augenblicke des Lebens treffen konnte. Ich versuchte, mich an meine letzten sehr emotionalen Momente zu erinnern. Frederik hatte immerhin für ein gewisses Kribbeln gesorgt – bis die Läuse die Regie übernahmen. Aber wann hatte ich mich richtig glücklich gefühlt?

Knöpfchen malt ein Gesicht mit Haaren.

Luca platzt fast vor Stolz, weil er bei den Bundesjugendspielen Klassenbester im Werfen geworden ist.

Eine Hose passt wieder in Größe 38.

Mein freundlicher Schrauber ruft an, weil mein Auto schon wieder repariert ist und nur der Verschluss vom Ölmessstab zerbröselt war.

Diese Bilanz hatte deutlich Luft nach oben.

Ich ging zu dem großen, grauen Bunker neben dem Heiligengeistfeld und kaufte mir eine Eintrittskarte. Das Gebäude war ein gewaltiger, fast quadratischer Klotz. Der schummrige Club befand sich im vierten Stockwerk und verfügte nur über einen schmalen Eingang. Weil das Konzert erst in einer Stunde begann, befand sich lediglich eine Handvoll Menschen in dem Saal. Ich besorgte mir eine Cola und drückte mich in eine dunkle Ecke hinter der Bar, von der aus ich die geöffnete Tür gut im Blick hatte.

Der Laden füllte sich. Ich starrte angestrengt durch das Schummerlicht auf den Eingang und spähte an einem riesengroßen Kerl vorbei, der mir die Sicht zu nehmen drohte. Der Typ erinnerte mich entfernt an Gérard Depardieu. Ob ich öfter mal im Übel & Gefährlich sei, wollte der Hüne von mir wissen.

»Je ne comprends pas«, antwortete ich.

»Wie entzückend! Bist du Französin? Woher kommst du? Ich liebe dieses Land!«, sagte der Mann in perfektem Französisch zu mir. Ich schüttelte meinen Kopf und bedachte ihn mit einem Bei-mir-beißt-du-auf-Granit-Blick. So gut war mein aktiver französischer Wortschatz nun auch nicht mehr.

»Entschuldige. Kannst du mir sagen, wie spät es ist?«, fragte mich ein blonder Typ, der ein Bier in der Hand hielt.

Ich schaute auf die Uhr und antwortete: »Gleich 21 Uhr.«

Sein Kumpel schob ihn zu Seite und bemerkte: »Gleich wird er zu dir sagen: ›Ich muss mir doch merken, wann ich dich kennengelernt habe.‹ Glaube mir, mein Freund sieht zwar aus wie James Dean, aber er ist doof.«

Ich verdrehte genervt die Augen. In der freien Wildbahn liefen wahrlich jede Menge beknackte Kerle herum.

Als Victor endlich den Club betrat, hatte die Independentgruppe bereits mit der Show begonnen. Ich drückte mich tiefer in meine dunkle Ecke. Auf die Entfernung sah der Falke fantastisch aus. Victor blieb in der Nähe der Tür stehen und drehte sich um. Damit hatte ich rechnen müssen: Er war nicht allein gekommen. Neben ihm stand eine Frau mit einer sehr zierlichen Figur und hüftlangen, weizenblonden Haaren. Er legte eine Hand auf ihre Taille und küsste sie in den Nacken. Natürlich war es sein gutes Recht, mit seiner Freundin zu einem Konzert zu gehen. Vielleicht war sie auch nur eine Zufallsbekanntschaft. Oder ein Model, das er vom Shooting abgeschleppt hatte. Er durfte schließlich machen, was er wollte. Und wir beide waren ja tatsächlich nur zum Essen verabredet. Aber intuitiv wusste ich, dass mich etwas an der Szene störte.

Victor fingerte sein Handy aus seiner Jacke, küsste die Frau noch einmal aufs Haar und ging wieder vor die Tür, offenbar um zu telefonieren. Die Frau schob sich durch die Menschenmenge an den langen Tresen. Ich konnte sie jetzt genauer betrachten. Victors Freundin sprach mit dem

Barkeeper, der den Kopf schüttelte und abwehrend die Hände hob. Sie verzog ihr ausgesprochen hübsches Puppengesicht. Ich fühlte, wie sich Entsetzen in mir breitmachte. Bei Victors Begleitung handelte es sich eindeutig um ein sehr junges Mädchen. Ihr Alter konnte ich nicht genau einschätzen – volljährig war die Kleine mit Sicherheit noch nicht. Hoffentlich war sie wenigstens schon sechzehn.

Aus den Augenwinkeln sah ich, dass Victor in den Club zurückkam. Wenn ich denn überhaupt wieder Gefühle für ihn entwickelt hatte, waren sie auf einen Schlag mausetot. Welche Frau von Format interessierte sich für einen Mann, der blutjunge Mädchen küsste? Das war einfach nur armselig. Eklig. Bedauernswert. Auf keinen Fall wollte ich Victor begegnen. Weder heute, noch an irgendeinem anderen Tag. Das war's – Klappe zu, Affe tot.

Ich stürzte mich aus meiner dunklen Ecke ins Gewühle, kämpfte mich durch das Publikum. Direkt neben der Bühne leuchtete ein grünes Notausgangsschild. Ich drängelte mich durch die tanzenden, klatschenden, fröhlichen Menschen und quetschte mich vor bis zur Absperrung.

»Ich muss hier raus«, flehte ich einen Security-Mann an, der den Notausgang bewachte.

»Keine Chance«, sagte er.

»Mir ist übel«, presste ich hervor.

»Sorry, du musst den Ausgang da hinten nehmen«, erwiderte der Mann und deutete auf die schmale Tür, in deren Nähe irgendwo Victor und seine Lolita standen. Die Independentgruppe verursachte mit ihren Schrabbelgitarren einen Höllenlärm, und ich dachte: Dann kotze ich dem bösen Wachmann eben vor die Füße.

Der Typ schien die seltene männliche Gabe des Gedankenlesens zu besitzen.

»Na gut«, sagte er schließlich auf meinen verzweifelten Blick hin und half mir über das Absperrband. Im Backstagebereich überreichte er mich pflichtschuldigst an zwei Sanitäter, die sich aufrichtig freuten, endlich etwas zu tun zu bekommen. Die beiden versuchten, mich auf eine Trage zu verfrachten. Nein, mein Blutdruck war in Ordnung, nein, ich würde nicht zusammenklappen, verdammt, ich wollte nicht an mir herumfummeln lassen und wenn sie nicht sofort die Pfoten von mir nähmen, würde ich zubeißen.

»Ich bin kerngesund, bei vollem Verstand und will einfach nur hier raus«, zischte ich.

»Nanu, Angie?«, sagte plötzlich eine vertraute Stimme zu mir. »Fandest du das Konzert so schlecht, dass du gleich über den Notausgang flüchten musstest?«, fragte Patrick und schaute mich sehr belustigt an.

»Hilfe, Patrick!«, sagte ich gequält.

Oh Schande, jetzt war ich schon wieder erwischt worden. Richtig, Patricks Radiosender präsentierte ja das Konzert. Ich sah ihn zerknirscht an, nahm das verrutschte Baseballkäppi vom Kopf und schüttelte trotzig meine Haare. Die Sanitäter ließen enttäuscht von mir ab. Keine Mund-zu-Mund-Beatmung. Keine Herzmassage. Kein Freimachen des Oberkörpers. Wieder nur Langeweile.

»Jan-Rudi weiß nicht, dass ich hier bin. Aber der Abend war nur ein ganz großer Irrtum. Meinst du, du könntest einfach vergessen, mich hier gesehen zu haben?«, fragte ich Patrick.

»Ich rette gern schöne Frauen aus den Händen übereifriger Sanitäter«, sagte Patrick und grinste. »Auf meine Diskretion kannst du dich verlassen. Ich habe dich hier nie getroffen. Und jetzt bringe ich dich erst einmal nach draußen.«

36

Wann hatte ich eigentlich ein Talent dafür entwickelt, mich ständig so zum Deppen zu machen? Ich saß einige Tage später mit vierundzwanzig anderen Müttern auf dem eingezäunten Spielplatz des Kindergartens Hoppetosse und bastelte aus leeren Klopapierrollen Hasenohren. Unsere Kinder lernten in der Zwischenzeit, sich in angstfreier Umgebung Autonomie zu erarbeiten. Wir praktizierten das Berliner Modell.

Ich hätte auch beim Delmenhorster Modell oder bei der Castrop-Rauxel-Methode mitgemacht. Es war wie ein Sechser im Lotto gewesen, dass ein Kindergarten in unserer Nähe das altersgemischte Pilotprojekt »Geschwistergruppe« gestartet hatte und aus Gründen der richtigen Zusammensetzung noch einen Platz für ein zweijähriges Mädchen anbot. Bevor Knöpfchen den Zuschlag erhalten hatte, wurde ich auf Herz und Nieren geprüft. Zwischendurch hätte ich gern eingewandt, dass meine Tochter und nicht ich den Kindergarten besuchen sollte. Aus taktischen Gründen hatte ich den Gedanken jedoch für mich behalten.

»Jedes Kind hat das Recht auf Erwachsene, die sich mit ihrer eigenen Biographie auseinandergesetzt haben«, hatte die Leiterin des Kindergartens im Bewerbungsgespräch zu mir gesagt und mich aufgefordert, spontan einen Begriff aus meiner Lebenswelt auf einen Zettel zu schreiben.

»Interessant«, sagte die Leiterin dann und guckte mich neugierig an. »Doch erklären Sie mir mal: Wie wurden Sie durch Hasen geprägt?« Es war gar nicht so einfach gewesen, sich aus dem Stegreif eine Geschichte auszudenken, die der Political Correctness der Einrichtung entsprach.

Eine endgültige Zusage von Christoph Frederking, dass ich schon bald einen Job in seiner Abteilung bekommen könnte, stand noch aus. Aber er hatte mir fest versprochen, sich mit Hochdruck um eine Stelle zu kümmern, und mir am Telefon noch einmal versichert, dass ich eine Bereicherung für seine Abteilung wäre. Wenigstens aus dieser Richtung gelangte etwas Sonnenschein in die Dunkelheit, die mich gerade umgab. Als Jan-Rudi von seinem Kongress in Frankfurt wieder nach Hause gekommen war, hatte ich ebenfalls etwas Helles am Ende des Tunnels gesehen. Aber dabei handelte es sich um die Lichter eines entgegenkommenden Zuges – bei uns waren die Fetzen geflogen.

»Da ist überhaupt nichts passiert«, hatte Jan-Rudi behauptet, nachdem ich ihm seine Nachricht vom Anrufbeantworter vorgespielt hatte. Die Aufnahme war ihm zwar etwas unangenehm, aber keineswegs richtig peinlich. Mein Mann zeigte keine Spur von Schuldbewusstsein. Stattdessen nahm er den Ranunkelstrauß, den ich von Dagmar fürs Hasenfüttern bekommen hatte, kopfschüttelnd aus dem Whiskeyglas und stopfte ihn wortlos in eine weiße Plastikrührschüssel.

»Du liegst mit deiner Kollegin im Bett und willst mir erzählen, es sei nicht das, wonach es aussieht?«, schrie ich. Für wie doof hielt er mich eigentlich?

»Hör mal zu. Ich war betrunken. Alli war auch betrunken. Wir haben uns in unseren Klamotten aufs Bett gelegt, und als ich morgens aufgewacht bin, war sie schon wieder verschwunden«, sagte Jan-Rudi. »Außerdem ist sie überhaupt nicht mein Typ. Sie ist brünett und hat klapperdürre Beine. So. Und jetzt erklärst du mir bitte, was du an dem Abend wirklich gemacht hast. Mit Isy hast du dich definitiv nicht getroffen. Also: Warum lügst du mich an?«

Ich bekam einen hysterischen Anfall. Selbstlosigkeit und Einfühlungsvermögen hatten Wissenschaftler des Primatenforschungsinstituts der Universität Kyoto sogar bei Schimpansen nachgewiesen. Auf dem Y-Chromosom meines Ehemannes schien nicht ausreichend Platz dafür gewesen zu sein.

»Kannst du nicht ein einziges Mal sachlich bleiben?«, hatte Jan-Rudi betont kühl gefragt.

»Nein, das kann ich nicht!«, brüllte ich. »Und dein Whiskeyglas lebt gerade ganz gefährlich.«

Der Kindergarten Hoppetosse verfolgte den pädagogischen Ansatz, dass die Kinder in einer angstfreien Umgebung ihre bereits zahlreich vorhandenen Kompetenzen üben und verfeinern sollten. Während der Eingewöhnungszeit waren die Mütter der neuen Kinder aufgefordert, sich zunächst aktiv in die Prozesse mit einzubringen, um dann sukzessiv Redundanz zu erlangen. Übersetzt: Zuerst artig mitspielen, um sich dann schrittweise vom Acker zu machen.

Bei dem ersten Morgenkreis, an dem ich teilnehmen durfte, warfen wir uns zur Begrüßung gegenseitig einen Ball zu. Unter rhythmischem Klatschen und Stampfen sprachen wir dem pädagogischen Fachpersonal nach:

»Wer hat die Kekse aus der Dose geklaut?«

»Angela!«, singsangte Erzieherin Gerlinde.

Das war mein Einsatz. »Wer? Ich?«

Alle: »Ja, du!«

»Nie-mals!«, sagte ich und warf den Ball weiter. »Die Bärbel hat die Kekse aus der Dose geklaut ...«

Anschließend fassten wir uns alle an den Händen, hüpften und sangen: »Ich bin ein dicker Tanzbär und komme aus dem Wald. Ich such mir einen Freund und finde ihn schon bald. Ei, wir tanzen hübsch und fein, von einem auf das andere Bein.«

»Japanisches Managertraining ist pillepalle babyleichte Kinderkacke gegen das hier«, flüsterte ich Bärbel zu, als wir uns die Hasenohren aufsetzten.

»Wenn sie es von mir verlangen, hopple ich mit den Klorollen auf dem Kopf von hier bis nach Cuxhaven«, sagte Bärbel. »Hauptsache, ich habe einen Kita-Platz.«

Ich nickte. Die Abhängigkeit, in der sich Mütter befanden, machte sie beliebig erpressbar. Männer würden sich nie im Leben so korrumpieren lassen. Bärbel lebte als alleinerziehende Mutter mit ihrem zwölf Monate alten Sohn Paul zusammen und war zwingend darauf angewiesen, wieder Geld zu verdienen, wenn sie sich keine spätrömische Dekadenz unterstellen lassen wollte. Während des vierstündigen Elternabends vor Beginn der mehrwöchigen Eingewöhnungsphase hatten wir häufig stumme Blicke ausgetauscht. Es hatte Ewigkeiten gedauert, bis alle frühkindlichen Kompetenzen in Flip-Charts präsentiert worden waren. Und es wäre vielleicht etwas schneller gegangen, wenn die ambitioniertesten Mütter der Runde nicht so lange darüber diskutiert hätten, ob Englisch, Chinesisch oder die Heranführung an Streichinstrumente geeignete Fördermaßnahmen für unseren Nachwuchs darstellen würden, der später in der globalisierten Welt zu bestehen hatte.

Und jetzt bestand meine vornehmste Aufgabe darin, anwesend zu sein und den Prozess zu begleiten, bis meine Tochter im Kindergarten angekommen war. »Im selbstbestimmten Spiel lernen die Kinder, ihre Rolle in der Gruppe zu finden«, hatte Gerlinde uns erklärt. Und das bedeutete für uns Mütter: auf kleinen Kinderstühlen hocken und warten. Warten. Und warten.

Ich hatte mir in den letzten Tagen viele Gedanken über die Fünftel-Formel gemacht, von der ich in einer Frauenzeitschrift gelesen hatte. Wie zufrieden man mit seinem Leben war, hing nur zu zwanzig Prozent von der Beziehung ab. Kinder, Arbeit, das Zuhause und Hobbys bildeten das Gegengewicht. Und wenn ich Jan-Rudi nicht ändern konnte, musste ich eben an den anderen Schrauben drehen.

Ich dachte an Hella. Nach endlosen Krisengesprächen hatte Patrick schließlich eingesehen, dass er auf die Elbe und auf Denise verzichten musste, wenn er nicht die Hölle auf Erden erleben wollte. Er schleppte wohl gerade reumütig Hellas Buddhafiguren und die Ganeshastatue von der HafenCity in den Eichelhäherweg. »Patti wird mir für dieses Abenteuer büßen«, hatte Hella kühl gesagt und mir schon einmal grob skizziert, mit wie viel Gemeinheit sie ihre Rachegelüste ausleben würde. Vergiftete Rache nicht das eigene Karma?

Ich beobachtete Knöpfchen, die im Sandkasten saß und in einer Suppe rührte. Die Jungs malträtierten Bobbycars oder Roller, schrien »Brumm-Brumm«, »Huuup-Huup« und fuhren sich vorsätzlich über den Haufen. Die etwas größeren Mädchen spielten Mutter und Kind. Oder Mutter, Vater und Kind. Oder Mutter, Vater, Kind und Pferd.

»Wer behauptet, dass es zwischen Männlein und Weiblein keine nennenswerten Unterschiede gibt, muss nur mal einen Vormittag im Kindergarten verbringen«, sagte ich zu Bärbel.

Ein kleiner Junge forderte von einem anderen seinen Eimer zurück und schlug ihm nach dessen Weigerung mit einer Schaufel auf den Kopf. Das fiel wohl in den Kompetenzbereich »Konflikte konstruktiv aushandeln«. Zwei größere Mädchen zickten sich an: »Ich habe ein Filly-T-Shirt und du nicht, bäbä-bäbä-bääbää!« Das stammte eindeutig aus dem Kompetenzfeld »Eigene Identität herausfinden«.

Bärbel und ich schauten uns erschrocken um, weil Erzieherin Gerlinde panisch von einer Bank aufgesprungen war, wild mit den Armen ruderte und sich die Seele aus dem Leib schrie. Ein Junge hatte sich von hinten an sie herangeschlichen und ihr eine tote, leicht verweste Amsel unter die Nase gehalten. Ob das in den Kompetenzbereich fiel, die Welt mit allen Sinnen angstfrei zu begreifen?

»Wie viele Unterhosen nehmen Frauen und Männer auf eine siebentägige Reise mit?«, fragte Patrick kurz vorm Abendessen. »Die Umfrage eines Unterwäscheherstellers hat ergeben: Frauen packen zehn ein, Männer nehmen nur drei mit.«

»Womit endlich bewiesen wäre, dass weder Männer noch Frauen vernünftig rechnen können«, sagte ich zum Radio. Ich stand in der Küche und schmierte Knöpfchen ein Brot mit Bärchenwurst. An diesem Samstag hatte ich mich wieder in die lange Schlange vor Arwids Fleischparadies gestellt und mir alle Mühe gegeben, unbefangen zu wirken.

»Ah, die Sonne geht auf«, hatte Arwid zur Begrüßung gesagt und mich angestrahlt. Dann hatte er sich weit über die Theke gebeugt und mir etwas leiser zugeraunt: »Frau Winter, das wollte ich Ihnen schon immer einmal sagen: Sie haben nicht nur wunderschöne Augen, sondern auch einen unergründlichen Blick.«

Ich sah ihn freundlich an und lächelte unverbindlich zurück. Schon klar, Herr Storm. Ich war nicht mehr so naiv, Arwids Komplimente für bare Münze zu nehmen. Einige Männer redeten nur, um lustige Geräusche zu machen.

Ich schnitt einen Apfel, eine halbe Gurke und zwei Möhren in mundgerechte Stücke. Patrick spielte mit seinen Hörern »Wünsch dir deinen Lieblingssong« und forderte sie auf, ihn im Studio anzurufen. Heute war »Tag der Ehrlichkeit«. Darüber konnte man besser plaudern als über den »Tag des Butterbrotes«, der gestern begangen worden war.

»Was glaubst du: Was ist der Unterschied zwischen Ehrlichkeit und Wahrheit?«, fragte Patrick einen Torsten aus Winterhude, der sich »True love« für seine Freundin Katja wünschte und sie damit um eine zweite Chance anflehte.

»Na ja«, sagte Torsten, »so heftig lügen soll man wohl lieber nicht. Man wird ja meistens doch erwischt. Aber Katja kann auch nicht von mir verlangen, dass ich mich immer gleich um Kopf und Kragen rede.«

Bei der Wahrheit handelte es sich in der Tat um eine tückische Angelegenheit, dachte ich, während ich Salatblätter in kleine Stücke rupfte. Ob Jan-Rudi in Frankfurt wirklich nicht mit seiner Kollegin geschlafen hatte, würde sich wohl nie zweifelsfrei aufklären lassen. Vermutlich war mein Mann ehrlich gewesen, als er behauptet hatte, Alisar sei bereits aus seinem Hotelzimmer geschlichen, bevor er wieder aufgewacht war. Aber über die Wahrheit, die sich in der Zeit dazwischen ereignet hatte, legte sich für immer und ewig der Schleier der Amnesie.

»Wen habe ich denn jetzt in der Leitung?«, fragte Patrick im Radio.

»Hi. Ich heiße Frederik«, sagte eine Stimme, die mich stutzen ließ.

»Und woher kommst du?«, fragte Patrick.

»Aus Kiel«, sagte Frederik.

»Im Sommer kann man es in Kiel auch gut aushalten«, sagte Patrick. »Leg los: Was kann ich denn heute am Tag der Ehrlichkeit für dich tun?«

»Also, ich suche nach einer Frau, die es mit der Wahrheit nicht so genau nimmt. Vermutlich wohnt sie in Hamburg. Und sie hat behauptet, sie hieße Anjela«, sagte Frederik.

Ich ließ die Schale mit dem Mischkostteller für die Hasis zu Boden plumpsen.

»Das klingt nach einer spannenden Geschichte«, freute sich Patrick. »Wo seid ihr euch denn begegnet?«

»Ich habe sie auf der Norwegenfähre von Kiel nach Oslo kennengelernt. Wir haben einen ausgesprochen lustigen Abend miteinander verbracht und wollten eigentlich noch Champagner zusammen trinken. Leider ist sie mir dann einfach davongelaufen. Sie hat behauptet, sie habe Läuse. Ich bin mir sicher, dass das geflunkert war. Ich glaube, sie hatte einfach Bammel, dass zwischen uns Gefühle ins Spiel kommen könnten«, sagte Frederik.

Ich starrte das Radio an.

Patrick lachte und fragte: »Was weißt du denn noch über die Frau, außer dass sie vielleicht Anjela heißt, vielleicht in Hamburg wohnt und vielleicht Läuse beherbergt?«

»Sie ist ausgesprochen hübsch«, sagte Frederik. »Sie küsst sehr gut. Und sie ist fast überhaupt nicht zickig.«

»Ehrlich? So etwas gibt es wirklich?«, fragte Patrick gedehnt. »Das klingt ja nach einer Traumfrau. Obwohl – eine Lady mit Läusen … Naja, das ist wohl Geschmackssache. Kannst du Anjela noch ein bisschen genauer beschreiben? Wie sieht sie denn aus?«

Ich zückte das Messer, mit dem ich die Gurken und den Apfel kleingeschnitten hatte, und richtete es drohend gegen das Radio. Wehe, Frederik, wehe! Es war ihm doch selbst aufgefallen, dass ich einen Ehering trug. Wenn er mich jetzt im Radio beschrieb, käme das ja einer öffentlichen Fahndung gleich! Für harmloses Knutschen gleich so an den Pranger gestellt zu werden – aaargh!

I would kill him!

»Vielleicht hat Anjela ihre Gründe, unerkannt bleiben zu wollen«, sagte Frederik. »Aber möglicherweise hört sie uns jetzt zu. Sie hat mir erzählt, dass sie meistens euren Sender eingestellt hat. Deshalb würde ich dir einfach gern meine Handynummer geben. Vielleicht habe ich Glück, und sie meldet sich bei euch.«

Patrick lachte. »Also, liebe unbekannte Anjela: Dann mal ran ans Telefon. Ruf mich an! Eine Frau, die hübsch ist, nicht zickig und dabei noch gut küsst, würde ich auch gern mal kennenlernen. Läuse hin oder her. Das nächste Lied ist nur für dich!«

»Angie, Aaangieee …«, jaulte Mick Jagger.

Ich ließ das Messer langsam wieder sinken, sammelte Salatfetzen vom Boden auf und fragte mich: Was war das gerade? Wie hoch war die Wahrscheinlichkeit, dass Jan-Rudi es auch gehört hatte? Und wie viele verlauste Anjelas, die mit Norwegenfähren fuhren, mochte es in Hamburg geben?

In genau diesem Moment brach der Alarm von allen Seiten gleichzeitig aus. Das Telefon im Wohnzimmer klingelte. Mein neues Handy in der Großraumhandtasche klingelte. Es klingelte an der Haustür. Durch die offene Terrassentür kam Knöpfchen vom Garten hereingelaufen und sagte atemlos: »Hasi! Ups!«

Meine Multitaskingfähigkeit stieß gerade deutlich an ihre Grenzen.

37

»Hi, Anjela«, sagte Patrick, der vor der Haustür stand.

»Hä?«, sagte ich und sah ihn verständnislos an.

»Wie schön!«, kiekste Paula durchs Telefon. »Das war er doch, oder? Das war doch dein Frederik! Der sucht nach dir! Das war das Romantischste, was ich seit langer Zeit im Radio gehört habe!«

»Ich rufe dich später zurück«, sagte ich zu Paula und starrte wieder Patrick an.

»Eine neue Studie aus Österreich hat ergeben: Verheiratete haben doppelt so häufig Übergewicht wie Ledige. Mich wundert das gar nicht. Die meisten haben ja ihren Ehepartner gefressen«, sagte der Patrick im Radio und lachte.

»Ist dein Mann zu Hause?«, fragte der Patrick vor der Haustür. »Ich bräuchte mal seinen Koffer mit dem Akkuschrauber.«

»Ich bin komplett nüchtern, aber ich höre überall Stimmen«, sagte ich und kniff mich in den Arm. Knöpfchen klammerte sich an meinem Bein fest und guckte den Onkel an der Tür misstrauisch an.

»Hallo, Süße«, sagte Patrick zu Knöpfchen und grinste mich an, weil ich ihn noch immer ansah wie einen Alien. Er küsste mich leicht auf die Wange und fügte hinzu: »Dieses Gerede, dass Männer keine zwei Dinge auf einmal können, ist doch ein großer Quatsch. Darf ich reinkommen?«

Während sich Patrick auf unserer Terrasse in die Abendsonne setzte und meine Einladung zu einem Glas Wein dankend annahm, beglückwünschte Patrick im Radio eine Beate aus Bergedorf, die sich orgiastisch freute, weil sie in Leitung zehn gelandet war und Karten für ein Konzert im Übel & Gefährlich gewonnen hatte. »Schrei vor Glück«, forderte Patrick sie auf. Beate gab alles.

»Ab 18 Uhr sitzt ein Automat am Mikrofon und spielt Sendestrecken ab, die vorproduziert oder bereits tagsüber gelaufen sind«, erzählte Patrick, nachdem ich zwei Gläser auf den Tisch gestellt und eine Flasche Weißwein entkorkt hatte. Voice-tracking nannte sich das Computerverfahren und funktionierte so ähnlich wie das Ansageband im Bus: Nächste Haltestelle Berliner Tor. »Das merkt kein Mensch«, sagte Patrick.

»Und wie schaffst du es, dass sich deine Hörer so zum Affen machen wie jetzt eben diese Beate?«, fragte ich.

»Im Studio schaut mir ja kein Notar über die Schulter und kontrolliert die Gewinnspiele«, sagte Patrick. »Mal gewinnt der erste Anrufer, mal der zwanzigste. Hauptsache, er zeigt im Vorgespräch, dass er fähig ist, live einen vollständigen Satz herauszubringen. Aber die Entfesselte gerade eben war meine Praktikantin.«

»Im Radio ist alles nur getürkt«, stellte ich enttäuscht fest.

»Das Meiste«, bestätigte Patrick. »Es sind ja ständig die gleichen Leute, die anrufen. Würdest du beim Radio anrufen? Eben. Und wenn ich nicht immer mit Lutz Labertasche telefonieren will, der zu allem etwas sagen kann, muss ab und zu mal die studentische Hilfskraft ran und so tun, als sei sie eine intelligente, sympathische, redegewandte Hörerin aus Pinneberg.«

Patrick trank einen Schluck Wein, lächelte mich spitzbübisch an und sagte: »So ein Typ wie der Frederik, der nach einer unbekannten Schönen mit Läusen sucht, ist für Radioleute wie der Hauptgewinn beim Rubbellos. Nach zehntausend Nieten hältst du es gar nicht mehr für möglich, dass es ihn gibt.«

»Ah«, sagte ich und schaute verlegen in mein Weinglas.

»Aber der Mann ist real. Ein ganz netter Kerl. Und jetzt bin ich natürlich sehr gespannt, ob die mysteriöse Frau mit dem Decknamen Anjela bei uns anrufen wird«, sagte Patrick, fixierte mich mit seinem Blick und grinste herausfordernd.

»Hmm«, machte ich und schaute schnell in eine andere Richtung.

»Hmmm«, sagte Knöpfchen und biss von einem Stück Karotte ab, das sie sich vom Hasenteller gemopst hatte.

»Knöpfchen und ich füttern schnell drüben die Kaninchen und dann schaue ich, ob ich den Koffer mit dem Akkuschrauber finde«, sagte ich und stand eilig auf. »Ich habe keine Ahnung, wann Jan-Rudi nach Hause kommt.«

In der Küche kreischte ich lautlos und wild gestikulierend vor mich hin, während ich die letzten Reste vom Mischkostteller einsammelte. Ich wusste, dass Patrick wusste, dass es sich bei der verlausten Frau um mich handelte. Er hatte bei Jan-Rudi auf dem Sofa übernachtet, als bei uns die Läuse los waren. Aber so, wie er mich gerade angesehen hatte, brauchte ich wohl nicht zu fürchten, dass er mich verpetzen würde. Er hatte auch keinerlei Andeutungen gemacht, nachdem wir uns im Übel & Gefährlich begegnet waren. In dieser Hinsicht war auf ihn Verlass. Er lieferte mich nicht ans Messer.

Das schlechte Gewissen gegenüber Patrick brandete in mir auf. Ich fühlte mich schäbig und mies. Es war grundfalsch gewesen, Jan-Rudi heute Abend an Hella auszuleihen, damit sie ihre Rachegelüste befriedigen konnte.

»Keine Angst, ich habe nicht die Absicht, Patti wirklich zu betrügen. Aber mein Mann bekommt einen Denkzettel«, hatte Hella mir erklärt und dabei diabolisch gelächelt. »Patti soll glauben, ich hätte ihn betrogen. Und das ausgerechnet mit Jan-Rudi. Der beste Freund tut am meisten weh – einen Bruder hat er ja leider nicht.«

Ich hatte Hella zweifelnd angesehen und eingewandt: »Meinst du nicht, dass Patrick den Schwindel ganz schnell durchschauen wird?«

»Warum?«, hatte Hella geantwortet. »Du hast selbst einmal behauptet, die männliche Gedankenwelt sei so flach wie das nordfriesische Marschland. Patti weiß, dass ich Jan-Rudi – rein objektiv betrachtet – sehr anziehend finde. Er hat eine sportliche Figur, ein markantes Gesicht, noch immer viele Haare und ist ausgesprochen klug und charmant. Und selbst wenn dein Mann später abstreitet, dass etwas zwischen uns gelaufen ist – Aussage wird gegen Aussage stehen. Ein paar nagende Zweifel werden bei Patrick bleiben.«

Ich hatte nicht versucht, Hella diesen Blödsinn auszureden, weil ich verstehen konnte, dass Patricks Liebelei mit seiner Radiokollegin sie tief verletzt hatte. Aber als falsch empfand ich ihr Spiel trotzdem.

Ich trottete mit Knöpfchen zum Kaninchenstall und

kippte missmutig die Salatmischung in den Fressnapf. Alfred kam sofort die Leiter aus dem Salon heruntergehoppelt. Aber wo blieb Uschi? Ich öffnete die Tür zum Hasenschlafzimmer. Keine Uschi.

»Wo ist der Uschi-Hase geblieben?«, fragte ich Knöpfchen.

Meine Tochter breitete die Arme aus wie ein italienischer Fußballspieler, der vom Schiedsrichter eines Fouls bezichtigt wurde.

»Wo ist der Uschi-Hase geblieben?« wiederholte ich streng. »Du warst doch vorhin hier und hast ›Ei‹ gemacht.«

Knöpfchen sah mich tief betrübt an. Dann schmiss sie sich zu Boden und begann, herzerweichend zu weinen. Ich nahm das unglückliche Häufchen Mensch auf den Arm, und Knöpfchen schluchzte: »Hasi – ups! Alle!«

»Eine Umfrage im Auftrag einer Frauenzeitschrift hat ergeben: Drei von vier Frauen hätten keine Skrupel, ihrer besten Freundin den Mann auszuspannen«, sagte Patrick im Radio. »Ich bin ja der Ansicht, unter Männern käme das nicht so häufig vor. Aber was meint ihr? Welche Erfahrungen habt ihr gemacht? Ruft mich an unter der Nummer ...«

»Du greifst bei deinen Sendungen ja immer mächtig tief in die Klischeekiste«, sagte ich zu Patrick, nachdem ich das völlig erschöpfte Knöpfchen ins Bett gebracht und mich mit Jan-Rudis Akkuschrauber-Set wieder zu ihm auf die Terrasse gesetzt hatte.

»Seit wann hast du etwas gegen Klischees?«, fragte Patrick, nahm den Akkuschrauber in die Hand und machte »wrn-wrn-wrn«. »Klischees treffen nicht immer zu. Aber häufig. Und das Schöne ist: Bei diesen Themen wollen alle mitreden, auch für 24 Cent pro Anruf aus dem deutschen Festnetz, mobil deutlich teurer.«

Ich verdrehte leicht die Augen. Ein heikles Sujet.

»Uschi ist ausgebüxt«, sagte ich.

Patrick schaute mich interessiert an und goss uns noch ein Glas Wein ein.

»Ich habe die Tierpflegschaft für zwei Kaninchen übernommen. Die beiden heißen Uschi und Alfred«, sagte ich. »Uschi ist heute Abend spurlos verschwunden. Ich vermute mal, Knöpfchen hat sie auf den Arm genommen, gestreichelt, fallen gelassen, und dann hat die Kaninchendame ihre Chance ergriffen und ist in die Freiheit gehoppelt.«

»Schlaues Häschen«, sagte Patrick.

»Uschi lebt nun wild, aber gefährlich«, sagte ich mehr zu mir als zu Patrick und trank noch einen Schluck Wein. »Vielleicht kommt jetzt ein großer Vogel angeflogen und frisst sie einfach auf.«

Ein Axel aus Poppenbüttel wurde zu Patrick ins Studio durchgestellt. »Also, ich glaube ja auch, dass Frauen geschickter, raffinierter und durchtriebener sind als Männer. Männer würden nicht im eigenen Rudel jagen. Das ist ein ungeschriebener Ehrenkodex.«

»Und wie kommst du darauf?«, fragte Patrick im Radio.

»Das kommt noch aus der Steinzeit, als Männer gemeinsam Mammuts jagten«, sagte Axel. »Da musstest du dich auf deine Gefährten verlassen können, sonst hattest du ganz schnell eine Speerspitze im Nacken. Bei Frauen war Solidarität evolutionstechnisch nicht vorgesehen. Die saßen gemeinsam in der Höhle und schielten nach dem stärksten Kerl aus dem Rudel.«

Ich tippte mir an die Stirn und sagte zu Patrick: »Was für

ein Schwachsinn. Im Zweifel muss immer die Steinzeit herhalten. War das jetzt ein echter Hörer oder dein Praktikant aus dem Studio?«

Patrick guckte mich mit gespielter Unschuld an, richtete den Akkuschrauber wie eine Pistole in den Garten, zielte auf eine Forsythie und fragte: »Ist das Uschi, die da unter dem Strauch hockt?«

Uschi! Das Kaninchen saß in der Hecke und grub sich eine Mulde. Hasi freute sich wohl darauf, eine Nacht in Freiheit unterm Sternenhimmel zu verbringen. Währenddessen lauerten ihre Feinde überall.

»Wir müssen Uschi unbedingt vor dem großen, bösen Vogel retten«, flüsterte ich.

Patrick kniff die Augen zusammen wie Daniel Craig, pustete über den Akkuschrauber und sagte mit zusammengepressten Lippen: »Das ist der Heldenauftrag, auf den ich heute schon den ganzen Tag gewartet habe.«

Wir bewaffneten uns beide mit einer Sitzauflage von den Terrassenstühlen und pirschten uns über zwei Flügel an das Kaninchen heran. »Ich werde allen Bösewichtern dieser Welt mit leichter Hand die Grenzen aufzeigen. Hannibal Lecter, Norman Bates und Darth Vader werden keine Chance gegen mich haben. Uschi-Schatz, ich beschütze dich vor allen fiesen Vögeln dieser Welt«, murmelte Patrick vor sich hin, als wir uns anschlichen und den Hasen einkesselten. Meine Güte – hatte dieser Mann auch irgendwo einen Aus-Schalter?

»Ich bin Superman. Tarzan. Zorro. Batman. Und Lassie«, knurrte Patrick. »Ich robbe auf dem Bauch durch das Unterholz und werde dich retten!«

»Pscht!«, wisperte ich streng hinter meiner Sitzauflage.

Wenn das Kaninchen jetzt vor uns Reißaus nahm, waren wir chancenlos und Uschi für immer verloren. Bloß nicht rascheln! Keine hektischen Bewegungen! Gebückt bleiben und Haltung bewahren. Keep cool, Cowboy!

Der Cowboy neben mir verfolgte seinen eigenen Plan. »Hasta la vista, Uschi-Baby!«, brüllte Patrick, setzte zum Sprung an und hechtete wie ein Torhüter mit der Sitzunterlage voran unter die Forsythie. Staub wirbelte auf, Blätter stoben. Sicher fischte er Uschi aus dem rechten Eck.

»Du bist ein Titan!«, rief ich pathetisch, als sich Patrick mit dem Kaninchen im Arm wieder aufrappelte, und klatschte begeistert Beifall. »Du bist ein Held! Du bist ein begnadeter Uschi-Retter!«

»Ich bin zu alt für diesen Scheiß«, sagte Patrick, drückte mir den Hasen in die Hände und rieb sich die Ellenbogen.

Patrick und ich brachten Uschi zurück in den Kaninchenstall. Alfreds Wiedersehensfreude hielt sich in engen Grenzen. Er setzte sich mit seiner Blume auf den Fressnapf, als ob er ihr sagen wollte: Du treulose Tomate hast da draußen genug genascht.

»Armes Häschen. Das war's mit deinem Ausflug in die Freiheit. Jetzt musst du wieder zurück zu deinem Alten in den Karnickelknast«, sagte Patrick und sah mich lächelnd an.

Ich lächelte vorsichtig zurück. Sollte das eine Anspielung auf *meine* Fluchtversuche sein? Wir hockten uns auf den Rasen vorm Stall und schauten uns für einen Moment schweigend an. Fünfundsiebzig Prozent aller Informationen zwischen zwei Gesprächspartnern wurden über Blickkontakt, Mimik, Gestik und den Klang der Stimme transportiert, hatte ich in einer Psychologiezeitschrift gelesen. Es kam nicht darauf an, was man sagte, sondern was man dabei sendete.

Ein bisschen war wohl doch dran, an den radionischen Strahlungen und den Wechselwirkungen zwischen den Atomen. Unbestreitbar herrschte zwischen Patrick und mir eine gewisse Magie und Verbundenheit, die entstand, wenn man ein Geheimnis teilte. Ich hob bedauernd die Hände, stand auf und ging in den Schuppen, um eine Handvoll Leckerlis zu holen.

»Dieser Stall ist kein Gefängnis. Es handelt sich um ein Hasen-Kempinski mit allem erdenklichen Komfort und einer sehr guten Küche«, sagte ich und schmiss Uschi die Trostbonbons vor die Läufe.

Patrick fixierte mich weiter mit seinen zusammengekniffenen Augen. »Weißt du eigentlich, dass es jetzt nur einen einzigen Grund gibt, weshalb ich nicht versuche, dich anzubaggern?«

Ich blickte etwas unbehaglich zu den Hasen. Dieses Gespräch nahm gerade einen von mir ganz unbeabsichtigten Verlauf.

»Wenn du nicht die Frau von meinem besten Kumpel wärst, würde ich alles Mögliche anstellen, um dich rumzukriegen«, sagte Patrick. »Du bist sehr hübsch. Du bist lustig. Mit dir kann man Wein trinken und Hasen jagen. Ich vermute mal, dass du auch sehr gut küsst. Ich muss mich sehr zusammenreißen, damit ich nicht wenigstens ausprobiere, ob du auch mit mir flirten würdest – oder nur mit irgendwelchen Kerlen auf der Norwegenfähre. Aber vielleicht gefalle ich dir ja gar nicht. Oder doch. Oder wenigstens ein bisschen.«

Ich zog es vor, ihm keine Antwort zu geben, und stand auf. Etwas verlegen ging ich mit Patrick zu unserer Terrasse zurück. Nach meiner Erfahrung konnte man sich mit Männern entweder nicht über Zwischenmenschliches unterhalten, oder man sprach mit ihnen über Zwischenmenschliches und musste es dann auch in Erwägung ziehen.

»Im Augenblick läuft es gerade nicht so rund zwischen Hella und mir«, sagte Patrick schließlich. »Wir leben miteinander – aber Liebe? Liebe fühlt sich anders an.« Er verteilte den Rest der Weinflasche auf unsere Gläser. »Was ist mit dir? Bist du noch glücklich verheiratet?«

Ich sah zum Kaninchenstall, in dem Uschi und Alfred gerade wie zwei Idioten im Kreis rannten.

»Ich bin vielleicht nicht immer glücklich verheiratet«, sagte ich. »Aber ich bin auf jeden Fall nicht unglücklich verheiratet. Ich finde, das ist schon mal ein ganz stabiles Fundament für ein gemeinsames Leben.«

»Es hört sich aber nicht besonders romantisch an«, sagte Patrick.

»Meine Güte, Patrick«, sagte ich. »Glaubst du etwa noch an die RZB? An die romantische Zweierbeziehung? Dann geht es dir wie einer alten Freundin von mir. Aber deren Naivität ist entschuldigt – Isy ist seit fast einem halben Jahrhundert Single.«

»Ich würde dich gern küssen«, sagte Patrick. »Und es ist mir scheißegal, ob du noch Läuse hast.«

Ich schaute Patrick an und schüttelte den Kopf. Ich mochte ihn. Sogar sehr gern. Aber in dieser Hinsicht war ich eigen. Ich küsste nur Männer, mit denen ich mir auch mehr vorstellen konnte. Und über Patrick wollte ich mir ganz gewiss keine Gedanken machen.

Es gab Männer. Es gab verbotene Männer. Und es gab völlig verbotene Männer. Patrick war ein VVM. Ein VVM, der von einer RZB träumte.

»Jan-Rudi kommt sicher gleich nach Hause«, sagte ich, »und du solltest jetzt auch besser nach Hause zu Hella gehen.«

Ich biss mir auf die Lippe. Shit. Hella war ja im Moment mit Jan-Rudi unterwegs.

»Hella ist gar nicht da«, sagte Patrick. »Sie besucht an diesem Wochenende eine Freundin in Berlin und kommt erst morgen Abend wieder.«

Ich zuckte merklich zusammen. Wieso hatte Hella behauptet, sie sei in Berlin? Und warum würde sie erst morgen wiederkommen? Sie hatte mir fest versprochen, Jan-Rudi heute Nacht wieder heil und unversehrt bei mir abzuliefern.

Ich fühlte, wie mir ein kalter Schauer über den Rücken lief. Jetzt hatte ich die Hasenfrau vor dem imaginären großen Raubvogel gerettet – und Jan-Rudi einem Eichelhäherweibchen wie auf einem Silbertablett serviert.

38

Ich komplimentierte Patrick zur Tür und rief Jan-Rudi auf seinem Handy an. Es tutete fünfmal, dann ging die Mailbox ran. »The person you have called is temporarily not available.« Ich fluchte leise vor mich hin.

Der Umstand, dass Hella heute nicht zu Hause schlafen würde, bereitete mir deutliches Unbehagen. Wo würde sie stattdessen die Nacht verbringen? Hatte sie sich ein Hotelzimmer genommen? Und wie hinterhältig agierte sie tatsächlich? Ich machte mir einen doppelten Espresso und setzte mich auf die Terrasse, um nachzudenken.

»Ich würde deinen Mann gern mal abends abfangen«, hatte Hella in aller Unschuld zu mir gesagt. »Kannst du mir einen Abend nennen, an dem er ohne Auto in der Innenstadt unterwegs ist und ich ihm anbieten könnte, ihn nach Hause zu bringen?«

Ich empfand ihren Plan als viel zu durchsichtig. Hella hatte die Absicht, Jan-Rudi aus einer Bar abzuschleppen, wo er sich mit einigen Kumpels traf. Dann wollte sie mit hundert Sachen über eine radarfallenverseuchte Strecke nach Hause brettern.

»Das gibt dann ein schönes Foto«, hatte ich geantwortet. »Aber es beweist doch nichts – außer dass du Jan-Rudi im Auto mitgenommen hast und zu schnell gefahren bist.«

Hella hatte ihr hübsches Gesicht verzogen, die Locken in den Nacken gestrichen und gesagt: »Ich werde an Jan-Rudis Ritterlichkeit appellieren und ihn bitten, kein Wort über die Radarfalle gegenüber Patti zu verlieren. Mein Mann regt sich über diese Tickets immer maßlos auf.« Das, was man verschwieg, entfaltete mitunter eine größere Wucht als das, was man erzählte – vor allem, wenn man den Bußgeldbescheid mit Datum, Uhrzeit und Beweisfoto später auf dem Wohnzimmertisch liegen lassen würde.

Was hatte Hella gesagt? Sie wollte an Jan-Rudis Ritterlichkeit appellieren. In meinen Augen handelte es sich dabei um keinen herausragenden Charakterzug meines Mannes, aber vielleicht musste erst Prinzessin Hella die Bühne betreten, um den Lancelot in ihm zu entfachen. Ich hatte heute Patrick bis auf ein paar Kratzer am Ellenbogen unbeschadet mit dem Akkuschrauber-Set nach Hause geschickt. Er war heil geblieben. Aber in welchem Zustand würde Hella meinen Mann wieder zu Hause abliefern? Und würde sie versuchen, einen Umweg über ihr Hotelzimmer zu nehmen?

Die ganze Aktion an diesem Abend erinnerte mich entfernt an eine Klamottentauschparty, die neulich bei Paula stattgefunden hatte. Acht Frauen hatten ihre ehemaligen Lieblingsstücke in die Mitte des Wohnzimmers geworfen – Zeug, das nicht mehr richtig passte oder dessen sie überdrüssig geworden waren. Paula hatte jedes Kleidungsstück hochgehalten und es wie ein Marktschreier angepriesen. »Und hier haben wir eine wunderschöne, eng taillierte weiße Seidenbluse von Jil Sander in Größe 38. Ein Knopf fehlt, was aber nicht weiter schlimm ist. Das Teil macht tolle Titten!« Für fast alle Klamotten hatte sich eine neue

Liebhaberin gefunden. Wir standen schließlich alle in Unterwäsche in Paulas Wohnzimmer, probierten die Sachen an und schauten, wie sich der abgeliebte Plunder an der neuen Besitzerin machte.

Dieses Prinzip war eigentlich auch auf Männer übertragbar: Und hier haben wir einen fünfundvierzigjährigen Mathematiker, ein Meter siebenundachtzig groß, in Dunkelblond. Ein paar silberne Strähnen an den Schläfen, leichter Bauchansatz, aber insgesamt noch gut in Form ... Manchmal reichte ja schon ein kleiner Perspektivwechsel, um Vorzüge zu entdecken, die verloren gingen, wenn man immer dieselbe Blickrichtung anwandte. Wie würde Jan-Rudi an Hella aussehen?

Ich versuchte noch einmal, meinen Mann zu erreichen. Wieso ging er nicht an dieses verdammte Telefon?

Auf der Klamottenparty war ich unter anderem meine kermitgrüne, samtweiche Lederjacke an eine tizianrot gefärbte Frau losgeworden – sie sendete mit der Farbkombination Signale, die bis weit ins Weltall sichtbar sein mussten. Ich schaute in den Sternenhimmel. An wie vielen Tagen hätte ich meinen Mann auf den Mond schießen können? Immer dann, wenn die Rudi-Anteile höher waren als sein Jan-Beitrag. Aber würde ich ihn deshalb ernsthaft eintauschen wollen? Die Froschjacke war eindeutig ein Fehlkauf gewesen. Das Ding würde ich niemals im Leben vermissen. Meinen Mann irgendwie schon.

Ich tigerte mit dem Telefon am Ohr zwischen Terrasse und Küche hin und her und rief immer wieder auf Jan-Rudis Handynummer an. In die Vorstellung, dass Hella jetzt ganz allein mit ihm unterwegs war, mischten sich Erinnerungen an unseren letzten gemeinsamen Abend in der Kaffeemühle. Wir hatten in dem wildromantischen Garten gesessen, und Jan-Rudi erklärte Hella mit der Sternenerkennungs-App auf seinem Handy den Hamburger Nachthimmel. Hella machte auf niedlich und rückte immer noch ein Stück näher an ihn heran.

»Als Mathematiker wirst du mir doch bestimmt erklären können, was es mit dem Geheimnis der Primzahlen auf sich hat«, hatte Hella später geflötet und an seinen Lippen gehangen, als Jan-Rudi über die Goldbachsche Vermutung dozierte. Eine Million Dollar winkten demjenigen, der beweisen konnte, dass sich jede gerade Zahl über fünf als Summe von zwei Primzahlen darstellen ließ. »Das ist so wahnsinnig interessant«, hatte Hella immer wieder gesagt, obwohl in ihrem Püppchengesicht deutlich zu lesen war: Delta Ahnung strebt gegen null.

Vielleicht würde sie Jan-Rudi ja heute Abend bitten, ihr das Sieb des Eratosthenes zu erläutern. Dann konnte sie wieder mit den Wimpern klimpern und gurren: »Es ist alles so rätselhaft! So magisch! Niemand auf der Welt versteht die ganzen Zusammenhänge, aber du erklärst sie mir trotzdem!«

Ich legte mich mit einer Wolldecke aufs Sofa und versuchte weiter zu ergründen, ob Hella nur erreichen konnte, dass sich mein Mann geschmeichelt fühlte – oder ob sie in der Lage wäre, ihn zu verführen. Eigentlich war sie nicht sein Typ. Oder doch? Da lebte man seit einer gefühlten Ewigkeit mit einem Menschen zusammen und konnte sich doch nicht sicher sein, alle seine geheimen Gedanken zu kennen. Überhaupt nicht.

Die Digitaluhr auf dem Backofen zeigte 00.59 Uhr, als mein Mann schließlich an der Haustür rumpelte.

»Wieso bist du noch wach?«, fragte Jan-Rudi, während er sich die Krawatte abband und mir einen Kuss gab. Abgesehen von einigen Cuba libre roch er wie immer.

»Weil ich auf dich gewartet habe«, sagte ich.

Er legte sein Handy auf den Esstisch, stutzte und fragte sehr besorgt: »Ist denn etwas Schlimmes passiert?«

»Das weiß ich noch nicht«, sagte ich.

»Ich sehe hier einhundertvierundzwanzig Anrufe in Abwesenheit«, sagte Jan-Rudi. »Kamen die alle von dir? Anjela, was war hier los?«

Ich ging zu Jan-Rudi, legte meine Arme um seinen Hals und sagte: »Wenn gewisse Faktoren zutreffen, steigt der Stand der Zuneigung proportional zum Abstand zwischen zwei langjährigen Ehepartnern. Du bist wieder da. Das ist gut. Und jetzt würde ich gern mit dir schlafen.«

Am nächsten Morgen war der Nintendo für Luca ohne Zeitlimit freigegeben. Knöpfchen saß mit Keksen vorm Fernseher und schaute Kikaninchen, damit Jan-Rudi und ich uns noch einmal in aller Ausführlichkeit miteinander beschäftigen konnten.

»Aber kein Sex wie Malen nach Zahlen«, hatte ich meinem Mann ins Ohr geflüstert, als er wieder zu mir ins Bett gekommen war. »Ich denke da eher an die Variante eines Nachmittags am Indischen Ozean.« Jan-Rudi stand noch einmal auf und schloss die Schlafzimmerfenster. Die akustischen Gegebenheiten in dieser engen Vorstadtbebauung erwiesen sich manchmal als furchtbar kompromittierend. Durch die Jalousien fielen Lichtstrahlen ins Zimmer. Es war schon jetzt ein sonniger, warmer Tag.

»Ja, und dann tauchte plötzlich Hella an unserem Tisch auf«, erzählte Jan-Rudi später. »Sie war mit einer Freundin in den Sommerterrassen verabredet, und die hatte sie versetzt.«

»Aha«, sagte ich und machte es mir auf seinem Waschbärbauch gemütlich. »Und dann?«

»Sie hat sich zu uns gesetzt, ich habe mir noch ein, zwei Drinks bestellt, und dann hat sie mich nach Hause gefahren. Hella ist wie ein Berserker über die Wellingsbütteler Landstraße gebrettert. Dabei habe ich ihr gesagt: ›Hella, hier ist nur sechzig erlaubt.‹ Wir sind bestimmt zwei Mal geblitzt worden.«

»Und sonst?«, fragte ich, sah ihn an und klimperte mit meinen ungetuschten Wimpern. »Musstest du ihr wieder irgendwelche Algorithmen erklären? Oder hast du die Sternenerkennungs-App auf deinem Handy in den Hamburger Nachthimmel gehalten und ihr gezeigt, wo der Große Bär wohnt?«

»Ach Hasi«, sagte Jan-Rudi und küsste meine Hand.

»Nenn mich nicht Hasi«, sagte ich.

»Bist du etwa eifersüchtig?«, fragte Jan-Rudi und schaute mich grinsend an. »Aber doch nicht auf Hella. Nicht auf Hella Wellness. Mit der müsste ich zuerst einen ›Entfache-die-Sinnlichkeit-in-dir-Tee‹ trinken, bevor es zur Sache ginge. Und darauf noch eine Flasche Brunello kippen. Nee, ehrlich, am Stadtparksee standen ein paar heiße Feger herum, mit denen ich mir weitaus eher etwas hätte vorstellen können.«

Jan-Rudi rollte mich sanft zur Seite und inspizierte meinen Busen, meinen Bauch, meine Beine und streichelte mir über den Po. »Aber warum sollte ich darüber nachdenken? Ich bin mit dem, was ich hier vorfinde, ausgesprochen zufrieden. Weshalb sollte ich das alles aufs Spiel setzten wollen?«

»Weil dir der Sinn mal nach Abwechslung steht?«, fragte ich.

Jan-Rudi küsste mich auf den Mund. »Mein Schatz, du übersiehst, dass ich keine dreißig mehr bin. In meinem Alter schafft man einmal Sex am Tag. Vielleicht zweimal. Und dafür der ganze Aufwand? Seitensprünge machen das Leben zu kompliziert. Die Kosten-Nutzen-Rechnung fällt negativ aus. Ein Return of Investment ist nicht zu erwarten.«

»Ich wusste doch, dass du eine faule Socke bist«, sagte ich, warf ihm ein Kissen ins Gesicht und schälte mich aus den zerwühlten Laken.

Ich stellte mich unter die Dusche, zog mich an, knipste die elektronischen Babysitter aus und ging Kaninchen füttern, während Jan-Rudi den Frühstückstisch deckte.

»Guten Morgen, Alfred und Uschi!«, rief ich, öffnete die Tür zum Kempinski und kippte den Salat in die Schüssel.

Keine Reaktion. Ich öffnete die Tür zum Schlafzimmer. Niemand zu Hause? Dann erst entdeckte ich das tiefe Loch hinter dem Stall. Uschi und Alfred hatten sich einen Fluchttunnel gegraben. Beide Kaninchen waren verschwunden.

»Es handelte sich um zwei Familienangehörige«, sagte Jan-Rudi beim Frühstück.

»Es handelte sich um zwei Kaninchen«, sagte ich.

»Für Justus und Jonas wird eine Welt zusammenbrechen, wenn sie erfahren, dass Uschi und Alfred einfach abgehauen sind«, sagte Jan-Rudi ernst.

In gewisser Weise hatte er recht. Die Welt würde für Dagmars Zwillinge aus den Fugen geraten – aber aus ganz anderen Gründen. Ich sah nachdenklich Jan-Rudi an und Knöpfchen, die bei ihm auf dem Schoß saß. Papa hatte seine Tochter heute Morgen angezogen. Sie trug eine gelbe Jogginghose, karierte Kniestrümpfe, ein orangefarbenes T-Shirt, ein lila Kleid mit Blumen und eine rosa Strickjacke mit Herzen. Das Outfit sah aus, als gehöre unser kleines Mädchen zu einem mongolischen Volksstamm und draußen herrschte eisiger Frost.

»Und was sollen wir jetzt machen?«, fragte ich.

»Neue Kaninchen kaufen«, sagte Jan-Rudi. »Du hast die Hasis doch fotografiert.«

Jetzt wäre wohl der richtige Moment gewesen, Jan-Rudi von dem nachbarschaftlichen Treiben in unserer Doppelhaushälfte zu berichten. Aber ich brachte es einfach nicht über mich – aus Respekt gegenüber Dagmar. Meine verhuschte Nachbarin war in letzter Zeit über sich hinausgewachsen, um ihre nackte Existenz zu retten. Bevor sie Michi nicht endgültig abserviert hatte, würde ich mit niemandem über ihre Pläne sprechen. Noch nicht einmal mit meinem Mann.

»Ich werde nicht zulassen, dass ich mein erstes Magengeschwür nach Michi benennen muss«, hatte Dagmar zu mir gesagt und mich in die Pläne eingeweiht. Sie hatte sich in den letzten Wochen selbst systematisch in den Ruin getrieben: Ihr Arbeitgeber hatte ihr voller Verständnis gekündigt und ihr angeboten, sie später wieder einzustellen. Die Doppelhaushälfte würde sie weit unter Wert an ihre beste Freundin verkaufen – ein Gutachten belegte, dass eine Kernsanierung notwendig sei, weil die Immobilie schimmelverseucht schien. Die meisten ihrer Sachen hatte sie bereits bei ihrer Schwester untergestellt. Und nachdem Dagmar nur noch Miese auf dem Konto hatte, konnte sie zu dem lüsternen Fettsack Michi sagen: Da, wo du jetzt stehst, kann ich mir prima eine Topfpflanze vorstellen.

Dagmar würde die Scheidung einreichen, vorübergehend zu einer Tante nach Cornwall ziehen und dort einen Offenbarungseid ablegen. In England dauerte das private Insolvenzverfahren nur ein Jahr – danach war sie Michi los, seine Drecksschulden ebenfalls, und sie konnte nach Hause kommen. Die albanische Mafia blieb in ihrem Fall ohne Einsatz.

Ich glaubte nicht, dass meine Nachbarin Uschi und Alfred unbedingt nach England mitnehmen wollte. Vermutlich hätte ich die beiden Kaninchen für das ganze nächste Jahr an der Backe gehabt – was gar nicht so schlimm gewesen wäre. Mittlerweile waren mir die Hasis richtig ans Herz gewachsen. Aber es mussten schon Uschi und Alfred persönlich sein.

»Wir können doch nicht einfach in einen Laden gehen und dann zwei Doppelgänger in den Stall setzen«, sagte ich zu Jan-Rudi. »Uschi und Alfred sind schließlich ganz besondere Individuen.«

»Das ist vollkommen richtig«, sagte Jan-Rudi. »Da müssen wir schon mit großem Sachverstand herangehen. Wie hieß noch der Typ, der damals mit diesem Erdbeertörtchen den ersten Preis in deinem Hasen-Contest geschossen hat?«

Schicksalsergeben war ich ins Arbeitszimmer gegangen, hatte den Computer hochgefahren und bei Facebook nach dem Kaninchenzüchter gesucht, der mich am Tiefpunkt meiner beruflichen Karriere im Einkaufszentrum begleitet hatte. Der Besitzer von Erdbeertörtchen gehörte auch zu meinem illustren Freundeskreis.

Ich überflog die neuesten Meldungen.

Die Sängerin Peggy Rocket hatte einen neuen Highscore in Cityville aufgestellt: »Häschen verstecken Eier in Cityville. Bitte schick mir ein Häschen, und du erhältst eine Belohnung.«

Tja, dachte ich – wenn man sonst nichts zu tun hatte, konnte man auch mit solchen Spielchen den Tag herumkriegen.

Der Schwätzer Andreas Ritter hatte ein Foto von seinem Mittagessen gepostet und dazugeschrieben: »Lecker.«

Wer interessierte sich für solche Banalitäten? Mehr Leute, als ich geglaubt hätte. Vierzehn Freunde hatten den Gefällt-mir-Button angeklickt.

Victor fotografierte am Strand von Fort Myers in Florida die neuesten Sportwagen. Wie schön für ihn. Ich hatte unsere Verabredung zum Essen mit einer sehr knappen SMS abgesagt. Er war mir nicht mehr wichtig genug, um ihm meine wahren Gründe mitzuteilen. Er war mir völlig gleichgültig.

Die Schauspielerin Alexandra Sebastian hatte ihren Beziehungsstatus geändert und ein Foto von dem Mann ins Netz gestellt, der ihr Herz im Sturm erobert hatte. Diese Meldung war schon interessanter. Weshalb kam mir der Kerl so bekannt vor? Richtig – das war doch der Typ vom Elbstrand, der mir ein paarmal sein Handy geliehen hatte. Mit seinem Telefon hatte ich mehrmals Arwids, beziehungsweise Alexandras Handynummer angerufen. Schon merkwürdig. In dieser Schwingungssuppe aus Atomen hing tatsächlich immer alles irgendwie zusammen.

Meine frühere Kollegin Esther hatte Ultraschallfotos für die Facebook-Gemeinde hochgeladen. Sie war jetzt im vierten Monat schwanger und kündigte an, ab jetzt die gesamte Welt an diesem Wunder teilhaben zu lassen. Mit dreiundvierzig Jahren hatte sie nicht mehr damit gerechnet, noch einmal Mutter werden zu können.

Mir wäre es viel zu intim gewesen, solche Bilder in der Öffentlichkeit auszubreiten, aber da waren die Menschen eben unterschiedlich.

Ich dachte an Christoph Frederking. Er hatte mir am Abend zuvor auf die Mailbox meines Handys gesprochen und darum gebeten, ihn in der nächsten Woche zurückzurufen. Mit Sicherheit gab es da auch eine Verbindung.

Ich schrieb die Telefonnummer und die Adresse vom Kaninchenzüchter ab und fuhr den Computer herunter. Mein Verhältnis zu Facebook würde ich demnächst noch einmal in aller Ruhe überdenken. Echte Freunde waren wir bisher noch nicht geworden.

»Eine Untersuchung aus Frankreich hat ergeben: Jeder Fünfte zieht ein Haustier seinem Partner vor«, sagte Patrick im Autoradio. »Wer wissen will, ob er dazugehört, sollte heute Abend noch mal ganz genau auf das Kopfkissen neben sich schauen. Da liegt etwas. Es atmet. Aber ist es vielleicht ein Hund?«

»Patrick labert sich über den Tag auch eine Menge Schwachsinn zusammen«, sagte ich. »Im Radio wird jede noch so abwegige Studie plattgewalzt. Neulich hat er behauptet, Frauen würden eine Liebeserklärung erst nach sechs Monaten machen, Männer dagegen schon nach sechs Wochen. Aber danach sei wieder Schweigen im Walde. Du hast mir auch schon lange nicht mehr gesagt, dass du mich liebst.«

»Klar liebe ich dich«, sagte Jan-Rudi und zwinkerte mir zu. »Aber das mit den sechs Wochen glaube ich nicht. Eigentlich will ein Mann eine Frau doch noch am gleichen Abend rumkriegen.«

Ich seufzte. Alles Blödmänner.

Jan-Rudi und ich fuhren zusammen mit Knöpfchen nach Ahrensburg, um bei dem privaten Züchter zwei neue Kaninchen zu besorgen. Luca hatte unbedingt zu Hause bleiben wollen, um mit Vincent weiter an Indiana Jones' Tempel zu bauen. Ich hatte zugestimmt – wenn ich demnächst wieder anfangen würde zu arbeiten, wäre auch nicht ständig jemand in seiner Nähe.

»Du kannst schon mal den Geschirrspüler ausräumen«, hatte ich zu meinem Sohn gesagt, bevor wir aus der Tür gingen.

Luca hatte mich mit großen Augen angesehen und gefragt: »Warum, Mama?«

»Weil Mama nicht als Abkürzung steht für: Meine Alte macht alles«, hatte ich geantwortet.

Mein Mann überholte auf der Landstraße einen schrabbeligen Kastenwagen. Klempnermeister Eberhard Zugvogel hatte sein Gefährt beflaggt, als ob er den Bundespräsidenten durch die Gegend chauffieren würde. Die Fußballweltmeisterschaft begann in einigen Tagen. Ich sah Jan-Rudi von der Seite an. Dann würde mein sonst ausgesprochen rationaler Mann auch wieder einen Rückfall ins magische Alter erleben. Wehe, ich wusch sein Trikot, wenn die

Deutschen gerade einen Lauf hatten. Mit Patrick würde er dann wunderbar orakeln können: Haben wir jemals gegen Argentinien gewonnen, wenn wir in den Trikots der Auswärtsmannschaft antreten mussten?

»Guck dir das an«, sagte Jan-Rudi, zeigte auf den Straßenrand, klatschte sich auf die Oberschenkel und johlte. »Eigentlich müsste man davon sofort ein Foto machen und es an die Zeitung schicken.«

Hinter einem blinkenden ADAC-Lastwagen stand eine alte Ente, die in der Mitte sauber in zwei Teile zerbrochen war. Ein Pärchen guckte konsterniert auf den Haufen Schrott und diskutierte mit dem Abschlepper. Der coole Typ, der mich neulich nach Hause gebracht hatte, wirkte etwas ratlos. Hier stieß selbst der ADAC an seine Grenzen.

»Ein wirklich lustiges Bild«, sagte ich. »Aber stell dir vor, du schickst das Foto an eine Redaktion. Es wird gedruckt. Und dann sind der Mann und die Frau auf dem Bild verheiratet, aber leider nicht miteinander. Der Teufel ist ein Eichhörnchen. Ich möchte in so einem Fall nicht Schicksal spielen.«

»Selbstverständlich. Nein, gewiss nicht. Aber natürlich. Auf gar keinen Fall. Unbedingt. Das ist fest versprochen. Garantiert.«

Ich guckte meinen Mann leicht belustigt an. So hörte es sich also an, wenn Jan-Rudi Kreide gefressen hatte. Das Herrchen von Erdbeertörtchen gab sich zunächst ausgesprochen sperrig. Er hatte uns sehr misstrauisch angesehen, als wir ihm Fotos von Uschi und Alfred zeigten, und hegte offenbar heftige Zweifel an unserer Zuverlässigkeit.

»Meine kleinen Schlappohren sind ganz empfindsame Tiere«, sagte der Züchter. »Und sie brauchen immer mindestens einen Partner. Herr Winter, das müssen Sie sich klarmachen: Kein Mensch ist in der Lage, ein Kaninchen zu ersetzen.«

Jan-Rudi und ich hatten eine eidesstattliche Versicherung abgegeben, dass wir die Kaninchen hegen und pflegen würden. Wir würden sie vollwertig ernähren, mit ihnen Gespräche führen, sie streicheln oder sie in Ruhe lassen, wenn sie danach verlangten. Wir würden sie keiner Schlange zum Fraß vorwerfen und sie nicht selbst aufessen.

Schließlich hatte der Züchter uns zwei geimpfte Hasis des Typs »Widder« übergeben, die sogar über einen Stammbaum verfügten. Romeo und Julia sahen Uschi und Alfred zum Verwechseln ähnlich.

»Oh Tannbaum, oh Tannbaum, die Oma sitzt im Kofferraum«, sang Knöpfchen, während wir nach Hause fuhren. »Der Opa holt die Polisei, die Polisei kommt nackedei.« Meine Tochter hatte in der letzten Zeit einen gewaltigen Entwicklungsschub gemacht und gab momentan am liebsten Weihnachtslieder von sich. »Kling glücklich, Klingelingeling, kling glücklich, kling.«

Feierlich trugen wir die Kaninchen in der hasengerechten Reisebox vom Auto hinüber zu ihrem neuen Zuhause. Die Betten im Kempinski hatte ich bereits am Vormittag mit frischem Heu bezogen.

»Ich wünsche keine Shakespeare-Dramen im Kaninchenstall«, sagte ich zu Romeo und Julia.

»Und du hast Herrn Erdbeertörtchen fest versprochen, dich gewissenhaft um die Kaninchen zu kümmern«, sagte ich zu Jan-Rudi. »Wenn Michi und Dagmar weiterhin so häufig unterwegs sind, geht das nächste Ausmisten des Stalls an dich.«

Jan-Rudi setzte die Kaninchen behutsam in ihr neues Zuhause. Im Schlafzimmer im Obergeschoss rummelte es.

»Oh nein, das glaube ich jetzt nicht«, sagte ich. Ich starrte fassungslos auf Uschi und Alfred.

Die beiden Kaninchen waren heimgekehrt.

39

Am nächsten Abend hörte ich oben aus dem Kinderzimmer, wie Jan-Rudi Knöpfchen die Gute-Nacht-Geschichte vorlas. Sie waren gerade an der Stelle, als der große Hase zum kleinen Hasen sagt: »Bis zum Mond … und wieder zurück haben wir uns lieb.«

Ich hatte die fiesesten Werke aus Knöpfchens Bibliothek entfernt und nur noch die Bücher stehen gelassen, die ich selbst gern vorlas. Das wunderbare *Weißt du eigentlich, wie lieb ich dich hab?* war das neue Lieblingsbuch meiner Tochter. Davon hatte ich auch der strengen Leiterin des Kindergartens erzählt, als ich über meine Hasenprägung berichten musste. Mittlerweile war Knöpfchen in ihrer Füchse-Gruppe angekommen, und ich hatte Redundanz erlangt.

In der Hoppetosse war es heute bei der Bearbeitung des Kompetenzfeldes »Zugang zu Kunstwerken finden« zu einem Farbmassaker gekommen. Fünf Zwerge, drei offene Fingerfarbdosen und eine Erzieherin, die zwei Minuten abgelenkt war, hatten zum Mega-GAU geführt. Als ich Knöpfchen abholte, sah sie aus, als hätte sie ein Schwein geschlachtet.

Ich packte in der Küche einen Picknickkorb für Jan-Rudi und mich. Bei Aldi war ich am heutigen Montag

Zeuge geworden, wie der schlaksige junge Mann um die blasse Brünette gefreit hatte. Er hatte Champagner, Hummer und zwei Bund rote Rosen aufs Laufband gelegt, ihr die Blumen überreicht und sie gefragt, ob er für sie kochen dürfe. Die ganze Warteschlange applaudierte. Ach. Es war schon schade, dass Männer und Romantik immer nur so eine flüchtige Verbindung eingingen.

»Und was war heute bei dir los?«, fragte Jan-Rudi, als wir mit dem Picknickkorb zur Alster gingen.

»Knöpfchen hat eine Rakete aus einer Klorolle für dich gebastelt«, sagte ich. »Die sollst du im Büro auf deinen Schreibtisch stellen.«

»Super«, sagte Jan-Rudi.

»Und dann habe ich wieder über diese Constanze gestaunt. Weißt du, das ist die Mutter, die mich nach einer Kinderpsychologin gefragt hat, weil ihre Tochter Annegret sich nicht so gern die Zähne putzen lässt.«

Jan-Rudi nickte verständig.

»Diese Frau hat jetzt ihr Baby bekommen. Und sagte heute zu ihrer älteren Tochter: ›Guck mal, Annegret, aus den Bullis kommt jetzt Milch.‹ Nicht nur, dass sie ihren Vornamen eingebüßt hat und nur noch ›Mama von Annegret‹ heißt – nein, jetzt hat die Arme auch noch ihre Brüste verloren.«

Wir gingen an dem Haus vorbei, vor dem zu Beginn dieses Frühlings der silberne Ferrari geparkt hatte. Im Vorgarten stand das Verkaufsschild eines Immobilienmaklers.

»Ach, und in Lucas Klasse gibt es wieder Läuse«, sagte ich. »Aber es ist gar nicht notwendig, so einen Affentanz zu veranstalten. Wenn die Viecher zehn Stunden vom Wirt entfernt werden, sterben sie den Hungertod. Das mit dem

Waschen und Einfrieren und In-den-Beutel-stopfen ist alles übertrieben.«

»Wie vermehren sich eigentlich Läuse?«, fragte Jan-Rudi.

»Durch Parthenogenese. Das ist eine Form der eingeschlechtlichen Fortpflanzung«, sagte ich. »Sie haben keinen Sex.«

»Das gönne ich ihnen«, sagte Jan-Rudi.

Wir wanderten ein Stück den Alsterlauf entlang und breiteten unsere Decke unter einer knorrigen Eiche aus. »Das sieht mir hier nach einem Thing-Platz aus«, sagte Jan-Rudi. »Dieser Baum ist bestimmt siebenhundert Jahre alt und könnte dir viele Geschichten erzählen.«

Mein Mann entkorkte eine Flasche Priorat, füllte zwei Gläser und sagte: »Hier haben sich schon viele Verliebte geküsst. Vielleicht wurden hier Ehen versprochen. Vielleicht wurden Ehen gebrochen. Todesurteile über Hexen gefällt. Jungfrauen geopfert. Das volle Programm.«

Wir prosteten uns zu, und Jan-Rudi sah mir tief in die Augen. Wenn man sich beim Anstoßen nicht direkt ansah, hatte man ein Jahr lang schlechten Sex. Wir tranken einen Schluck Rotwein. Dann holten wir die beiden Kaninchen aus dem Korb und setzten sie auf die Wiese.

»Wer sind die beiden jetzt eigentlich?«, fragte mein Mann.

»Keine Ahnung«, sagte ich.

Vielleicht waren es Alfred und Uschi. Oder Romeo und Julia. Oder Uschi und Romeo. Oder Alfred und Julia. Die beiden konnten ihr Glück zunächst gar nicht fassen. Sie mümmelten etwas Gras und hoppelten langsam unter einen Strauch. So fühlte sich Freiheit an.

»Hoffentlich kommt jetzt nicht gleich ein großer Vogel und frisst die beiden auf«, sagte ich.

»Quatsch«, sagte Jan-Rudi. »Das sind Killerkaninchen. Die beißen sich durch.«

»Ich möchte nicht, dass wir beide so viele farblose Tage miteinander verbringen«, sagte ich zu Jan-Rudi, als wir nach Hause gingen. Luca hatte angerufen, weil Knöpfchen zu Hause aufgewacht war und nach einer neuen Windel verlangte. »Ich möchte, dass wir wieder mehr magische Momente miteinander erleben. Ich möchte mit dir in Flüssen baden. Sonnenuntergänge betrachten. Barfuß über Wiesen laufen. Und ich möchte, dass du mir auch einmal das Geheimnis von Herrn Goldbach erklärst.«

»Das Geheimnis von Herrn Goldbach ist im Prinzip ganz einfach«, sagte Jan-Rudi und nahm meine Hand. »Primzahlen sind starke Individuen. Sie lassen sich nur durch eins und durch sich selbst teilen. Aber alle teilbaren Zahlen ließen sich durch zwei Primzahlen definieren. Zum Beispiel: 3 plus 5 gleich 8. Oder 5 plus 7 gleich 12. Jede Primzahl ist für sich genommen ein sperriges Unikat. Aber zwei Primzahlen zusammen schaffen eine Einheit, die sich durch zwei teilen lässt. Das ist so – nur den mathematischen Beweis dafür hat bisher noch niemand erbringen können.«

Wir kamen nach Hause. Ich machte Knöpfchen eine warme Milch, während Jan-Rudi ihr eine neue Windel anzog und sie wieder ins Bett brachte.

»Weißt du, Süße, alle schlafen jetzt«, sagte Jan-Rudi. »Die Schaukel schläft. Deine Zahnbürste schläft. Die Puppen schlafen. Herr Hase schläft. Tante Rosa schläft.

Das Polizeiauto schläft. Nur die Sterne am Himmel schlafen nicht. Die passen immer auf dich auf.«

Ich stand unten in der Küche und hörte ihm zu. Tja – wann war jemand der richtige Partner? Wohl dann, wenn ein Stück fehlte, wenn er nicht da war.

Ich pflückte den Kalender von der Müllabfuhr von der Pinnwand und stopfte ihn ins Altpapier. Das Ding brauchte ich nicht mehr. Die Termine für die Müllabfuhr ließ ich mir mittlerweile per E-Mail auf mein iPhone schicken.

Hinter den Müllterminen kamen zwei Postkarten wieder zum Vorschein: Lucas Gruß von seiner Klassenreise nach Sylt, mit dem Zug, der durch eine aufgepeitschte See fuhr. Und die Karte von Isy, auf der ein Buddha im Wallemantel abgebildet war. Der Buddha sagte:

»Was du liebst, lass frei. Kommt es zu dir zurück, gehört es dir – für immer.«

Was noch zu sagen wäre

Handelt es sich bei diesem Roman um eine völlig frei erfundene Geschichte? Ja. Also, im Prinzip schon. Jedenfalls *so* ist das alles nicht passiert.

Ich gebe aber zu, dass mich vieles aus der Wirklichkeit inspiriert hat – und ich reale Gegebenheiten gern neu zusammenbastele. So gibt es im Wildpark Schwarze Berge in Hamburg-Harburg tatsächlich eine beeindruckende Flugschau mit Adlern, Uhus, Eulen und einer eloquenten Falknerin. Ein Teich findet sich dort ebenfalls – allerdings ohne Zitronenhaie. Die Zitronenhaie stammen aus dem Antoinette-Rösche-Stollen bei Hohengeiß im Harz. Dort schwimmen in Wahrheit zwar auch keine, aber ungezählte Schulklassen (mitsamt Lehrkörpern, nicht wahr, Herr P.?) leuchten mit Taschenlampen in die unterirdischen Tümpel und schwören schließlich Stein und Bein, die Raubfische gesehen zu haben.

Das Gedicht »Wenn ich noch einmal leben könnte« hängt auf dem Gästeklo meiner Freundin Susanne. Im Internet wird es dem Schriftsteller Jorge Luis Borges zugeschrieben. Tatsächlich versucht seine Witwe jedoch seit geraumer Zeit, die Zuschreibung zu verbieten. Schön und wahr finde ich die Zeilen trotzdem – argentinischer Schriftsteller hin oder her.

Um Enttäuschungen vorzubeugen: Es gibt leider keinen Toaster, mit dem sich die HSV-Raute aufs Brot rösten lässt. Dieses wunderbare Geschenk ist – leider, leider – den Fans von Eintracht Frankfurt vorbehalten.

Ganz herzlich bedanken möchte ich mich bei der Heilpraktikerin Silke Lütt aus Fargau, die schon vielen Menschen geholfen und mir Nachhilfe in Sachen Radionik gegeben hat. Sie schwört auf das Buch *Die Entstehung der Realität. Wie das Bewusstsein die Welt erschafft* von Jörg Starkmuth.

Außerdem danke ich meinen beiden Lektorinnen Anja Franzen und Gisela Klemt, denen viel – sehr viel – aufgefallen ist. Unter anderem, dass die Autorin keine Ahnung vom Gärtnern hat. Der Rest der Ungereimtheiten, die jetzt stimmen, bleibt unser Geheimnis.

Mein alter Schulfreund Peter, ein echter Radio-Hase, hat mir erklärt, warum mir vieles, was ich im Radio höre, sehr bekannt vorkommt. Allerdings läuft bei mir im Hintergrund meistens nicht sein Haussender, sondern Delta Radio. Die Crew liebt irgendwelche abwegigen Männer-Frauen-Studien, die sie meistens aus der Bild-Zeitung klaut. Ich finde diesen Quatsch auch ganz lustig.

Frank, ein früherer Kollege und bester Kenner der maritimen Szene, warf ein Auge auf die Fahrt aus der Kieler Förde. Und natürlich handelt es sich um ein plattes Klischee, dass auf skandinavischen Fährschiffen viel getrunken wird. So eine Minikreuzfahrt ist herrlich und die Eigner-Kabine teuer, aber ein Knaller.

Die richtige Übersetzung für »Magen min rumler. Forhåpentligvis har de skikkelige porsjoner i denne butikken« lautet: Mein Magen knurrt. Hoffentlich haben sie in diesem Laden ordentliche Portionen.

»Herregud, du kan ikke bare spise hamburgere.« heißt: Meine Güte. Du kannst doch nicht immer nur Hamburger fressen.

»Jeg tar en stor øl og biff med stekt løg og pommes frites. Du kan få salaten min.« heißt: Also, ich nehme ein großes Bier, das Rumpsteak mit den gebratenen Zwiebeln und Pommes. Meinen Salat kannst du haben.

Ich danke ferner ganz vielen Menschen, die mich daran gehindert haben, meinen Laptop zwischenzeitlich aus dem Fenster zu schmeißen:

Tomas R., der mein halb fertiges Manuskript aus einem blöde blinkenden Laptop gerettet hat. Unserer Kommune für Muse und Inspiration bei Kaffee und Wein an der Bank. Claudia, die den Roman als Erste lesen musste und ihn abgenickt hat. Herrn Bartsch für sein Zutrauen. Meiner lieben, ollen Freundin Frauke für ganz viel Geduld und ganz viel Input. Joachim Jessen von der Literaturagentur Schlück, dem zu Recht der Ruf anhängt, der Top-Agent der Branche zu sein. Außerdem Stef und Ilona, Thilo und

Kristina, Coco, Conny und Bärbel. Und meinen Eltern, sowieso, immer – für alles.

Und ich danke meinem Mann und meinen Kindern. Der Versuch, etwas Heiteres zu schreiben, hat mich oft ganz schön übellaunig werden lassen.

Im Übrigen lege ich Wert auf die Feststellung: Kaninchen sind süß und stinken nicht.